KB140504

한 유학생의 이야기_3부작

제1권

권력과 사랑

한 유학생의 이야기 - 권력과 사랑
초판발행 | 2014년 7월 29일

지은이 | 김명
발행인 | 박찬우
편집인 | 우 현
펴낸곳 | 파랑새미디어

등록번호 | 제313-2006-000085호
서울특별시 마포구 서교동 357-1 서교프라자 318
전화 | 02-333-8311
팩스 | 02-333-8326
메일 | adam3838@naver.com

가격 : 11,000원
ISBN : 979-11-5721-002-2 03810

반 세 기 만 에 출 간 된 북 한 소 설 3부작

제일권

권력과 사랑

한 의학생의 이야기

김 명 지음

서문

이 책은 6.25전쟁 후 처음 선보이는 북한 소설이다.

반세기를 거친 북한 실생활이 그대로 반영되어 있는데, 특히 1960년대는 북한정권이 발생한 지 10년 내외 무렵이기 때문에 당시 북한을 지배했던 북한 정권의 진실을 여실히 보여준다.

물론 북한의 최근 실상은 여러 매체를 통해 잘 알려져 있다. 그럼에도 불구하고 50년 전 북한을 그린 이유는 뭘까?

북한과 남한의 떡잎 시절을 비교하는 의미도 있지만, 그 떡잎을 보면서 북한 절대 권력의 '태생의 진실'을 보자는 뜻이다.

사실 이 소설을 쓰면서 매우 힘들었다.

당시를 기억하는 악몽을 그대로 옮기자니 필자 자신이 악몽 영사기를 다시 돌리는 느낌이었다고나 할까… 그리고 악몽을 그대로 소설로 옮긴다고 해봤자 이 일 역시 독자에게 불편을 끼치는 일밖에 되지 않을 것이다. 그래서 줄이고 삭제하는 작업이 힘든 집필 딜레마였다.

이 소설을 봐서도 알겠지만 북한 권력은 1960년대부터 지금까지 변함없이 그 성향을 쭉- 유지해왔다는 것을 알 수 있다. 무슨 피치못할 사정이 있어서 그렇게 '무서운 나라'로 형성된 것이 아니다. 단지 절대권력 유지를 위해 무서운 나라가 되었다는 엿볼 수 있다.

무서운 나라란 한 마디로 사랑이 꽃 필 수 없는 나라가 되었다는 뜻이다.

북한도 사람 사는 곳. 다름 아닌 우리 동포가 사는 곳이다.

그곳에도 수많은 사람과 그들 사이데 사랑이 있다. 순수하고 소박하고 아름다운 사랑…

하지만 이런 빙하기 속에서도 남녀 간의 순수한 사랑이 꽃을 피우고 있었다. 그때 그 어떤 종교적 성스러운 사랑이 그곳에 있었는지는 모른다. 모르긴 해도 당시 북한 정권에서 그런 사랑은 벌써 죽었다. 하지만 우리 현대인조차 잊고 지내는 남녀 간의 진실한 사랑의 꽃이 그곳에 많이 피어 있었다는 사실이다.

문제는 그런 사랑의 꽃이 지금 남한에는 있을까, 이것이 일말의 의문이긴 하다.

권력은 악몽이다.
절대권력은 지옥이다.
사랑은 지옥으로 간 오르페우스다.

목차

1.

공화국의 노력 영웅 선장 아바이

학철이가 순천 중앙 귀국민 초대소에서 신포수산사업소로 가라는 배치장을 받고 열차에 몸을 실은 것은 1962년 한 해가 다 기울어가는 11월말 어느 날이었다.

평양에서 출발하여 태백산맥을 가로질러 밤새 동으로, 동으로 달리던 기차는 동이 터서야 고원을 지나 동해안을 따라 북쪽으로 꺾어 들고 있었다.

기차는 기진맥진, 가까스로 있는 힘을 다하여 달려가고 있었다.

열린 열차 연결문으로 바다 습기에 절은 겨울 찬바람이 세차게 불어 들어왔다.

딱딱한 나무 걸상에 앉은 사람들은 난방 설비가 없는 열차에 빈틈없이 빼곡히 앉아 서로 기대며 끄덕끄덕 졸고 있었다. 사람들이 발산하는 체온이 열차의 유일한 난방설비인 셈이다.

외투며 털모자를 있는 대로 눌러 쓴 사람들의 얼굴에서 웃음과 생기는 좀처럼 찾아볼 수 없었다. 하나같이 얇게 입은 북조선 사람들은 영양 부족에서인지 추워서인지 무척 창백해 보였다.

학철이는 딱딱한 나무 걸상에서 앉아 밤새껏 졸다가 날이 밝은 후 열차가 함흥을 지나서야 깨어났다. 창밖을 내다보니 멀리 동해 바다의 절경이 학철이의 시선을 사로잡았다.

흥분된 학철이의 얼굴과 주위의 무표정한 얼굴들은 현명한 대조를 이루었다.

달리는 기차의 차창 밖으로 끝이 보이지 않는 푸른 바다, 그 위에 감도는 갈매기들 그리고 하얀 비단처럼 깔려진 반짝이는 백사장, 이 모든 대자연의 아름다움은 학철이의 가슴속에서 흥분의 파도를 일으키고 있었다.

학철이는 얼핏 시선을 열차 안으로 돌렸다. 생활난으로 일그러진 창백한 얼굴들은 하나같이 무표정했고 이렇듯 아름다운 대자연에도 아무런 흥미를 느끼지 못하는 모양이었다.

학철이는 '금강산 구경도 식후경'이란 말의 참뜻을 알 것 같았다. 아름다운 강산, 그림 같은 자연 경치는 생활난으로 허덕이는 북조선 백성들에게는 사치이며 한 조각의 빵보다 못한 것이다. 오직 경제적 실생활이 유족^{有足}해야 모든 것이 제자리를 찾고 정상이 된다고 다시 한번 느꼈다.

기차는 아침 9시가 돼서야 신포역에 도착하였다.

북적대는 사람들을 따라 기차역을 빠져나오니 밤새 기차 안에서 눌렸던 숨통이 터지는 것처럼 전신이 후련했다. 학철이는 유일한 짐인 트렁크를 들고 수산사업소행 버스를 탔다. 버스는 여기저기 전기용접하고 뻥끼 칠한 중고차였다.

버스는 사람들이 빼곡히 앉고 서자 요란한 엔진 소리를 울리며 삐꺽거리며 떠나기 시작했다.

버스가 떠난 지 얼마 안 되어 시내 주택 건물들은 뜸해지고 하얀 콘크리트 길 안쪽으로 아름다운 풍경이 눈앞에 펼쳐졌다.

한쪽은 깎은 듯한 절벽이다. 바위 틈 사이로 거연히 뿌리박은 푸른 소나무들이 눈서리에 파묻혀서 굳건한 의지를 과시하고 있었다. 버스는 대자연의 절묘한 조화 속을 뚫고 삐꺽삐꺽 검은 연기를 뿜으며 내달렸다.

아름다운 자연 풍경 구역을 지나니 다시 아파트와 그 뒤로 초라한 초막집들이 나타났다.

이윽고 차는 멈춰 섰고 차장이 수산사업소에 도착하였다고 알렸다.

학철이는 트렁크를 들고 차에서 내려 주위를 휘둘러보니 깨끗한 신작로 양편에 6층짜리 아파트가 즐비하게 들어섰고 길가엔 가로수와 가로등이 장식되어 시가지는 작아도 정갈하고 아늑했다.

시내에서 멀리 떨어진 이곳은 수산사업소 주택단지인 듯했는데, 거리는 북조선의 다른 곳과 마찬가지로 오가는 행인이 드물었다.

버스 정거장에서 얼마 앞으로 걸으니 <함경남도 신포수산사업소>란 커다란 간판이 있는 대문이 나타났다.

정문 옆 수발실 창문에 가서 찾아온 연유를 말하고 순천중앙초대소 배치장配置狀을 내미니 경비를 서던 아가씨가 반갑게 인사하며 전화를 걸어 뭐라고 말하고 학철이보고 들어와 앉아 조금만 기다리면 노임부 시도원이 올 것이라고 하였다.

10분도 안 되어 진한 남색 스커트 차림의 25살 쯤 되어 보이는 여사무원이 달려왔다. 그녀는 학철이와 악수를 나눈 뒤 배치장을 보고 "오시느라 고생이 많았겠어요" 하며 깍듯이 인사했다.

갸름한 철색(쇠빛) 얼굴의 그녀는 친절한 미소를 띠고 '오늘은 먼저 숙사에서 자리 잡고 내일 아침 7시에 노임부에 오라'며 학철이를 수산사업소 길 건너 합숙으로 안내했다.

그녀는 가면서 "내 이름은 김정애이라고 해요. 학철 동무는 어린 아이에 부모님 슬하를 떠나 조국의 품으로 돌아오셨는데 우리 수산사업소 지금 형편에서 애로 되는 점이 많을 거예요. 그러니 앞으로 무슨 애로에 봉착하면 언제라도 서슴지 말고 저를 찾아주세요" 하며 웃어보였다.

"예. 감사합니다. 중국에서부터 각오하고 왔으니 걱정 마십시오" 라고 학철이는 대답하였다.

학철이는 그녀의 뒤를 따라 '수산사업소 기숙사'란 간판이 달린 4층 건물 안으로 들어갔다. 모든 수속은 김정애가 다 맡았고 학철이는 203호실로 안내되었다. 10평쯤 되어 보이는 볏짚 다다미를 깐 방이었다. 그녀는 학철에게 식권을 두툼히 주며 매끼마다 이 식권 한 장을 내놓아야 식사를 할 수 있다고 했다.

학철이는 앞으로 선원으로 일해야 하니 그 배급 양이 공화국 최고인 백미 900g이라고 했다.

김정애는 돌아가는 길에 학철이와 같이 기숙사 관리실에 들어가 경리 아주머니에게 학철이를 정식으로 소개해 주었다.

경리 아주머니는 한 40쯤 되어 보이는 중년 부인인데 상냥한 웃음을 짓고 앞으로 무엇이던 불편한 점이 있으면 서슴없이 자기를 찾아달라고 했다.

학철이는 김정애 지도원을 기숙사 대문 앞까지 바래다주고 203호실로 돌아와 짐을 풀어 일용품과 옷가지들을 정리하고 복도 맞은편에 있는 세면실로 가서 세수, 양치질하고 돌아왔다.

점심 식사 후 아파트 단지도 구경하고 주위 환경도 익힐 겸 큰 길을 따라 시내 쪽으로 걸어갔다.

수산사업소 옆에 <신포통조림공장>이란 간판에 걸린 대문이 나타났는데 수산사업소에서 잡은 물고기들을 여기 통조림 공장에서 받아 가공하는 것이라고 학철이는 생각했다.

통조림 공장을 지나니 식당, 상점들이 여기저기 보였고 <수산사업소구락부>란 건물이 나타났다. 구락부를 지나 앞으로 좀 더 걸으니 아파트 사이로 멀리 바다가 보였다.

학철이는 자기도 모르게 그곳으로 걸음이 옮겨졌고 얼마 안가서 학철이 앞에 망망한 바다가 펼쳐졌다.

아! 바다다!

감개무량한 학철이는 "아!" 하고 바다를 향해 소리쳐보고 싶었다. 얼마나 보고 싶었던 바다였던가! 태어나서 처음으로 바닷가에서 푸르른 바다를 바라보며 처얼썩거리는 바다의 고함소리를 듣는다.

감격으로 벅찬 학철이의 가슴은 갑자기 한없이 넓어지며 푸른 바다 위로 퍼져간다. 드디어 학철이의 가슴은 바다와 연결되었고 가슴속으로 바다가 파도치며 밀려든다.

푸른 파도는 바람 타고 밀려갔다 밀려왔다 하면서 하얀 백사장을 핥고 있었고 학철이가 생소한지 힐끗힐끗 곁눈질하고 있었다. 멀리서 갈매기들이 날아와 학철이 머리 위에서 맴돌다 저쪽 어선들이 집거하고 있는 부두로 날아가고 있었고 나무로 만든 기계배들이 뚱땅거리며 학철이의 앞을 지나간다.

해안선에서 멀지 않는 앞 바다에 커다란 섬이 바다 위에 떠 있었다. 집채만한 바위들이 한데 모여 섬을 이루었고 깍은 듯한 커다란 바위 위에 몇 사람이 서서 모자를 벗어 흔들고 있었다. 저 섬이 바로 삼봉초대소에서 만난 김문선이 입에 침이 마르도록 자랑하던 신포 절경중의 하나인 마양도인 모양이다. 명태잡이로 한창 바쁜 시기라 배들이 마양도 양쪽 해협을 줄을 서서 지나가고 있었다.

학철이는 아름답고 절묘한 신포 바다의 풍경을 사랑하는 부모님과 같이 감상하지 못하는 것이 못내 유감스러웠다. 자식이 세상에 나올 때 어머니 몸체에서 탯줄을 끊고 떨어졌어도 그 순간부터 다시 사랑이란 탯줄이 그들을 더욱 튼튼하게 연결시킨다. 즉 육체적으로는 자식이 어머니의 배 속에서 태어나 하나가 둘로 됐지만 정신적으로는 영원한 하나로 변함없다. 이것이 바로 육체와 정신의 호상 보충하고 전이하는 통일체인 셈이다. 자식이 부모님 슬하를 떠나 아무리 멀리 가도 그들의 사랑은 항시 자식 옆에 있다.

학철이는 천리 밖에 계시는 부모님이 항상 옆에서 자기를 지켜보는 것 같았고 조금도 외로운 감을 느끼지 못했다.

학철이는 해변을 따라 걷다 제일 앞쪽에 있는 반듯한 바위 위에 앉았다. 파도는 쉴 새 없이 쏴쏴, 밀려들며 학철이의 발밑 바위를 사정없이 후려친다. 아마 이 파도가 오랜 세월 바위를 깨서 작은 조약돌들을 만들었고, 조약돌은 세월의 풍랑 속에서 오늘의 백사장을 이루었을 것이다.

잘 믿어지지 않지만 그것은 사실이었다.

바위가 제아무리 굳다고 뽐내도 끈질긴 파도는 세월의 힘을 빌려 끝내 엄청난 일을 한다. 학철은 자기도 파도처럼 꾸준히 노력하여 자기 앞을 가로막는 바위들을 부수고 성공의 백사장을 깔리라 마음속으로 다졌다.

　학철이가 상상의 나래를 펼치고 출렁이는 바다를 감명 깊게 바라보고 있으니 마치 바다 속에서 천군만마가 노호怒號하며, 정의의 항쟁 횃불을 치켜든 전사들의 고함소리가 천지를 진동하는 것 같았다.

　눈앞에 펼쳐진 이 신비로운 바다는 요술사처럼 학철이를 더욱 호기심에 찬 아름다운 동화의 세계로 끌고 가고 있었다.

　시간이 얼마나 흘렀는지 학철이는 추위를 느꼈다. 서쪽 바다 위로 저녁 해가 서서히 바다를 태우며 바닷속으로 들어가고 있었다.

　다 같은 저녁노을이건만 바다의 저녁노을은 중국 대륙에서 본 저녁노을보다 더욱 아름다웠다. 바다의 모든 자연 풍경은 중국 내륙에서 자란 학철에게 하나에서 열까지 너무나 황홀하고 신기하였다.

　원래 저녁 먹은 후 영화 보려고 생각했었는데 어제 저녁 기차에서 잠도 제대로 못 잤고 몸도 피로하여 일찍 방으로 돌아와 쉬기로 했다. 이튿날 아침 7시 30분 쯤 되어 수발실 아가씨한테 물어 노임부를 찾았다.

　수발실에서 멀지 않는 커다란 2층 건물 안으로 들어가니 긴 복도 양쪽 옆으로 매개 문마다 교육부, 선전부, 안선부 등 패쪽이 걸려 있었고 제일 안쪽으로 노임부라고 쓴 패쪽이 보였다.

학철이가 노크하고 문을 열고 들어서니 어제 보았던 김정애 지도원이 반겨 맞으며 학철이를 노임부 부장에게 데리고 가 인사시켰다.

노임부 부장은 학철이의 귀국인 배치장을 보고 웃으며 "학철 동무가 우리 수산사업소에 온 것을 진심을 환영하오. 귀국하느라 수고했소"라고 말하며 수산사업소에서는 신체가 약하거나 연세가 많은 노동자 그리고 여자들은 육지 작업을 하지만 학철이처럼 건강한 청년들은 배를 타고 고기잡이에 나서야 한다면서 공부만 하던 학철이가 간고한 배 생활에 견딜 수 있겠느냐고 물었다. 학철이가 할 수 있다고 단호히 말하자 부장은 만면에 웃음을 띠고 학철이의 어깨를 두드리며 "학철 동무는 참으로 당과 수령 동지에게 충실한 귀국청년이요. 앞으로 결심한 대로 당과 수령님의 제시한 갖가지 혁명과업을 충실히 완성하리라 믿소"라고 말하더니 책상에서 무엇을 쓰고 있는 사무원 앞으로 학철이를 데리고 갔다.

"수급지도원 동무, 이 중국에서 귀국한 우수한 대학생을 조건이 좋은 저예망(선박)에 배치하고 안전 교양을 실시시켜 주시오"하고 말했다.

부장의 말에 수급지도원이 고개를 들고 학철이를 유심이 보며 빙그레 친절한 웃음을 웃었다. 그는 옆 걸상을 가리키며 "앉으시오, 배를 타려면 웬만한 결심으로는 안 되는데 결심이 크니 다행이오"하며 학철이에게 신입 노동자 등기원서를 한 장 주면서 간력을 적으라고 하였다.

학철이가 자세히 보니 거기에는 성분, 가정성원과 본인의 정치면모 등의 난간이 있었다. 수급^{普級}지도원이라면 말 그대로 북조선에서 지도원(사무원) 중 제일 중요한 부장 아래 지도원이다.

이 노임부에서는 수급지도원 아래 지도원이 김정애를 포함해서 넷이 있었다. 모두 수급지도원의 구체적 지시에 따라 움직였고 부장도 모든 일을 수급지도원에게 맡겨 처리하는 모양이다. 수급지도원은 삼십대 후반쯤 되어 보였는데 학철이에게 친절하게 중국의 상황을 호기심을 가지고 이것저것 물어보기도 했다.

그는 뛰어난 미남인데다가 품위까지 있어 상대방을 위압하는 일종의 보이지 않는 힘이 있었다. 그의 왼손에는 언제나 담배를 들고 얼굴에는 인자한 미소가 떠나지 않는다. 드문드문 담배를 빨며 오른손의 만년필은 쉬지 않고 빠르게 움직이고 있었다.

수급지도원은 학철이의 수속절차를 마치고 걸상에서 일어서며 "이렇게 큰 결심을 하고 귀국했으니 순조롭게 기층단련을 거쳐 대학에 진학하길 바라오"라며 악수를 청했다.

"오후 한 시 여기 와서 김정애 지도원을 따라가 안전교양실에서 안전교양을 마치고 내일부터 '990호 저예망선'의 정식 어로공(선원)으로 승선한다"고 말해 주었다.

숙사에 돌아오니 이미 점심식사가 시작되어 간단한 식사를 마치고 침실로 올라가 이것저것 생각하다 한 시가 다 되어 노임부로 갔다. 김정애지도원이 웃으며 학철이를 맞이했고 그를 데리고 안전교양실로 갔다. 수산사업소 안전 교양실은 노임부에서 좀 멀리 떨어졌는데 5개 부두를 지나 자리 잡은 단층집이었다.

긴 복도 양쪽으로 생산 지휘부, 선박부, 자재부, 기상 예보실, 안전교양실 등 생산과 직접 관련된 부서들이 있는데 사무원과 선원들이 바쁜 걸음으로 출입하고 있었다.

김정애 지도원과 같이 안전 교양실까지 서서히 걸으며 학철이는 수산사업소 현재 상황에 대한 자세한 설명을 들었다.

이곳 신포 수산사업소는 공화국 수산사업소 중에서 제일 고기를 많이 잡는 사업소이며 항구가 육지로 깊숙이 들어왔고 자양도가 앞에서 풍랑을 막아 선박을 정박하고 휴식하기 가장 좋은 이상적인 항구라는 것이다.

해마다 11월부터 4월까지 명태잡이 시절이 오면 물고기를 미처 처리하지 못해 주변 여러 도시 향촌에서 노력 지원이 온다는 것이다. 아니나 다를까 부두를 지날 때마다 머리 위로 널판자로 만든 물도랑이 있는데 바닷물이 와와, 흐르고 그 물 속에는 명태들이 담겨 부두 육지에 무더기로 쌓이고 바닷물은 다시 바다로 빠진다.

물고기가 쌓여 높아지면 통조림 공장 아가씨들이 물도랑 마지막 부분을 다른 데로 옮기고, 그곳에 남루한 작업복 차림에 수건으로 머리를 동여맨 아주머니들이 달려들어 고기 밸을 땄다.

코를 찌르는 고기 비린 냄새며 여기저기서 들려오는 어로공들의 고함소리, 깔깔대는 통조림 공장 아가씨들의 웃음소리가 조화되어 번창한 부두의 독특한 풍경을 이루고 있었다.

안전 교양지도원으로부터 어로원 안전규칙 등을 한 시간 남짓 설명 받고 다시 노임부로 오니 수급지도원이 웃으며 "그럼 마침

'990호선'이 내일 아침에 공해에서 귀항하니 학철 동무는 내일 아침 여기로 출근 시간에 맞추어 오시오. 김정애 동무가 '990호 저예망선'까지 바래줄 것이오. 학철 동무는 운이 좋아서 조만길 공화국 노력 영웅 아바이가 모는 배를 타게 되오. 이 아바이는 수상 동지가 몇 번이나 만나주신 영광을 지닌 영웅이니 배울 점이 많을 것이오. 고기 잡는 데는 공화국에선 누구도 그를 따라 잡을 사람이 없소. 하여튼 학철 동무가 노동 속에서 시련을 이겨내어 하루빨리 대학에 입학하길 축원하오" 하며 학철이의 어깨를 친절하게 다독거려 주었다.

그 날 저녁 잠자리에 일찍 누운 학철이는 흥분으로 이리 뒤척저리 뒤척이며 도무지 잠을 이룰 수 없었다. 대학생으로부터 어로공에 이르기까지 급변하는 주위 환경, 모든 것이 상상을 초월했고 신기했다.

아무리 자려 해도 이대로는 잘 수 없어서 훌쩍 일어나 옷을 걸치고 거리로 나와 발길이 닿는 대로 걸음을 옮겼다. 쌀쌀한 겨울 찬바람이 부는 거리는 고요했다. 북조선 어디에서나 마찬가지로 하루 동안 고된 노동과 정치사상 교육 등 시간이 근 열 시간이나 되어 피로한 몸을 끌고 집에 오면 전신이 나른하여 움직이기 싫은 것이 대부분 근로자들의 실정이었다.

가로등이 환했지만 다니는 사람은 별로 없는 한적한 거리였다.

학절이가 한참 걸어 한 식당 앞을 지나는데 두 쌍의 남녀가 식당에서 술에 취해 비틀거리며 나오고 있었다. 큰소리로 일본말을 하며 키득키득 웃고 여자는 남자를 부축하고 남자는 여자의 목에 매달려 비틀거리며 멀어져갔다. 술 취한 그들의 모습도 한적한 북조선의 밤거리에서 보기 좋았다. 자유롭고 낭만적인 그들은 북조선 내무서원(경찰)이 제일 머리 아프다는 재일동포들일 것이다. 그들이 입은 옷은 북조선 특유의 '스프천'[1]으로 만든 값싼 노동복이었고 신발은 북조선 운동화를 꺾어 신어 스레빠처럼 질질 끌고 있었다.

아마 삼봉초대소에서 만난 문선이 말처럼 일본에서 가지고 온 재산을 술로 다 바꾸어 마시고 빈털터리가 된 모양이다. 문선이 말에 의하면 그들은 북조선 30~40원 월급을 며칠이면 다 써버리고 일본에 있는 일가친척이 부쳐주는 물건이나 돈이 그들의 한가한 나날을 보내는 유일한 생활래원이라는 것이다.

북조선에 귀국한 그들은 아마 각박한 현실 생활이 너무도 힘겹고 지겨워 타락한 것 같았다. 학철이는 이상도 결심도 없는 그들이 불쌍해 보였다. 꼭 그들처럼 타락하지 말고 자기 힘으로 굳건히 모든 것을 개척하고 고난을 극복하며 한 걸음 한 걸음 앞으로 전진하리라 마음속으로 다시 한번 다졌다.

이튿날 아침 노임부에 들려 김정애 지도원과 같이 3호 부두에서 '990호 저예망선'을 찾았다.

김정애 지도원이 학철이를 데리고 배에 올라 조안길 선장에게 노임부의 배치장을 주고 학철이를 인사시켰다.

아바이는 노임부에서 듣던 대로 평생을 바다에서 모진 비바람

---

1. 옥수수대 섬유로 짠 천.

의 세례를 받아 얼굴은 까맣게 탔고 체구가 작지만 정력이 흘러넘치는 60세 좌우의 노인이었다. 학철이와 악수하는 아바이의 손은 껄껄한 나무껍질 같았다.

아바이가 학철이와 악수하며 "욕봤소(수고했소)"하고 함경도 사투리로 인사한 후 수부장(갑판장)과 기관장을 불러 학철이를 소개시키며 "중국에서 부모형제를 떠나 대학 공부를 하려고 온 기특한 청년이요. 우리 배에 있는 동안 많이 보살펴 주지비"하고 말했다. 처음 듣는 투박한 사투리지만 왠지 학철이의 마음속에는 따뜻한 온기가 흘러드는 것 같았다.

김정애 지도원은 옆에서 한참 지켜보더니 "아바이, 그럼 수고하십시요"하고 인사하며 자리를 떴다.

김정애 지도원이 돌아간 후 선장 아바이는 학철이를 배 중간에 위치한 휴식실로 데리고 갔다. 어로공들은 모두 8명인데 대부분이 30~40세 되어 보였고 그 중 20세 청년이 한 명 있었다. 그들은 장화에 고무바지를 입고 바닷물을 길어 쏟아 부어 배를 쓸고 닦는다. 아마 배에 오르면 이렇게 고무 작업복으로 전신 무장하는 모양이다. 학철이는 아바이와 같이 식당 겸 휴식실 긴 걸상에 마주 앉았다.

"아 참, 아까 학생한테 취사원 아줌마를 소개 안 했군. 심씨! 여기 오지비"하고 선장 아바이는 취사원실 쪽을 향해 소리쳤다 취사원실은 위에 미닫이 창문이 있고 그 밑에 사람이 허리를 꾸부리고 나들도록 작은 문이 하나 있었다. 이어 "예"하고 심씨 아주마가 작은 문을 열고 나왔다.

아직 예쁜 티가 채 가시지 않은 40대 중반의 아주머니인데 생글 생글 웃음 띤 얼굴에 금니가 반짝이고 있었다. 보통 키인데 퍽이나 약삭빨라 보였다.

그는 이내 선장 옆에 와 앉았다. 선장이 그녀에게 학철이를 소개하자 심씨는 학철이를 멀뚱히 들여다보며 "이 아저씨(북조선에서는 아주마들이 총각들을 이렇게 부른다) 참 잘 생겼네요. 중국은 물이 좋은 가배, 안 그렇슴둥 아바이?"하고 여성적인 섬세한 관찰력을 과시한다.

아바이는 그녀의 말에는 아랑곳하지 않고 "이 심씨는 우리 배 선원들에게 삼시 세끼 밥해주는 주방 일꾼인데 앞으로 입맛 없으면 아주마 하고 말하게. 잘 생겼다니까 특별대우를 할 수 있지비, 하하하…"하고 웃는다.

학철이가 얼굴을 붉히며 "아닙니다. 저는 아무거나 잘 먹습니다"하고 대답하니 선장 아바이는 만족한 웃음을 지어 보이며 이것저것 배에서 주의할 점을 자세히 이야기하기 시작했다.

예를 들면 풍랑이 거세어 배가 흔들릴 때 갑판 위를 걸으면 반드시 두 다리를 벌려 배의 전진 방향과 90도를 이룰 것. 배 뒤에 있는 변소는 뒤에 안전대가 없으니 각별히 주의해야 한다는 등등이었다.

이전에 다른 배의 선원이 밤에 변소에서 잠이 채 안 깨서인지 아무도 모르게 바다에 빠져 죽었다는 것이다. 선장 아바이가 학철이 보고 지금 배 뒤편에 있는 변소로 가보라 했다.

학철이 청소하는 어로공들 사이를 지나 배 뒤편에 가보니 한 사람이 앉을 수 있는 조그마한 화장실이 나타났다. 화장실 뒤는 아무 가림도 없었다. 물고기 잡는데 방해가 되는지 배 주위 안전대가 뒤에 가선 없어졌다.

학철이가 다시 식당으로 돌아오자 심씨가 화다닥 놀라며 선장 아바이 옆에서 물러앉았다. 선장 아바이도 계면쩍은지 부자연스러워했다. 아마 학철이가 없는 사이에 아바이의 투박한 손이 심씨 아주마의 어느 민감 부위를 다친[2] 게 분명했다.

학철이는 "이제 변소에 가보았습니다. 그럼 나가서 일하겠습니다"고 하니 "그럼 그렇게 하지비" 하며 아바이도 학철과 같이 밖에 나왔다. 밖에는 청소가 거의 끝나고 모두들 장화와 고무 작업 바지를 벗고 있었다. 후에 학철이가 안 일이지만 어로공들은 보통 승선하면 먼저 바닷물을 길어 배 청소부터 한다. 그것은 그들이 귀항하여 배를 부두에 세우면 어로공들이 배에서 내려 집에 간 사이에 꼼뻬야[3] 작업반이 어창의 고기를 다 푸는데, 그러면 자연히 배에는 어지러운 고기비늘들이 널려 어지럽기 때문이다.

민 수부장이 아바이 앞에 와서 "그럼 청소를 다했으니 창고에 가 그물을 가져오겠습니다"고 하니 아바이가 "그렇게 하지비"라며 학철이도 따라 보냈다. 배 밑 기관실에서 기계 정비하는 박 기관장과 아바이, 심씨 아줌마를 제외한 학철이까지 9명이 모두 수부장[4] 민씨를 따라 학철이가 안전 교양 받던 안전교양실과 같은 건물에 있는 창고로 향했다.

---

2. 만지다.
3. 북한식 컨베이어 벨트.
4. 갑판장.

부두에서 통조림 공장 아가씨들이 여기저기에 쌓인 명태들을 이리저리 흩트리고 있었다. 어로공들 중 한 사람이 그들에게 농담을 걸었다.

"나는 저기 노란 마후라를 쓴 아가씨가 제일 마음에 드는데, 어떻소? 오늘 저녁 영화관에서 만날까?"라고 하니 그 노란 마후라를 쓴 처녀는 부끄러워 어쩔 줄 모르는데 곁에 있는 처녀가 나서서 "우리 이 처녀 동무는 상어처럼 입이 큰 동무를 좋아하지 않는답니다. 그러니 신경 끄시고 바다에 나가 그 큰 입으로 물고기나 많이 잡수시우" 하며 맞대포를 놓자 양쪽에서 배를 끌어안고 깔깔껄껄 웃었다.

창고에서 기나긴 그물을 몽둥이에 감아 두 명씩 어깨에 매고 오는데 한 어로공이 "민 수부장님, 여기서 좀 쉬다 갑시다. 지금 한참 아바이와 아줌마가 바쁠 텐데 우리가 방해하면 안 되지비" 하고 선장 아바이를 흉내 내며 모두를 웃겼다. 그들의 일상 하는 말과 심지어는 농담 속에서도 선장 아바이에 대한 존경과 친근감이 엿보였다. 장기간의 위험한 항해 어업에서 이루어진 생명까지 맡긴 신뢰였기 때문이리라.

아니나 다를까 민 수부장이 깨끗한 곳을 선택하여 "그럼 여기서 담배나 한 대 피웁세" 하니 다들 그물을 내려놓고 그 위에 털썩 주저앉아 담배를 말기 시작했다. 그들의 오가는 말들에서 드문드문 선장 아바이의 신출귀몰하는 물고기 잡이 전설이 흘러나와 학철이의 호기심을 자아냈다.

선장 아바이는 비범한 어부로서 그의 경력과 위훈은 공화국 어로공들 사이에서 널리 알려져 누구나 그를 존경하고 있는 것만은 틀림없다. 그들이 그물을 배 위에 가져갔을 때는 선장 아바이가 배 중간에서 하늘을 쳐다보고 있었다. 아바이는 그들이 온 것을 아랑곳 안 하다가 갑자기 "민 수부장, 좀 있다 점심 먹고 출항하니 모든 준비를 갖추지비" 하고 한마디 던지고 다시 식당 심씨 아줌마가 일하는 옆 걸상에 가 앉는다.

사람들은 민 수부장의 지휘 아래 그물을 정리하여 차곡차곡 배 뒷전에 쌓아 놓는다. 이윽고 점심 식사를 하였고 숟갈을 밥상에 놓자 다시 일에 달라붙었다.

모든 사람들이 제자리에서 기계처럼 정확히 돌아갔다. 이어 기관실에서 뚝딱거리며 디젤기가 발동되고 배는 서서히 움직이기 시작했고, 수많은 다른 배들 사이를 누비며 마양도 옆을 지나 공해로 미끄러져갔다.

학철이는 멀리 일망무제一望無際한 바다를 바라보며 거대한 자연 앞에서 사람은 너무나 미소微小하다는 생각이 든다. 인류는 지혜로 자연에 적응하였고 드디어 대자연을 정복한 것이다. 학철이는 이 망망대해의 주인처럼 검푸른 바다를 누비며 물고기 잡는 용감한 선장 아바이 이하 전체 어로원들이 존경스러웠다.

육지가 시야에서 점차 멀어져가고 주위는 이제 끝없는 바다다. 파도는 검푸른 혀를 날름거리며 학철이를 곁눈질한다. 육지에서 본 바다는 낭만적이고 아름다웠는데, 흔들리는 낙옆같이 미소한 배에서 본 바다는 검푸르고 무서웠다.

일체의 준비가 끝나고 선원들은 선장의 명령만 앉아 기다리면서 담배를 피우고 한담으로 시간을 보내고 있었다. 선장 아바이는 2층에 있는 선장실에서 먼 곳을 바라보며 키잡이를 돌리고 있었다.

학철이는 선원 중에 제일 나이가 어린 시흡이란 아이와 밖에 앉아 오순도순 이야기를 나누고 있었다. 알고 보니 시흡이는 학철이보다 한 살 위인 22살인데 6.25전쟁 때 부모를 잃은 고아였다. 전쟁 시기 중국 길림성 공주령시에 있는 고아원에서 3년 동안 있다가 전쟁이 끝난 후 돌아왔다고 한다.

공주령이란 곳은 학철이의 한 대학 동창 집이 있는 곳이라 한 번 가본 적이 있었다. 조국 전쟁 시기 인민군공군 한 개 사단이 비밀리에 주둔했던 조그마한 도시였다. 시흡이의 경력을 듣고 나니 학철이는 시흡이가 가엽고 불쌍해 보였다. 부모님의 사랑이 제일 필요한 어린 나이에 전쟁이란 악마의 피해로 부모 형제를 잃고 혈혈단신이 된 시흡이에게 마음 쓰린 연민과 동정을 느꼈다.

시흡이는 쉬지 않고 배 생활, 어로공들 이야기, 물론 선장 아바이의 전설적 재능과 그의 낭만으로 충만된 사랑 이야기 등을 골라가며 재미있게 학철에게 들려주어 그들 둘은 시간 가는 줄 몰랐다.

그의 말에 의하면 선장 아바이는 물개의 성기를 자주 구하여 먹어서인지 남달리 여자를 밝히고 배에 탄 취사원 여성은 누구나를 막론하고 그의 손아귀를 못 벗어난다는 것이다. 그러나 선장 아바이는 선원들을 자식처럼 아끼고 사랑해 주며 특히 바다의 기후를 귀신처럼 파악하고 배를 잘 몰아 위험의 고비에서 전체 선원의 생명을 몇 번이나 구해주었고, 고기를 잘 잡아 그들의 수입을 높여주었다. 그래서 선원들 전체가 아바이 사생활이 어떻든 그를 존경하고 그의 말이면 최고 지시로 절대 복종한다. 왜냐하면 배를 탄 순간부터 선장 아바이에게 자신의 생명을 나아가서 전 가족의 행복까지도 맡겼기 때문이다.

학철이는 이야기를 듣는 동안 어쩐지 점점 몸이 불편한 것 같았다.

좀 더 지나니 속이 들먹거리며 하늘과 바다가 빙글빙글 돌아감을 느꼈다. 시흡이가 "학철이 너 멀미하는구나. 좀 들어가 누워라" 하며 학철이를 끌고 휴식실 마루에 눕혔다.

민 수부장이 "아니, 중국대학생이 멀미를 하는구먼" 하며 서둘러 자리를 비켜주며 학철이를 바람이 잘 통하는 곳에 눕히고 베개를 베어 주었다. 학철이는 파도가 거세지면 내장이 다 빠져나오는 것처럼 토했고 속에서 더 토할 게 없어지자 맨 물만 토했다.

심씨 아주머니가 옆에 와 학철이를 살펴보며 "참… 원래 얼굴이 하얀데 더 백지장 같네" 하면서 동정을 보냈다. 학철이는 어느새 소르르 잠이 들었다. 얼마나 잤는지 깨어나 보니 아직도 속이 울렁거리고 메슥거렸다. 휴식실에는 한 사람도 없고 밖에서 "야, 벌써 어창 절반이 차가네. 빨리 그물을 딩기세."

민 수부장의 흥분된 목소리다.

학철이가 밖으로 나오니 날이 어슴푸레 밝아오고 있었다. 잠을 푹 자고 시원한 새벽 공기를 마시니 한결 나아진 것 같았다. 어로공들은 바삐 남은 그물을 당기고 배에서 뛰는 명태를 선창에 집어넣고 있었다. 배 중간에 있는 선창은 사람 두 길 남짓 깊어 보였는데 일 미터 정방형의 뚜껑이 있었다.

밤새 몇 번 그물을 쳤는지 하룻밤 사이에 물고기가 어창 절반가량 차오고 있었다.

시흡이 말에 의하면 만선이면 저예망선은 5.5톤이 된다고 한다. 다른 배들은 4~5일 걸려야 만선하는데 '990호선'은 빠를 때는 이틀도 안 걸린다고 했다. 오늘도 어로공들이 신나게 생겼다. 월급 탈 때는 전사업소에서 이 배의 어로공들이 언제나 월급을 제일 많이 탄다는 것이다.

학철이는 자기를 이렇게 좋은 배에 배치해 준 노임부 수급지도원이 감사했다. 시흡이 말에 의하면 수급지도원은 평양에서 종파 문자로 낙인이 찍혀 내려왔다고 한다. 당 중앙 어느 부서 과장으로 있다가 내부 정치투쟁에 밀렸다는 것이다. 지방에서는 이런 인물들을 자주 본다고 한다.

학철이는 노석범의 외삼촌 집에서 들은 말들이 생각났다.

파벌투쟁이 극심한 중앙 내부 진면모를 석범이를 통해 알게 되어 많이 놀랐던 학철이가 수급지도원의 몰락을 목격하고 다시 한 번 권력이 고도로 집중되면 될수록 권력 다툼이 심해지고 이긴 자는 남고 패한 자는 수급지도원처럼 비참한 말로를 걷는다. 이것이 바로 권력 투쟁의 냉혹한 일면인 것이다.

한편, 만약 수급지도원이 학철이를 이 저예망선에 보내지 않고 다른 배에 보냈다면 학철이는 고기밥으로 21살의 아까운 나이에 인생 종지부를 찍었을지도 모른다는 생각이 든 것은 훗날이었다.

선장 아바이가 학철이를 먼저 보고 "그래 좀 났슴메?" 하고 물었다. 학철이가 이제 좀 정신이 든다고 하니 아바이는 "처음 배 타는 사람, 멀미 안하는 사람 없지비"라며 친절한 미소를 띠었다.

학철이는 이 넓고 깊은 바다에서 순식간에 뱃전이 넘치게 물고기를 잡는다는 것이 참으로 신기했다. 만선기를 달고 항구로 돌아온 것은 출항 후 사흘째 되는 날이었다.

선장 아바이가 빈자리를 찾아 배를 부두에 정착시키는 동안 민수부장은 몇몇 어로공을 데리고 한 사람에 물고기 열 마리씩 나누고 있었다.

학철이는 숙사에 있으니 몫이 없고 시흡이는 자기 처갓집에 가져간다고 한몫 있었다. 명태 5마리와 이면수(임연수어) 5마리씩이다. 이면수는 명태에 섞여 잡혀 올라오는데 기름이 많은 물고기다. 배에서는 보통 이면수만 골라 국을 끓여 먹는다.

물고기는 각자가 배에서 입는 고무 작업복 속에 잘 싸서 짐을 꾸렸다.

수산사업소 규정에 어로공들은 특별히 봐줘서 물고기 세 마리는 대문을 통과할 수 있으나 그 이상은 안 된다는 규정이 있지만 조만길 아바이는 하도 유명하여 수산사업소 지배인이나 당 위원장도 그 앞에서 쩔쩔매는 형편이니 아바이와 같이 대문을 통과하면 누구도 검색하지 않는다고 시흡이가 긍지감을 가지고 말해주었다. 그러나 다른 배 사람들은 드문드문 검사를 받으며 자주 물고기를 몰수당한다고 한다.

북조선은 식량 사정이 긴장하여 어로공들은 배에서 잘 먹지만 가족들의 배고픈 상황은 다를 바 없다. 그들은 사랑하는 처자식에게 물고기 한 마리라도 더 먹이려고 조마조마한 마음을 안고 대문을 나선다고 한다.

시흡이는 다른 배 어로공들은 월급을 100~200원을 타도, '990호 저예망' 어로공들은 해마다 명태 시기만 오면 300원 아래로 타 본 적이 없다고 자랑했다.

당시 북조선 일반 사원 노임은 30~40원 정도였다. 그러니 수부장과 기관장을 비롯한 전체 어로공들이 선장을 사랑하고 존경하며 그의 호색을 눈감아주는 것은 당연한 것이다.

배가 부두에 고정되자 통조림 직원 두 사람이 올라와 잣대로 어창을 재더니 수부장에게 인수증을 한 장 떼여 주었다. 이어 고기 푸는 작업반원들이 꼼뻬야란 기계를 가지고 배에 올라왔고, 어로공들은 기관실, 식당, 선장실 문을 잠그고 모두 아바이를 따라 수산사업소 대문을 향했다.

선장 아바이가 수부장에게 "이보오, 수부장! 오늘 오후 세 시까지 배에 모두 집합시키지비" 하고 말하니 수부장이 일일이 전체 어로공에게 알려주었다. 조만길 선장이 대문 앞에 이르니 경비원 아가씨 둘이 웃으며 인사했고 전체 어로공들은 무사히 통과되었다.

시흡이 말에 의하면 딱딱하기로 유명한 두 경비원 아가씨는 어로공들 짐이 무거워 보이고 눈에 거슬리는 선원이면 무조건 짐을 풀어 검사 받게 한다고 한다.

학철이가 합숙에 도착하니 열시반이 되었다. 학철이는 세수하고 중국제 크림을 발라도 몸에서 나는 고기 비린내는 어쩔 수 없었다. 학철이는 근처에 있는 목욕탕에 가 한참 목욕하고 나니 개운하고 비린 냄새가 좀 덜한 것 같았다.

학철이가 낮잠에서 깨어나니 벌써 오후 두 시가 돼가고 있었다. 점심도 먹지 못한 채 부랴부랴 2호 부두에 정박한 배에 도착하니 어로공들이 이미 다 모여 작업복을 갈아입고 있었다. 민 수부장이 시흡이와 학철이를 보고 박 기관장을 따라 기름창고에 가 경유 기름통을 밀차에 싣고 오라 하여 그들 둘은 박 기관장을 따라 철조망에 둘러싸인 기름창고에 가 기름 한 통을 차에 싣고 왔다.

부두 해안선에는 좁은 길만 제외하고 온통 명태로 덮여 있었다. 해마다 명태시절이 오면 머리서부터 발까지 꽁꽁 무장한 고기 밸 따는 아줌마들과 밸 딴 고기를 운반하는 통조림 공장 아가씨들의 간드러진 웃음소리가 울려 퍼지며 부두는 흥거운 노동의 열기로 흘러넘쳤다. 아무리 겨울이라도 바닷가의 추위는 내륙 추위처럼 살을 에는 강추위는 없었다.

고기더미 위를 감도는 갈매기들은 까욱거리며 마냥 즐거운 모양이다. 오후 세 시가 되어 배는 검은 연기를 뿜으며 동해 바다로 미끄러져갔다. 오늘은 어제보다 바람이 약하고 파도도 잔잔했다. 학철이네 배가 마양도를 지나가는데 수산협동조합 배 두 척을 만났다. 그 배는 노 젓는 조그마한 배였는데 배에는 대부분 젊은 여자들이 타고 있었다.

수산 협동조합 처녀들은 학철이네 배가 다가가자 더욱 목청을 놓아 신명나게 '뱃노래'를 불렀다.

"바닷물 위에 갈매기 날고요, 우리 님 뱃전에 옷자락 적신다…"

노동 속에서 흘러나오는 아름다운 여 고음이 어부들의 마음을 즐겁게 했고 흘러 퍼지는 노랫소리 따라 푸른 하늘에 흰 구름이 두둥실 뜨고 있었다.

노래가 끝나자 시흡이가 그 배를 향해 시치미를 떼고 농을 걸었다.

"이제 노래한 처네 얼굴이나 봅세다. 내일 저녁 돌아와 수산사업소 영화관에서 만나게시리." 하고 큰소리로 농을 거니 저쪽 배에서 "금방 내가 노래했는데 아이 둘 달린 과부인데도 만나시겠어요?" 하고 물어왔다. 그러자 민 수부장이 "그러면 이 총각은 안 되고 내가 만나지요. 나는 나이 40이 된 홀아비요. 어떻수?" 하고 물으니 "안돼요. 나는 한물간 생선처럼 늘어진 홀아비는 싫고 싱싱한 총각이 좋은데" 하니 양쪽 배에서 배를 끌어안고 웃었다.

농담이 오가는 사이에 배는 점차 거리가 멀어져가고 수산협동조합 처녀들이 머릿수건을 벗어 흔들며 아무쪼록 빨리 만선기를 달고 안전히 돌아오시기를 기원해주었다. 학철이가 시흡이와 함께 그물 손질하는데 선장 아바이가 식당에 가서 심씨 아줌마를 도와주라 하여 학철이는 심씨가 시키는 대로 바닷물을 길어 채소를 초벌 씻고 다시 육지에서 싣고 온 담수로 헹궜다.

심씨는 학철이가 씻은 배추와 무로 김치를 담그고, 미리 소금에 절여 놓았던 물고기를 손질해 국을 끓였다.

언제나 만선이 되어 항구에 돌아오면 집에 가져갈 물고기와 함께, 출항 시 첫 끼니에 쓸 물고기를 남겨 놓는다.

겨울 바다의 석양은 5시도 못 되어 바다를 붉게 물들이며 서서히 바다 속으로 기어들어가고 있었다. 거대한 바다는 그의 풍요한 젖줄기로 근로한 어민들에게 아름다운 꿈을 키워가게 하였다. 오늘은 파도가 잔잔해서인지 학철이는 전혀 배멀미(뱃멀미)를 느끼지 않았다.

아마 바다는 첫 번째 시련을 이겨낸 학철이를 정식 어부로 받아들인 모양이다. 이제부터 당당한 선원으로 바다를 넘나드는 자격증을 받은 셈이다.

사람들은 저녁식사를 마치자 여기저기 삼삼오오 흩어져 담배 피우며 이야기판을 벌리고 있었다. 학철이와 시흡이는 담배를 피우지 않으니 공기 좋은 밖으로 나왔다.

시흡이 말에 의하면 선장 아바이는 15살 때부터 배를 탄 3대 뱃사공이라고 한다. 인생의 반 세기를 배와 운명을 같이 한 그는 눈을 감고서도 동해바다 구석구석을 다 찾을 수 있고 어디에 어떤 물고기가 많이 나고 어디에 암초가 있는 것까지 잘 알고 있다는 것이다. 때문에 선장 아바이를 산 바다 지도라 해도 과언이 아니라는 것이다.

이윽고 갈매기들이 나타났다.

선장실에서 사이렌 소리가 울리니 어로공들이 쏜살같이 휴식실에서 뛰쳐나와 각자 자기 자리로 가 그물 칠 준비를 하고, 선장 아바이는 높은 곳에서 소리를 치면서 어로공들을 지휘하고 독촉하는 한편 고기떼들이 움직이는 방향으로 배를 최고속으로 몰았다. 조금 있다 아바이의 큰소리가 들리더니 그물이 바다로 떨어지기 시작했다.

배는 커다란 포물선을 그으며 명태 떼를 포위하고 있었다. 학철이도 이 긴장된 작업 속으로 뛰어들었고 심씨 아줌마도 나와 거들었다. 그물을 다 던지고 배는 원점으로 돌아와 먼저 던진 그물 끝을 쇠고랑이로 건져 그물 양쪽을 기계 로라에 걸어 돌리기 시작했다. 그물을 한참 죄니 무척 많은 고기떼가 그물 안에서 풀떡풀떡 뛰기 시작했다. 선원들이 힘을 합쳐서 그물을 당기니 고기들이 배 갑판 위로 와르르 쏟아졌다. 어로공 몇 명이 큰 삽을 쥐고 고기들을 선창으로 밀어 넣고 있었다. 참으로 통쾌한 포위전, 소탕전이었다. 갑판 위에 흩어진 명태를 모두 선창에 퍼 넣고 이내 다른 그물에 달라붙어 정리한 다음 작전을 준비해 두었다.

이것을 마치자 바닷물을 길어 작업복, 장갑, 장화를 씻고 얼굴에 묻은 고기비늘을 떼고 세수까지 했다. 젖은 고무 작업복은 빨랫줄에 널고는 휴식실로 들어와 담배를 한 대씩 말아 피우며 삼삼오오 모여 신이 나서 이야기판을 벌렸다. 선장 아바이는 다시 고기떼를 찾아 배를 전속력으로 몰기 시작했고. 휴식한 지 반 시간도 안 되어 선장실에서 사이렌 소리가 울렸다. 고기떼를 발견했다는 신호였다. 고기잡이 작업은 다시 시작되었고, 이렇게 몇 번 그물을 내리고 걷으니 자정이 넘었다.

어로공들의 피로한 육체는 점점 동작이 느려졌고 매번 고기잡이가 끝나면 대충 씻고 모두 휴식실에 쓰러졌다.

선장은 그들을 한 30~40분 휴식시키고는 다시 기상 사이렌을 울렸다. 어로공들은 몇 십분 눈을 붙일 수 있어도 선장 아바이는 밤새도록 눈 붙일 새가 없었다.

기껏해야 배를 정박하고 마지막 그물을 당길 때 운전대에서 한 십분 눈을 붙이는 게 고작이다. 그물을 다 끌어올리고는 그의 눈은 다시 정기를 뿜고 물고기 떼를 찾아 예리하게 깜빡였다. 마치 사냥꾼이 깊은 산중에서 시야에 들어오는 산짐승을 노려보듯이.

새벽 두 시쯤 되어 사람들의 한창 잠이 쏟아질 때쯤 선장 아바이는 빙그레 웃으며 민 수부장에게 "저렇게 잠이 많아서 어떻게 고기 잡겠다고 배를 탔지비? 쩟쩟…"하며 입맛을 다시고 "그럼 한두 시간 잔 다음 다시 시작하지비"하고 말한다.

전체 어로공들은 이제 살았다며 대충 씻고 침대에 질서 없이 가로세로 누워 코골기 경기를 시작하였다. 학철이가 마지막으로 씻고 휴식실에 들어가는데 선장 아바이가 밖에서 취사원실로 들어가는 문을 두드리며 작은 목소리로 "심씨, 술 한 병 가지고 선장실로 좀 올라오지비"하고 말하고는 선장실로 올라갔다. 뒤이어 취사원실에 불이 켜지며 심씨 아줌마의 하품 소리가 들리고 문 여는 소리가 들려왔다.

시흡이가 학철이를 툭치며 "보통이야. 좀 있으면 선장실에서 싱싱한 물고기를 맛있게 요리하듯 아바이가 심씨 아주마의 올록볼록한 몸을 골고루 손질하여 잡수실 거야. 하하하…"하고 웃었다.

아직 잠 안 든 몇몇 사람들은 잠 외에는 아무것도 흥미가 없는지 모르는 체 누워버렸다. 하두 고단하여 학철이는 눕자마자 깊은 잠에 빠져 버렸다.

 선장실에서 퍼지는 요란한 사이렌 소리.

 모두들 자리를 박차고 휴식실 밖, 차가운 밤공기 속으로 뛰쳐나
갔다. 벌써 시간이 꽤 많이 흐른 모양이다.

 동녘 하늘이 점차 밝아오고 있었고, 한참동안 그물 내릴 준비를
마친 어로공들은 선장의 신호만을 기다리며 동쪽을 향하여 잠시
나마 허리를 쭉 폈다.

 학철이가 그들의 눈길을 따라 동쪽을 바라보니 저 멀리 지평선
에서 서서히 바다 위로 대낮의 태양보다 몇 배나 크고 빨간 아침
해가 활짝 웃으며 바다를 차오르고 있었다. 동해 바다를 태우며
떠오르는 아침 해돋이는 황홀하게 아름다웠다. 인생의 20년을 중
국내지에서 보낸 학철이로선 처음 보는 절경이었다. 눈부시지도
않고 빨갛기만 한 커다란 아침 해는 고개를 갸웃거리며 '990호 저
예망선'을 유심히 바라보고 있었다. 아마도 중국에 있던 학철이가
어찌 여기 동해 바다 한 끝에 와있는가 하는 이상한 눈치였다.

 드디어 태양이 높이 솟아오르며 눈부신 빛을 뿜어와 칠흑 같
은 밤을 떠나보내고 망망한 동해바다에 희망의 새아침이 시작됨
을 알려왔다. 찬란한 아침햇살을 안고 선장 아바이는 고기떼를 찾
아 힘차게 전속력으로 배를 몰고 있었다. 밤새도록 새우잠으로 지
새우며 눈은 멀겋게 충혈되었고, 힘든 노동 속에서 육체는 피곤에
지쳤지만 바다에서 맞이하는 아침은 그들에게 새로운 하루의 희
망을 안겨주었다. 학철이는 선장 아바이 주위에 똘똘 뭉쳐진 그들

의 근로한 모습이 보기 좋았고 자기도 잠시나마 그들의 일원이라고 생각하니 자부심으로 가슴이 흐뭇했다. 단합된 그들이 공화국 수산업계에서 번번이 어획고의 신기록을 창조하였다.

아침 식전에 한 그물, 식후에 세 그물, 점심 먹고는 또 한 그물을 끌어올리니 선창은 고기가 다 차고 갑판 밖에까지 굴렀다. 오후 한 시가 넘어 만선기를 올리고 신포항으로 돌아오기 시작하니 모두들 피곤을 잊고 신이 나서 이야기판을 벌렸다.

시흡이는 학철이 보고 '오늘 저녁은 출항 안 하니 저녁에 만나 자기 여자 친구를 소개하겠다'고 했다. 그는 희죽 웃으며 자기 여자 친구는 대단한 미인이니까 학철이가 놀라 엎어질 수 있으니 미리 든든히 정신 준비를 해야 할 것이라며 껄껄 웃었다.

배는 오후 2시가 되어서야 항구에 도착하였다. 짐들은 오는 도중 다 꾸렸고 배를 깨끗이 청소하고 선장실, 취사원실, 기관실 문을 잠그고 선장 아바이를 중간에 모시고 모두들 부두에 올랐다. 그리고 통조림에서 파견한 통계원들한테서 물고기 인수증을 떼고 있는 민 수부장을 기다리고 있었다.

그들이 떠들썩하며 대문을 나서자 정다운 거리가 그들을 반겼다. 지금부터는 힘든 노동을 끝낸 뒤 생의 쾌락을 맛보는 시간. 민 수부장이 대문을 나오며 '내일 아침 8시에 배에 모이라'는 말을 끝내자마자 서로 인사하고 산지사방 흩어지기 시작했다. 그 중 학철이와 시흡과 같은 방향으로 가는 일부 어로공들의 농담이 학철이를 잠시 의아하게 하였는데 후에 시흡의 해석을 듣고서야 그 진의를 알게 되었고 웃지 않을 수 없었다. 그들의 농담은 이러했다.

"야 칠성아, 오늘은 너 아들한테 잔돈 주어 심부름시키지 않아도 되겠구나. 좀 참았다 아들이 잠든지를 확인하고 제수씨를 공격해라. 알았냐? 하하하…."

익살꾼 허씨가 농담을 걸어오자 나이가 비슷한 칠성이가 맞받는다.

"야 이놈아, 그 일을 네가 어떻게 알았냐? 네 누이가 집에 가서 말하디? 그것도 네 누이가 참지 못해 할 수 없이 네 안면 봐서 딱 한번 그랬는데, 하하… 어쨌든 다 집안일인데 왜 모자라게 밖에서 떠드니, 한심한 놈 하하하…."

결국 칠성이가 매부로 자처하여 이득을 본 셈이다. 이렇듯 오가는 그들의 농담 속에서도 노동 인민이 아무리 힘든 역경 속에서도 잃지 않는 낙관적인 정신과 친근한 우애를 엿볼 수 있었다.

시흡이는 합숙으로 돌아와 부랴부랴 세수하고 처갓집에 물고기 주러 가며 학철이 보고 저녁 6시에 수산사업소 영화관 앞에서 만나자고 당부했다.

아마 식량과 부식품이 결핍한 북조선 형편에서 시흡이 처갓집에선 좋은 사윗감이라고 칭찬이 대단할 것이다. 시흡이는 장인, 장모는 물론 처남, 처제 모두 자기를 좋아한다고 자랑했고 자기 여자 친구도 자기가 한 마디만 하면 그것이 절대 명령처럼 무조건 복종한다고 흐뭇해하며 자랑했다.

학철이는 오랜만에 한가한 낮 시간을 보내며 물리학 참고서를 뒤적이다 오후 눈시울에 매달리는 잠을 이기지 못해 해가 서산에 기울 때까지 잠들어 버렸다.

깨어나니 창밖이 어두워지기 시작했다. 아마 이래서 어로원들은 집에 가면 밥 먹는 시간 외에 잠, 오직 잠만 잔다는 것이다. 배를 탄다는 그 자체가 사람에게 힘든 육체노동보다 더 피로를 가져온다고 한다.

저녁식사는 배에서 먹지도 않는 명탯국이었으나 다들 맛있게 먹고 있었다. 배에서는 명태와 같이 잡힌 기름진 이면수나 머리 큰 망채⁵ 같은 맛있는 물고기만 골라놓았다. 국을 끓여 먹고 나머지는 골고루 나누어 집 식구들한테 먹인다. 그것 또한 힘들고 위험한 뱃사공들의 유일한 쾌락일 것이다. 원래 밖에서 일하는 사람들은 자기를 중심으로 행복한 가정을 이루려고 직장에서 열심히 일하고 그 대가로 봉급 받아 식구들을 먹여 살리고 부모를 공경하며 자녀를 공부시킨다. 이것이 가장으로서의 책임이며 긍지인 것이다. 가정은 사회의 말단 세포이며, 행복한 가정이 많을수록 사회는 안정된 사회, 발전하는 나라로 될 것이다.

모든 가장들은 어느 누구나 다 자기의 최대 능력을 발휘하여 일하고 행복한 가정을 만들려한다. 나라는 이런 가장들에게 그들의 능력을 충분히 발휘할 수 있게 알맞은 환경을 알선해주는 것이 응당하리라고 학철이는 생각하였다. 좋은 나라, 좋은 수령은 인민들, 수백 수천만의 이 말단세포를 잘 이끌어 나가는 것이야 말로 제일 큰 과업이며 보람일 것이다. 무수한 가정에서 행복의 꽃이 필 때 나라는 발전하고 민족은 강성해질 것이며 반면에 수많은 가

---

5. 아귀. 함경북도에서는 망챙이라고도 함.

정이 살기 어려워 분란이 생기면 악순환으로 사회와 나라가 어지러워지고 쇠약해지며 패망의 길로 들어설 것이다. 학철이는 북조선이 빨리 발전하여 집집마다 행복의 웃음꽃이 피어나길 바라마지 않았다.

6시쯤 되어 학철이가 영화관 앞에 도착하니 쌀쌀한 겨울이라 여자들은 머릿수건을 칭칭 둘러쓰고 남자들은 외투 자락을 세워 추위에 얼어드는 귀를 녹이고 있었다.

시흅이가 학철이를 먼저 발견하고 두 여자를 대동하고 학철이 쪽을 향해 오고 있었다.

영화가 아직 안 끝나 다들 밖에서 발을 구르며 영화 끝나길 기다리고 있었다. 시흅이는 싱글벙글하며 두 처녀를 학철이에게 소개했다. 한 처녀는 시흅이의 여자 친구인데 피부는 바닷바람에 타 철색이지만 얼굴은 예쁘장하였고 호리호리한 중키에 좀 약해 보였다. 그런데 그녀의 친구는 대조적으로 풍만해 보였고 얼굴은 학철이가 신포 와서 처음 보는 흰 피부의 소유자였다.

얼굴이 희고 토실토실 터질 것처럼 복스러웠고 이목구비가 반듯한 미인이었다. 특히 얄핏한 입술 곡선이 명확한 것이 특징적인 매력이었다.

시흅이는 '이 여자는 자기와 고아원 동창인데 시흅이 여자 친구 혜숙의 둘도 없는 딱친구[6]라고 소개했다. 그녀 이름은 황금순이

---

6. 단짝

고, 수산사업소 전화 교환수로 일하고 있다'고 하였다.

그때만 하여도 전화를 걸려면 번호를 누르지 않고 전화 교환수를 거쳐야 하는 시절이라 수산사업소에도 몇 십대 전화가 있으니 자연 전화 교환대가 있었다. 학철이는 그녀들과 수줍게 인사를 나누고 영화관으로 들어섰다. 그들 넷은 영화관 중간쯤에 자리 잡았는데 시흡이와 여자 친구는 이미 계획되었는지 학철이와 황금순이를 중간에 앉히고 자기 둘은 양 옆에 앉았다. 영화는 '금희와 은희의 운명'이란 눈물 나는 민족 비극을 담은 영화였다.

학철이는 황금순과 초면이고 학교 때부터 이성을 멀리한 습성이 있어 황금순과 몸 거리를 유지하려 했고, 시흡이는 학철이를 금순이 쪽으로 슬그머니 힘을 주어 밀고 있었다. 금순이 쪽도 마찬가지였다. 가만히 보면 네 사람이 무언의 서로 밀기 몸싸움하는 격이되었다. 그러다 영화는 끝나고 시흡이는 학철이 보고 금순이를 바래다주라 하고는 자기 여자 친구를 데리고 어디론가 사라졌다.

학철이가 금순이에게 어디로 가겠느냐고 물으니 오늘 밤 8시 교대시간이어서 교환실로 가야 한다고 하여 둘은 침묵 속에서 수산사업소 한쪽 끝에 위치한 교환실로 발길을 옮겼다. 학철이가 먼저 침묵을 깨트렸다.

"금순 동무는 언제부터 교환수로 일했어요?"하고 물으니 "2년 전에 고등기술학교를 졸업하고 취직했어요."

말씨도 북조선 말치고는 고왔다.

"나는 중국에서 귀국한 지 한 달밖에 안 돼 아직 북조선 실정을 잘 모릅니다. 앞으로 많이 일깨워 주십시오."

"아니에요, 시흡 동무의 말 들으니 물리학, 특히 핵물리학 연구에 소망을 두고 귀국하셨다는데 참 대단한 용기와 포부예요. 부모님 슬하를 떠나 고생이 많겠어요. 내가 도울 일이 있으면 서슴지 말고 말씀해주세요. 아무것이나 학철 동무의 애로를 풀어 드리고 싶어요."

"아니요. 자기절로[7] 다 할 수 있습니다"라고 말했으나 그녀의 진심어린 말마디가 학철이를 감동시켰고. 조국에 돌아와 처음 느껴보는 이성으로부터 오는 야릇한 은정이었다.

"앞으로 종종 전화주세요. 저녁이면 사업소에 전화가 적어 한가하니까요"라고 금순이는 아리따운 미소를 지어 보인다. 어느덧 교환실 앞에 이르렀고 갈라지기 전 악수를 나누며 학철이가 대답했다.

"예. 그러지요."

학철이는 돌아오면서 자기와 그녀가 사귀려면 앞으로 좀 더 주동이 되어야겠다고 생각했다.

학창시절엔 공부하기 바빠 남녀 간 감정 같은 것에 거의 생각해 보지 못한 학철이로서 오늘 황금순과의 짧은 접촉은 학철의 마음속 잔잔한 호수에 뜻밖의 돌을 던진 격으로 커다란 파문이 일고 있었다. 아마 이것이 마음이 통하는 남녀가 처음 만남을 때 두 마음속에 움트는 호감이란 감정일 것이다.

학철이는 이것이 사랑이란 신비의 세계로 들어가는 전주곡이란

---

7. 제 스스로

것을 전혀 모르고 있었다. 이성에 전혀 경험이 없는 학철이는 이 상하게 오늘 같은 추운 겨울에도 몸속에서 갑자기 따뜻한 난류가 흐르는 것을 감수할 수 있었고 자기도 모르게 온몸에 힘이 솟고 이상야릇한 흥분을 느꼈다. 그래서 순천중앙귀국민초대소에서 현재 형님이 '사랑하면 꽁꽁 얼어붙는 겨울에도 겉은 춥지만 몸속은 언제나 때 아닌 봄철'이라고 한 모양이다.

 이튿날 여덟 시가 거의 되어 3호 부두에 있는 '990호 저예망선'에 도착하니 선장 아바이, 민 수부장, 박 기관장을 비롯한 대부분의 어로공들이 여기저기 앉아 싱글벙글 이야기하며 담배를 피우고 있었다. 아마 어제 저녁 오랜만에 가족이 한데 모여 행복한 시간을 보낸 모양이다.
 선장 아바이 말씀이 오늘부터 취사원 심씨는 황해도에 있는 친정아버지가 급병으로 병원에 입원하여 못 나온다고 했다. 새 취사원이 오기 전까지 박 기관장과 선장 아바이가 취사원 대리를 할테니 그리 알라며 "괜히 심씨 때처럼 배부른 투정하지 말고 해주는 대로 덥석덥석 먹기만 하면 되지비?" 하며 모두들 둘러본다.
 시흡이가 "아바이, 밥만 설익게 하지 않으면 되니깐 염려 말지비" 하고 선장 아바이 말투를 흉내 냈다. 모두들 하하하 통쾌한 웃음을 한판 웃었다. 선장 아바이가 발로 시흡이의 궁둥이를 하나 차니 시흡이는 아프다고 엄살 부려 모두를 다시 웃겼다. 이윽고 모두 민 수부장의 영솔 하에, 배 청소, 그물 정리에 달라붙었다.
 선장 아바이가 학철이를 보고 박 기관장이 쓰는 물을 길어주고 심부름해주라 하여 학철이는 배가 공해에 나갈 때까지 취사실에서 절여 두었던 고기 밸을 따고 물을 길어 씻어놓았다. 열 시가 넘어 박 기관장이 배 밑 기관실에서 올라와 국을 안치고 쌀을 씻어놓고 아바이가 내려와 밥을 안치고 뜸 들기를 기다렸다.

점심 전 두 그물을 치고 모두 식탁에 둘러앉아 떠들며 심씨 아줌마 때보다 국과 밥이 더 맛있다고들 하니 선장아바이가 "야, 네 놈들 심씨가 돌아오면 다 말해주겠으니 가짜 소리하지마라" 하고 눈을 흘겼다.

학철이는 순박한 뱃사공들 속에서 매일매일 재미있었고 힘든 줄 모르고 눈치껏 일했으며 여러 가지 뱃일을 익혀나갔다.

사흘 날 점심때를 지나 배가 전날 부두를 떠난 지 50여 시간 만에 만선이 되어 물고기는 어창에 넘쳐났다. 만선기를 달고 항구에 돌아와 1호 부두에 정박하니 오후 두 시가 다 되었다. 선장 아바이가 민 수부장 보고 자기는 취사원 때문에 노임부에 가야 하니 선원들을 데리고 헌 그물을 창고에 갖다 주고 새 그물을 바꾸어 오라고 하며 저녁 여덟 시에 출항한다고 하였다. 그리고 박 기관장 보고는 집에 갈 때 장마당에 들려 채소와 소금을 사라고 하고는 젊은 사람도 못 따르는 빠른 걸음으로 사무실로 향했다. 모두들 선장의 지시대로 새 그물을 배에 가져다 놓고 민 수부장의 주위에 뭉쳐 수산사업소 대문으로 향했다.

엊그제 그 익살꾼 허씨가 또 칠성이를 놀려댄다. "칠성아, 오늘도 할 수 없이 너 아들놈한테 잔돈 주어 심부름 시켜야겠구나. 심부름 시킬 때 꼭 잊지 말고 말하거라 한 시간 내에 돌아오지 말라고 말야. 하하하."

칠성이도 지지 않는다. "그놈, 너는 왜 그리 네 여동생 일에 관심이 많냐. 아무렴 내가 네 누이를 죽이기라도 할까봐? 네 안면 봐서라도 그래선 안 되지, 마음 놓거라, 절반만 죽여줄 테니. 하하하…."

모두들 그들을 따라 통쾌한 웃음을 웃었다. 참 재미있는 친구들이었다. 언제나 낙천적인 그들은 고기 잡을 때를 제외하고 언제나 서로 농담을 걸어 여기저기서 폭소를 터트리게 한다. 좀 잠잠해지자 민 수부장이 아닌 밤중에 홍두깨 내밀 듯 한마디 보탠다.

"다들 힘들었을 테니 집에 가서 한잠 푹 자고 여덟 시 전까지 배에 도착하게, 칠성이처럼 색시 못살게 보채지 말고 하하하…."

또 한번의 폭소가 터졌다.

시흡이는 학철이와 나란히 대문을 지나 기숙사로 오며 엊그제 저녁 금순이와 어디까지 갔냐며 진도 상황을 물었다. 학철이의 간단한 대답을 듣고 다음부터 만날 때는 좀 더 '심도'와 '속도'에 박차를 가하라며 관심을 보였다.

학철이가 너의 호의는 알겠으나 나는 그렇게 다그칠 생각이 없다고 하며 천천히 시간을 가지고 호상 전면적인 요해를 거친 후 둘의 관계를 결정하겠다고 말했다.

시흡이는 히죽이 웃으며 "학철이 넌 정말 중국식 '만만디慢慢的'이구나. 나는 답답해서 그렇게 못한다. 나는 지금 사귀는 혜숙이랑 세 번 만나서 먹어버렸거든, 첫 번은 금순이랑 셋이서 점잖게 영화 보며 첫 인사를 했고 두 번째는 단둘이 영화 봤는데 그 애 신체검사를 철저히 빈 구석 없이 다 했고 세 번째는 강낭밭에서 혜숙이의 모든 고지를 점령하고… 쇠뿔도 단김에 빼라고 더웠을 때 후닥닥 먹어버려, 식으면 맛이 가니까, 또 아니? 시간이 길면 다른 생각지도 않던 늑대가 어디서 튀어나올지. 그러니 내 말대로 속전속결의 전략 방침에 따르는 것이 낭패 없다. 안 그래?"

학철이는 시흡이의 말에도 일리가 없는 것은 아니지만 자기는 그런 속전속결에 소질이 없고 설사 시흡이를 따르려 해도 따라갈 수 없다고 생각했다. 그래서 시흡이 보고 자기는 자연적인 흐름 속에서 그 결과를 기다리겠다고 하니 시흡이는 한심한지 입맛만 다셨다.

그날 저녁 7시가 넘어 합숙 경비실에 사람이 없을 때 학철이는 용기를 북돋우며 금순이한테 전화를 걸었다. 금순이의 반가운 목소리가 들려왔다. 배에서 언제 돌아왔느냐, 힘들지 않느냐 등 질문이 많았고 오래된 친구처럼 자연스러웠다. 학철이가 동해바다의 황홀한 풍경과 그 푸른 바다에서 고기 잡는 낭만을 자랑했더니 그녀도 감동된 나머지, 언제 기회가 있으면 자기도 동해바다 한복판에서 그처럼 아름다운 바다의 절경을 구경하고 싶다고 했다.

학철이가 '오늘은 7시 반에 배로 나가야 하니 이만 전화를 끊고 다음에 돌아오면 전화하겠다'며 작별인사를 나누고 전화기를 놓았다. 짧은 시간이나마 금순이의 목소리를 들으니 마음이 날아갈 것처럼 흥거웠고 즐거웠다. 학철이는 금순이 생각만 하여도 그녀가 이 세상에서 제일 다정다감해 보였고 천사를 만난 느낌이었다.

학철이는 지금 자기가 거대한 자석에 끌려가듯 금순이에게로 끌고 가는 듯했으며, 단지 한번 보고 한번 전화 대화를 나눴어도 오랜 세월을 함께 보낸 것처럼 친숙했고 마냥 즐겁고 행복했다.

　순천초대소에서 현재 형님의 첫사랑 이야기에서 그의 첫사랑이 깨졌을 때 고통의 시각들이 천추같이 끈질기게 그를 괴롭혔고 아프게 했던 것과는 정반대로 요즈음 학철이에게는 상상 밖의 행복과 희망이란 선물을 가져다주었다.

　생소했던 그들 사이 공간은 순식간에 좁혀졌고, 단 한시도 떨어지면 보고 싶고 그리웠다. 이것이 사람들이 말하는 조물주가 인간에게 준 연분이란 고귀한 혜택일 것이다.

　거대한 공간과 시간을 뚫고 그들 사이를 순식간에 지적으로 좁혀주는 연분의 신기에 학철이는 놀라지 않을 수 없었다.

　학철이는 자기와 금순이의 이 연분은 보통 인연이 아니며 전생에 이루지 못한 그 어떤 특별한 인연의 재현이라는 생각이 들었다. 학철이는 사랑하는 두 사람에게 사랑의 결과는 오직 사랑의 열도, 사랑의 순도에 달린 것이지 사랑한 시간의 길고 짧음에 좌우되는 것이 아니라는 것을 깨달았다. 그는 점차 자기도 모르게 사랑이란 신비로운 세계로 빠져들어 가고 있음을 느꼈다.

2.

효슬이

학철이와 금순이는 자주 만나지는 못해도 학철이가 배에서 내려 합숙에 돌아오면 짬짬이 금순이와 전화를 통했다. 어제 저녁은 금순이 근무시간이어서 만나지 못하고 전화로 한 시간 넘도록 이야기를 주고받았는데 대화의 많은 부분이 금순이의 학철의 배 생활에 대한 관심과 대학시험 준비 및 생활상 애로점 등이었다. 그녀의 말마디는 속속들이 학철의 가슴속으로 파고들었고 그 전에 체험해 보지 못한 이상야릇한 이성의 온기가 학철이의 심신으로 흘러 들어오고 있었다.

이제부터는 쓸쓸히 부둣가에 혼자 서서 지나가는 배들을 멍하니 바라보며 고독을 느끼는 일은 없을 것이다.

금순이의 출현은 오랜 가뭄에 단비가 내린 것처럼 학철이의 마음을 기쁨으로 흠뻑 적셔주었다. 매일 아침 눈을 뜨면 빨리 출항하여 만선기를 올리고 돌아와 금순이 만나길 기원했다.

학철이는 요즘 들어 몸에서 불끈불끈 힘이 솟고 마음은 언제나 행복에 젖어 있었다. 학철이는 속으로 사랑하면 이렇게 정신적 에네르기가 육체적 에네르기로 전환되는 모양이라고 생각했다.

하루아침 일찍 배에 오르니 선장 아바이가 배에서 스프천 외투와 흰 머릿수건을 두른 호리호리한 처녀와 이야기하고 있었다.

선장아바이가 어로공들을 휘둘러보고 다 모인 것을 확인하고 "모두들 여기로 모이지비" 하고 큰소리로 말하니 모두 선장과 낯선 처녀를 둘러쌌다.

"오늘부터 이 처녀동무가 우리 배 취사원으로 일함매, 앞으로 시간이 있으면 참 이름이 뭐더라… 아, 박효순, 이 동무를 도와주고 특히 밥투정 같은 것 하면 나한테 혼나당이, 알아들었지비?"
하니 모두들 "예" 하고 대답했다.

효순이가 생글생글 웃으며 "앞으로 많이 부탁합니다" 하고 말하니 누군가가 "효순이처럼 곱게 생긴 아가씨가 한 밥은 무조건 맛있을 거니까 염려 말어. 설사 맛없어도 아바이한테 일러바칠까 겁이 나서 맛있다고 히지비" 하고 익살 피우다를 한바탕 웃고 흩어져 일에 달라붙었다.

이윽고 박 기관장이 어제 아바이 분부대로 신선한 채소를 한 짐 들고 배에 도착하였다. 선장 아바이가 학철이 보고 효순이를 도와주라고 하여 학철이는 효순이와 같이 채소를 다듬고 물을 길어 깨끗이 씻었다. 효순이는 학철이보다 몇 살 위인 것처럼 숙성해보였고, 보일까말까 약간의 주근깨가 있지만 예쁘게 생긴 얼굴에는 언제나 쌩글쌩글 웃음이 떠나지 않았다.

학철이는 신포에 온 후 금순이를 제외하고 흰 피부의 여자는 거의 못 보았다. 아마 염분이 많은 바닷바람이 피부를 까맣게 태우는 모양이다.

학철이도 요지음 바닷바람에 까맣게 탔다. 그녀는 철색 피부의 어여쁜 아가씨였다. 효순이는 같이 일하는 학철이보고 '살기 좋은 중국에서 어떻게 곤란한 북조선에 왔는가'고 물었다. 그녀는 학철이의 깐깐한 설명을 듣고 얼굴에 탄복의 표정이 역력했다.

"학철 동무처럼 피부가 흰 총각은 처음 봤어요. 숱한 처녀들 가슴 설레게 하겠는데 사귀는 처녀동무는 있어요? 없으면 내가 하나 소개해줄까요? 호호호⋯."

난생 처음 받은 여자의 농담에 학철이의 얼굴은 홍당무처럼 빨개졌다. 학철이의 이런 모습을 보며 그녀는 재미있는지 더욱 깔깔대며 웃었다. 학철이가 자기는 공부 외에는 다른 아무 생각 없다고 말하니 "거짓말, 학철 동무처럼 점잖은 사람들이 뒤로 호박씨 까더라. 호호호…."

효순이는 쾌활하여 접촉성이 좋고 활발한 처녀였다. 그래서 반나절도 못가서 선장 아바이 이하 박 기관장, 민 수부장을 비롯한 모든 선원들과 친숙해졌고 농담도 주고받았다. 그가 배에 온 후부터 배의 분위기가 달라졌고, 그가 가는 곳마다 웃음소리가 끊일 줄 몰랐다. 그녀는 밤늦게까지 어로공들을 도와 그물을 당겼고 갑판 여기저기서 그녀의 그림자를 볼 수 있었다. 참으로 영리하고 부지런하며 명랑한 처녀였다.

한번은 밤이 깊어 모두들 그물을 정리하고 잠자리에 누웠다. 학철이가 배 뒤에 있는 화장실에서 나오다 선장실을 올려다보니 효순이가 배의 운전대 앞에 키를 돌리고 있었다. 그의 뒤에는 선장 아바이가 그를 껴안다시피 안고 같이 돌리고 있었다. 매사에 호기심 많은 효순이가 배 운전을 배우고 있는 모양이다. 단순한 학철이는 별다른 생각 없이 휴식실에 들어와 잠을 청했다.

이튿날로 동해바다 구석구석을 누비며 배를 몰아도 큰 고기떼를 못 만나 어창의 고기는 절반도 되지 않았다.

오후 두 시가 넘어 학철이는 효순이를 따라 부엌에서 물고기를 손질하고 있는데 효순이가 "학철 동무, 이리와 이 끈을 좀 매주세요"하고 말하며 학철이가 고개를 돌려보니 취사원 작업복인데 외과의사 수술복처럼 뒤에서 끈을 매는 작업복이었다. 효순이는 뒤를 학철이를 향하여 돌리고 학철이가 다가가 끈을 매주길 기다리고 있었다.

이때 시흡이가 휴게실로 들어오다 이 광경을 목격하고 학철이를 향해 입에 손가락을 대고(말하지 말라는 신호) 살그머니 신소리를 죽이고 효순이의 등 뒤로 갔다. 시흡이는 그녀의 취사원 작업복 끈을 다 매고 당찮게 손이 겨드랑사이를 지나 앞으로 나갔다. 아마 젖가슴을 만진 모양이다.

한참 있다 효순이가 이 손이 너무 담대하여 학철이의 손 같지 않아서 뒤를 돌아보고 불순한 손의 주인이 시흡이자 홱 돌아서며 얼굴에 새빨갛게 홍조를 띠고 빗자루를 찾아들고 시흡이를 때리려고 덤볐다. 시흡이는 이리저리 피하다 학철이를 붙잡고 그를 방패삼아 효순이의 빗자루를 피하고 있었다. 그러면서도 시흡이는 계속 효순이를 놀려댔다.

"미안, 미안해. 나보고 끈 매달라는 줄 알았지. 정말 미안해. 학철이가 아니어서 정말 미안해. 그런데 내가 학철이보다 못 한 게 뭐있어? 생긴 게 학철이처럼 희고 곱지 않아서 그렇지? 자 보아. 이렇게 키 크고 힘 좋지(시흡이는 팔뚝을 걷어 올려 힘주며) 이만하면 거무틱틱한(거무튀튀한) 게 남자답게 생겼잖아."

효순이는 한참 시흡이를 쫓다 힘이 드는지 할딱거리며 "너 오늘 저녁은 굶어, 안 그러면 아바이한테 일러바칠 거야" 하고 말하니 시흡이가 "마침 점심 먹은 것이 소화가 안 되어 저녁은 삼가하려 했는데 하하하…, 그런데 작업복 끈 매준 대가로 고 찐빵 두 개를 좀 만졌기로서니 왜 그리 호들갑이야. 좋으면 앞으로 내가 자주 만져주기 하하하….” 그러니 효순이는 다시 빗자루를 들고 그를 쫓는다. 그러다 효순이는 학철이 보기 민망한지 나가버렸다.

시흡이는 학철이 옆에 와 앉으며 “그 간나 보기보다 젖통이 꽤 크고 빵빵하던데. 내 색시 것보다 더 좋더라구”하며 웃었다. 조금 있다 시흡이는 “야, 학철아 너도 언제 사람 없을 때 한번 만져봐라. 그 애는 널 좋아하는 모양인데….”

학철이는 시흡이의 노골적인 남녀 관계 언어에 동감도 흥미도 없었다. 아직 습관이 안 돼서인지 너무 경박하고 저급적으로 느껴졌다.

효순이는 선원들에게 생기발랄한 청춘의 활기를 보여주었고 기계처럼 돌아가는 이 남자만의 집단에서 웃음이 넘치게 하였다. 특히 고기잡이를 끝내고 휴식할 때 화제의 주인공은 언제나 효순이였다. 사랑하는 가족과 멀리 떨어진 동해바다에서 효순이는 그들의 귀여운 딸이나 여동생처럼 느껴졌다. 그 어떤 원인으로 모인 남자만의 집단에서 한 여자의 작용과 영향이 이렇게 클 줄은 누구도 몰았을 것이다.

효순이가 온 후 세 번째 출항한 때였다.

밤새 고기잡이에 피곤한 선원들이 모두 코를 골며 깊은 잠에 빠진 때 옆에서 자던 시흡이가 학철이를 깨웠다. 학철이가 그물 당길 때가 되었는가 하여 후딱닥 일어났더니 시흡이가 손가락을 입에 대고 “쉬”하며 취사원실을 가리켰다. 그제야 정신이 들어 그쪽을 바라보니 효순이의 가느다란 애원의 소리가 들려왔다.

"이러시면 안돼요. 제발 이 손을 놓으세요. 사람들이 알면 큰일 나요. 예? 아바이…."

이어 질그릇 떨어져 깨지는 소리가 들여왔다. 한참 조용하더니 "흑흑"하는 효순이의 흐느낌 소리가 나고 연이어 "앗, 아파요. 제발 그만하세요. 정말이에요"하는 효순이의 애걸하는 목소리가 가늘게 들려왔다.

시흡이는 입을 학철이 귀에 대고 "영감이 사고 칠 줄 알았지. 고양이한테 생선 맡긴 셈이지. 하하하… 그러나 저러나 효순이 횡재 만났네. 가만있자 아무래도 효순이가 죽었는지 살았는지 내가 확인해야지"하며 시흡이는 살금살금 걸어서 취사원실 작은 문가로 가 허리를 구부리고 문틈을 찾고 있었다. 한참 있다 좋은 관찰구를 찾았는지 열심히 꼼짝 안하고 들려다 보고 있었다.

취사원실에서 아바이의 숨가쁜 소리와 효순이의 가느다란 신음 소리가 들릴 뿐 조용해졌다. 얼마나 지났는지 시흡이는 히죽히죽 웃으며 돌아왔다.

"야, 졸린다. 내일 자세하게 얘기해줄게. 잠이나 자자"하고는 5분도 못되어 코를 졸기 시작했다. 예상치 않았던 사건에 놀란 학철이는 아무리 자려고 애써도 잠이 오지 않았다. 취사원실에선 선장 아바이가 나가는 문소리가 들렸고 이어 효순이의 흐느끼는 소리가 간간히 들려왔다. 이튿날 아침 효순이 얼굴에는 평시의 명랑한 표정은 온데간데없이 사라지고 고개를 수그리고 어로공들의 국과 밥만 차리고는 취사원실로 들어가 버렸다. 다들 효순이가 어디 아픈가 하는 정도로 범상히 여기고 있었다. 오직 시흡이와 학철이만 눈으로 마주보고 웃었다.

그날 아침 9시가 되어 배가 부두에 정박하자 효순이는 아무 말 없이 혼자 보따리를 들고 부두에 올라 종종걸음으로 육지로 **빠져** 나갔다.

선장 아바이가 "효순이가 몸이 좀 아파 그러니 다들 이상하게 생각 말게, 혹시 내일 못 나오면 박 기관장이 또 효순이 대신 취사원을 맡아 주어야겠슴메. 알았지비?"

"예" 하고 박 기관장이 대답하고 모두들 제각기 배에서 내릴 준비를 하였다. 시흡이는 학철이와 같이 숙사로 돌아오자 참았던 말보따리를 터쳤다[8].

"야, 말도 말아라. 우리 아바이 정말 신체 좋더라. 스프링처럼 힘 드는 줄 모르고 효순이를 진공^{進攻}하는데 나는 거기에 비하면 곁에도 못가겠더라. 그러니 혜숙이가 나를 깔보지. 어떻게 하나 선장 아바이한테서 그 지구전비법을 알아내야지. 그래서 혜숙이 그 간나 기를 죽여 놓아야지…."

혼잣말처럼 투덜거리던 시흡이는 다시 말을 잇는다.

"야, 학철아. 너도 어제 그 장면을 봤을 걸. 효순이 그 간나 얼굴은 까매도 몸뚱이 하나는 새하얗더라. 궁둥이도 예상 밖으로 크고 앞으로 선장 아바이 아들 서넛은 문제없이 낳겠더라. 갓 잡은 물고기처럼 팔딱거리는 효순이 몸뚱아리를 보고 선장 아바이, 죽기 살기로 덤비는데 참 내가 두 손 바짝 들었다, 쯔쯔…."

---

8. 터뜨렸다.

시흡이는 그날밤 문틈으로 본 광경을 군침 삼키며 자세히 섬세한 부분까지 말하기 시작했다.

아바이의 욕정의 바다에서 점차 이성理性의 언덕으로 올라온 효순이는 자기 몸체에서 움직이는 아바이는 아랑곳하지 않은 채 외면한 얼굴에선 후회의 눈물이 흐르고 있었다. 돌이킬 수 없는 일을 부득이 받아들이게 된 자기가 가증스러웠고 실망스러웠을 것이다.

수상 동지가 몇 번이나 만나주셨다는 광환을 목에 건 아바이의 권세에 압도되어 그 폭행에 단호히 맞서지 못하고 휘말린 자기가 너무나 싫었고 초라하게 생각된 나머지 자책의 눈물을 흘리고 있었을 것이다.

눈앞이 캄캄하고 머릿속은 텅 비어서 어디에서부터 일을 수습해야 할지 엄두를 찾지 못하고 방황하고 있었을 것이다. 그래서인지 효순이는 배가 두 번이나 출항할 때까지 나오지 않았다.

세 번째 배가 귀항하자 아바이가 민 수부장과 박 기관장을 배 앞쪽으로 불러놓고 무슨 말을 하고 있었다.

그리곤 제일 큰 물고기 보따리는 선장 아바이가 직접 들고 배에서 내려 대문을 통과하였다. 대문 경비원 처녀 둘은 선장 아바이만 보면 수산사업소 지배인이나 당위원장을 보듯 경례를 하며 아부하는 형편이니 그의 짐을 점검할 리 만무하다.

대문을 나와서 선장 아바이는 그 물고기 보따리를 민 수부장에게 넘기고 박 기관장에게 돈지갑에서 돈을 두툼히 주는 것 같았다. 그리고는 "그럼 수고를 하지비" 하고 둘의 어깨를 두드려 주었다. 민 수부장과 박 기관장은 선장 아바이가 장기간 배양한 심복이었고 자식처럼 아끼고 있는 사람들이었다.

시흡이는 학철이와 같이 합숙으로 돌아오며 "그날 밤일을 누구한테도 말하지 말아야 한다. 공연히 말이 나가 아바이 심기를 건드리면 좋을 게 하나도 없으니까. 효순이 그 간나, 까불며 꼬리치더니 이번에 오지게 된맛을 보았을 거야. 쩍하면 선장실에 올라갈 때부터 내가 알아봤다니까."

학철이는 시흡이의 비뚤어진 시야에 동감할 수 없어 아무 말도 안 하고 그의 횡설수설을 듣기만 했다. 단지 그의 관점과 판이한 다른 생각에 잠겼다.

당과 수령의 절대적 권력이 주도하는 북조선 현실에서 오직 당의 말을 잘 듣고 물고기 잘 잡는 전형이 된 아바이는 위대한 수령님이 세 번이나 만나주신 수산업계의 자랑이며 '절대 권력가'다. 그가 하는 일은 곧 당을 대표한 것이며 누구도 부정할 수 없다. 그가 아무리 그릇된 일을 했어도 주위 누구 하나 감히 시비를 걸지 못하며 눈감고 지나간다. 사업소 지배인이나 당위원장도 아바이를 만나면 상급 당간부를 대하듯 공손하고 긴장하며 그의 기분을 맞추려 아부하는 형편이다. 즉, 아바이는 수산사업소에서 안하무인의 최고 권력가인 셈이다.

아바이는 자기의 배경을 믿고 효순이가 아무리 반항하여도 아랑곳하지 않고 성폭행을 감행했으며 만약에 있을 악후과는 고려에도 두지 않았다. 연약한 여자가 아무리 소리치고 발버둥 쳐도 누구 하나 그녀에게 구원의 손길을 보낼 수 없다. 그녀에게 동정의 시선만 보낼 뿐.

학철이는 이것이 인민을 위한다는 당과 수령의 절대 권력이 도사리고 있는 북조선의 냉혹한 현실이라는 생각이 들었고 자기도 모르게 온몸에 소름이 끼쳤다.

이튿날 아침 8시에 출항한다던 배는 8시 반이 되어도 움직이지 않았다. 이상하게 박 기관장이 아직 오지 않았다. 시흡이는 학철이의 귀에 대고 '언제나 제일 먼저 와 기계정비에 바쁜 그가 오늘처럼 늦는 일은 보기 드물다'고 가만히 말해주었다.

선장 아바이가 선장실에서 멀리 두리번두리번 무엇을 찾고 있었다. 이윽고 선장 아바이가 선장실에서 내려와 희색이 만면하여 선원들을 보고 "다들 듣지비, 효순이가 오면 쓸데없는 소릴랑 말고 잘 대해주게들. 알겠지비?"

다들 영문 모른채 "예" 하고 대답했다.

얼마 있다 효순이가 기관장을 따라 배에 올라왔는데 얼마 전보다 창백하고 여윈 것 같았고 좀 어색해 하는 눈치였다.

그녀는 눈을 내리 깔고 드문드문 사람들의 눈치를 살피고 있었다. 사람들은 모르는 체 일만 했고 태연하게 "아프다더니 좀 낫습매?" 하는 식의 물음뿐이니 긴장하고 어색했던 그의 태도는 점점 풀어지고 옛 모습으로 돌아가기 시작했다.

학철이는 예전처럼 출항 때부터 그를 도와 2~3일 먹을 김치와 밑반찬을 만들었고 물고기가 올라올 때는 부엌 일손을 멈추고 달려 나가 그물을 당겨 올렸다. 점차 생기발랄한 옛 모습을 되찾고 있는 효순이의 모습을 멀리서 바라보며 선장 아바이는 싱글벙글 웃고 있었다.

이 모든 것은 눈치 빠른 시흡이의 시야를 벗어나지 못했다. 그리고는 학철이와 단둘이 있으면 학철이가 모르는 소식들로 학철이를 놀라게 했다.

아바이는 주위에 사람이 없을 때면 조심스레 효순이에게 접근했고, 손으로 효순이 몸 어딘가를 다쳤고 효순이는 아바이의 커다란 동작 외에는 범상히 받아주었다. 그러다 식당에 자주 드나드는 학철이한테 들키기도 했다. 그럴 때면 얼굴이 홍당무처럼 빨개진 효순이는 선장 아바이의 손을 탁치고 저쪽으로 사라져버리곤 하였다.

그들의 관계는 점차 어로공들 사이에 공개된 비밀이 되었고 그럴수록 어로공들은 효순이에게 잘 보이려 애썼다. 선장 아바이 앞에서 효순이의 말 한마디가 얼마나 위력이 있는지 그들은 짐작하고도 남음이 있었다.

이전에는 심씨가 이 배에서 황후와 같은 존재였다. 물론 지금은 새 황후로 바뀌었지만….

한번은 학철이가 그녀를 도와 엎드려 배추를 씻다가 고개를 드니 학철이를 한참 보고 있던 효순이 눈과 마주쳤다. 그 순간 효순이의 눈에서는 학철이에 대한 애착 같은 모종의 섬광이 학철이의 눈에 들어왔다. 선장 아바이의 위압을 이겨내지 못하고 순종한 자신에 대한 후회 같은 거라고나 할까. 당시 그녀의 눈시울에서는 보일까 말까 한 눈물이 반짝이었다.

네 눈이 마주치자 그녀는 천천히 돌아서나가 바다를 바라보았다. 가슴속에 일어난 감정의 파도가 가라앉기를 기다리고 있는 듯해 보였다.

선장 아바이의 거대한 그물에 걸린 한 마리의 물고기처럼 아무리 발버둥이치고 발딱거려도 쓸 데 없는 일이다. 싫어도 할 수 없이 아바이한테 끌려가는 그녀의 착잡한 마음을 학철이는 알 것 같았다. 그녀가 측은했지만 학철이가 그녀에게 해줄 게 아무것도 없었다.

시간의 흐름과 함께 선장 아바이와 효순이의 특수 관계는 노골화되었고 어로공들 앞에서도 아무 거리낌 없이 정이 오갔다. 효순이는 완전히 자포자기했는지 시간만 있으면 자기를 따라다니는 선장 아바이와 붙어 있었고 사람들의 시선엔 아랑곳하지 않았다.

밤이 되면 취사원실에서 자주 선장 아바이의 너털웃음과 효순이의 "앗, 아프다는데 왜 성질이 이렇게 급해요" 하는 고함소리와 이어서 효순이의 신음소리가 간간히 흘러나와 잠 못 든 어로공들의 귀를 간지럽게 하였다.

배가 만선이 되어 돌아올 때면 어로공들의 물고기를 나눌 때에도 선장 아바이의 특별 지시로 효순이의 몫은 언제나 2인분이 넘었고 선장 아바이가 직접 들고 대문을 통과한다. 선장 아바이는 효순이 말이라면 하늘의 별이라도 따줄 듯 만사가 "그렇게 하지비" "물론 되지비"였다.

한번은 학철이와 시흡이가 효순이 앞에서 마양도를 바라보며 "야! 저 마양도가 그렇게 경치 좋다던데 한번 가 보았으면 좋겠다" 하는 말을 듣고 효순이가 "그럼 내가 아바이한테 말해볼까?"

"제발 그렇게 해주렴. 그러면 내가 전번처럼 너 작업복 끈을 뒤에서 매줄게"하고 시흡이가 전번 젖가슴 만지던 일을 상기시켰지만 효순이는 그전처럼 흥분하지도 않고 시흡이를 흘겨볼 뿐 아무 반응도 보이지 않았다. 이어 그녀는 일어나 선장실로 올라갔다.

그 후 이틀이 지나 열시쯤 배가 출항할 때 선장 아바이가 "에헴, 이봅세, 오늘 저 마양도 뒤쪽에 배를 세우고 마양도에서 한두 시간 놀다 배에서 점심 먹고 출항할 것임매. 모두들 알겠지비?" 하니 모두들 좋아 난리였다.

배는 마양도를 돌아 동쪽 커다란 바위 옆에 정박했다. 이곳은 정말 배를 정박하기에 맞춤한 천연부두였다. 물이 깊고 낭떠러지와 큰 바위 옆에 이 저예망선보다 더 큰 배도 정박할 수 있었다.

선원들은 배를 바위에 매놓기가 바쁘게 바위 위로 기어올라 산지사방으로 흩어졌다.

학철이는 시흡이와 같이 마양도에서 제일 높은 큰 바위 위로 올라갔다. 좌우 3~400미터 되어 보이는 마양도의 전모가 한눈에 안겨 왔다. 서쪽 신포 쪽으로 향한 해안선엔 하얀 백사장이 깔려 있었고 이미 선원 몇이 거닐고 있었다. 동해바다를 접한 동쪽은 깍은 듯한 커다란 바위 위에 또 바위가 차곡차곡 쌓여 아슬아슬한 절벽을 이루었고, 바위 틈새 여기저기에 소나무들이 뿌리를 내려 녹색 섬으로 장식했다. 그런데 이상한 것은 소나무 사이에 널려 있는 큰 바위들이 인공으로 깍은 것처럼 반듯하고 또 크고 넓어서 사람들 4~5명이 술상을 놓고 둘러앉아도 넉넉했다.

시흡이는 신포 사람들 속에 유행하는 전설을 학철이에게 들려

주었다. 그 전설은 이러했다.

날씨가 화창할 때면 신선들이 동해바다에서 안개를 헤치고 커다란 상어를 타고 마양도에 와 널따란 바위 위에서 바둑을 두다 날이 저물면 상어를 불러 타고 동해바다 안개 속으로 사라진다는 것이다. 더욱 신기한 것은 이런 반듯한 바위들이 하나가 아닌 네 개나 된다. 정말 불가사의한 대자연이었다. 멀리 신포항을 바라보니 1호에서 5호까지 다섯 개 부두에 수많은 저예망선이 모여 있었고 마양도 해협을 바삐 오가는 배들은 어업호황기를 말해 주고 있었다.

배를 부두에 세우는 어부들과 물고기를 처리하는 통조림공장 처녀들이 한데 어울려 들끓는 노동현장을 이루고 있었다. 갈매기들은 까욱거리며 배 사이와 사람 머리 위를 감돌고 있으며 번창한 부두와 아름다운 자연은 한데 어울려 보기 좋은 조화를 이루었다.

학철이와 시흡이는 높은 곳에서 내려와 반듯한 바위 위에 누워 하늘을 바라보았다. 귓가엔 바위를 후려치는 파도소리가 들려오고 맑고 푸른 하늘엔 뭉게뭉게 흰 구름이 학철이와 시흡이를 굽어보며 미끄러져간다.

시흡이는 "야, 참 좋다. 오랜만에 이렇게 아름다운 자연 속에서 한가한 시간을 가지는구나. 앞으로 기회 있으면 혜숙이와 금순이를 데리고 먹고 마실 것을 싸가지고 여기 놀러오자."

학철이는 시흡이의 제의에 적극 찬성했다. 그들은 이런 말을 하지만 이내 이것이 불가능하다는 것을 생각하고 머리를 저었다.

1년 365일 양력설과 음역설도 쉬지 않는 나라, 일요일과 토요

일은 더욱 없는 북조선 현실에서 한가히 놀러 다닌다는 것은 비현실적인 사치이고 상상인 것이다.

무엇을 한참 쳐다보다가 시흡이가 "야, 학철아 저기 선장 아바이와 효순이가 배로 내려간다. 미양도의 이 아름다운 자연 경치도 아마 효순이의 언덕과 수풀보다 못한 모양이지. 특히 숲속에 가려진 그 신비의 샘터보다 말야 하하하… 정말 못 말려. 아바인 그렇다 해도 효순이 저 간나는 왜 그런대? 하여튼 여자들은 그 맛을 한번 보면 남자를 찜 쪄 먹는다니깐. 우리 혜숙일 봐도 그렇고 말야, 하하하…."

학철이가 "정말 그들 둘은 점점 깊은 사랑에 빠졌나봐"라고 말하니 시흡은 "사랑 같은 소릴 하네. 그게 무슨 말라죽을 놈의 사랑이야. 야합이지 야합 말야. 쌓였던 욕정이 배에 구멍이 나서 바닷물이 마구 배 안으로 밀려들 듯 말이야. 사랑은 나와 혜숙이, 너와 금순이 같은 처녀 총각이 장래를 약속하며 생기는 것이야. 안 그래?" 시흡이는 얼굴에 우월감을 나타내며 씨익 웃었다.

학철이는 이런 말을 주고받으며 알다가도 모를 신비의 남녀관계에 대해 다시 한번 생각해보았다.

남자의 권력과 여자의 유혹적인 몸체가 한데 엉키면 두 사람의 감정은 급격히 팽창하고 일사천리로 정신없이 그 일에만 집착하고 보이는 것은 심신을 녹여버리는 상대의 알몸뚱이요, 생각하는 것은 애욕을 만족시키는 욕망일 뿐이다.

소용돌이치는 욕정의 바다 속에서 그들은 주위의 모든 것이 보이지 않는다. 결국 감정에 약한 여자들은 더욱 그 '사랑'의 제일 피해자로 영원한 상처를 입는다….

시흡이는 계속 말을 이었다.

"야 학철아, 그렇다고 선장 아바이만 탓할 게 아니야… 여자가 꼬리를 치니 남자야 그놈을 달고 어쩔 수 없이 휘말리는 거지 뭐… 하하하….

사실 내가 몰래본 취사원실에서 벌어진 일에서도 그렇지. 효순이의 하얗고 터질 것 같은 젖통이며 가는 허리 밑에 퍼진 커다란 엉덩이를 보고 이성을 잃지 않는 남자가 어디 있겠어? 남자로 생겨나 태풍보다 강력한 유혹 앞에서 내일 죽는다 해도 원 없는 것이 바로 그 욕망을 만족시키는 것이야. 안 그래 학철아? 사람은 동물에서 진화되었다고 하지 않니, 사람은 정신적인 면에서 동물과 다른 고상한 면이 있지만 육체적인 면에서는 동물과 다를 바 없거든. 정신적으로 자주 그놈을 통제하니까 그렇지만… 너와 나처럼 말야, 하하하…."

시흡이의 횡설수설을 들으며 학철이는 크게 웃고 말았다. 학철이는 시흡이의 말만 듣고 웃기만 했지만 시흡이의 말에도 일리가 있다고 생각했다. 시흡이의 말마따나 불륜남녀의 '사랑'은 육체에서 시작되고 육체에서 끝난다. 더 발전할 시간과 공간이 없다. 그러나 청춘남녀의 사랑은 내일을 위해 설계하고 발전시키는 정상적이며 아름다운 감정이다. 왜냐하면 오직 정신적인 사랑만이 끊임없이 따뜻한 온기를 주기 때문이다.

그러나 아바이와 효순이 같은 비정상적인 결합은 마른 나무에

불붙듯 삽시간에 잿더미만 남긴다. 거기엔 아름다운 추억도 미련도 없으며 쓰라린 상처와 후회만 남길 뿐이다.

점심때가 되니 금강산 구경도 식후경이라고 어로공들이 하나둘 배에 모여들기 시작했다.

"효순 동무 뭐 도울 게 없소?" 하고 학철이가 물으니 효순이가 왠지 얼굴이 빨개지며 얼핏 그들을 바라보고는 "채소는 이내 되니 밥이나 그릇에 담아요" 하고 고개를 숙인다.

시흡이가 밥 담는 학철이 귀에 입을 대고 가만히 말했다.

"우리 오기 전에 아바이가 금방 저 간나를 재꼈는 모양이야. 아직도 얼굴이 빨간 걸 보니 하하하…" 하며 웃었다.

시흡이는 눈치가 빨라 주위 모든 것을 그냥 지나치지 않는다. 그의 관찰력과 함께 분석력도 뛰어났는데 물론 그 전문분야는 남녀관계였다.

배는 식사가 끝난 후 다시 뚱땅거리며 동해바다로 떠나기 시작했다.

학철이는 설거지하는 효순이 옆에 가 "마양도 경치는 내가 이때까지 본 자연 경치 중에서 제일 절경이었어. 모두 효순이가 아바이한테 말해준 덕이야, 감사해" 했더니 효순이는 얼굴이 붉어지며 "뭘, 나도 좋은 구경했는데. 언제부터 한번 마양도에 와보고 싶었는데"라고 말했다.

배는 이틀 밤을 바다에서 보내고 새벽에야 신포로 돌아왔다.

눈코 뜰 새 없는 출항과 귀항 속에서 해는 저물어 내일이 1963

년 양력정월 초하루이다. 학철이가 배를 탄 지도 한 달이 넘었다. 오늘이 62년 마지막 날이니 그물도 바꾸고 청소도 깨끗이 하라는 아바이의 지시에 따라 모두 부지런히 청소를 했으며 청소가 끝나자 민 수부장의 영솔하에 줄지어서 쓰던 그물을 창고로 메어 날랐고 새 그물을 메어 왔다.

오는 도중 마른 곳을 골라 그물을 내려놓고 그물 위에 앉아 담배를 한 대씩 피워 물었다. 조금 있으니 그들 휴식하는 곳으로 통조림공장 처녀 다섯이 지나갔다. 그들이 한 미터쯤 지나갔을 때 어로공들 중 칠성이란 익살꾼이 큰소리로 "야, 난 저 중간에서 가는 저 처녀가 제일 맘에 든다. 인물도 곱고 성질도 참해 보이고 더구나 저 엉덩이 봐. 펑퍼짐하게 큰데 결혼하면 아들 셋은 문제없이 낳을 게야. 하하하…."

모두들 심심하던 차에 배를 끌어안고 웃었다. 그 중간에 가던 처녀는 힐끔 뒤를 돌아보고 얼굴이 빨개져 잰 걸음으로 먼저 앞장서 달아나고 다른 처녀들도 웃으며 뒤를 따랐다.

시흡이의 말에 의하면 남자들의 농담을 받은 처녀는 받는 당시는 몹시 당황하고 얼굴이 빨갛도록 부끄러워하지만 좀 지나면 기분이 흐뭇해 한다는 것이다. 왜냐하면 자기가 다른 친구들이 못 받는 뭇 남자들의 농담을 받았다는 그 자체가 한편으로 그만큼 자기가 속해 있는 여인 집단에서 월등하였기에 남자들의 눈길을 끌었고, 그 증명으로 그런 농담을 받은 거라며 선의로 받아들인다는 게 아닌가.

새해를 맞아 신포부두에서는 어부들과 통조림 처녀들은 더욱 바빴고 서로 지나치며 모르는 사이에 이런 농담을 자주 주고받는다. 이것이 그들 간에 흥겨운 노동 속에서 흘러나오는 선의의 안부라고 할까.

학철이는 이런 농담이 오갈 때 처음엔 좀 긴장되고 당황했지만 점차 습관 되니 재미있었다. 당하는 사람이나 거는 사람이나 그때만 하하, 웃고 나면 다 잊어버린다. 보통 그들 사이에서 농담이 오갈 때 숫자 많은 편이 우세며 여자들이 많을 땐 남자들이 꼼짝 못하고 당한다. 숫자가 엇비슷할 때에는 주거니 받거니 무승부로 끝날 때가 많았다.

시흡이의 말에 의하면 북조선 처녀들 중 '해방패'란 딱지가 붙은 애들이 꽤 많은데 직장에서 동료나 상사 같은 유부남과 눈이 맞아 임신하여 먼 친척 집에 가 아이를 낳고 아무 일도 없는 것처럼 다시 제 직장에서 출근한다는 것이다.

북조선은 인구가 적어 인공유산을 엄격히 금지하였고 피임약이나 피임도구도 없어 비정상적인 임신율이 높다고 한다. 이런 해방패 여성들은 그들 여인집단의 골간이며 여인 부대를 좀 더 개방적이고 공격적인 집단으로 만들고 있다.

여자들이 한데 많이 모이면 기세도 높아져 남자들의 놀림을 안 받을 뿐만 아니라 남자들이 공격해 올 때에도 유머적 농담으로 맞붙을 놓는다. 어떨 때는 먼저 선제공격할 때도 많다. 그럴 때면 남자들은 어이가 없어 말문이 막히고 쓴 입만 다신다.

너희 남자 놈들도 이럴 때가 있구나 하며 여자들은 건물이 떠내려갈 듯한 웃음을 터트린다. 부두의 번창한 노동환경 속에서 어부들과 수산여들의 오가는 농담과 터지는 폭소는 부두 한 끝까지 울려 퍼지며 모두를 흥겹게 한다.

남자와 여자, 조물주가 남자와 여자를 이 세상에 내놓을 때부터 서로 상대방에 의존하고 상대방을 떠나서는 메울 수 없는 허약점을 만들었다. 그래서 사람은 '人' 자처럼 남자와 여자가 서로 받쳐주며 공동하게 존재한다. 더 나아가 인류는 남자와 여자 두 거대한 집단으로 구성된 완미^{完美}한 결합체인 것이다. 이렇게 남자와 여자는 한데 꼬인 튼튼한 밧줄이 되어 역사의 거대한 수레바퀴를 끌고 인류의 문명을 창조하며 발전시켜나가는 것이다. 호상 조화되고 의존하는 떨어질 수 없는 남자와 여자는 언제 어디서나 자기들만의 특징과 우점^{優點}으로 상대방의 허약을 메우고 서로 보살피며 인생을 완미하게 장식하고 있다.

학철이는 이렇듯 어부들과 수산여들이 한데 어울려 농을 던지고 받으며 웃고 웃기는 신포항구의 들끓는 노동 현장 분위기에 감염되어 자기도 모르게 흥겹고 매일매일 즐거웠다.

학철이가 귀국하여 삼봉초대소에서 문선이를 처음 만났을 때 문선이의 말 중에 '북조선 여자들은 중국 여자들과 달라 활발하고 주동적이니 주의하라'고 하였는데 요즈음 금순이와 접촉하면서도 그녀의 활발한 점을 많이 느꼈다.

사실 남녀 간에 가식적인 눈가림이나 수줍음은 필요 없는 것이다. 학철이는 자기도 이런 조류에 맞게 시흡이처럼 소탈하고 활발할 것이라고 생각했다. 시흡이는 학철이와 걸어온 경력과 환경도 판이할 뿐만 아니라 성격, 취미 역시 완전히 다르다.

학철이는 이미 노동 인민과 한데 어울린 이상 그들의 우점을, 즉 담대하고 낙천적인 성격을 따라 배우리라 생각했다. 학철이는 그 실천의 돌파구를 금순이와의 사랑에로 정했다. 자기가 하고 싶어 하는 모든 일에 용기와 신심을 가져야 성공할 수 있는 것이다.

시흡이가 학철이 옆에 와서 말을 꺼냈다.

"너도 알다시피 여기는 해방패 처녀들이 많은데 그 애들 말대로 처녀가 애를 낳아도 할 말이 있다고, 그들만 탓할 게 아니야. 단순하고 순진한 그 애들을 감언이설로 꼬셔서 구렁텅이로 끌고 간 놈들이 나쁜 놈들이지. 여자들은 약자고 피해자지. 안 그래? 멀리 말할 것도 없고 앞으로 효순이 전도[9]가 걱정이야. 어떤 상처를 입고 어떤 불행한 운명이 그 애를 기다릴지가 말야. 여자들은 감정에 약해 일시적 감정의 포로가 되어 자기 장래를 망치는 거야. 말하자면 냉철하게 생각하고, 늑대 같은 놈들을 발길로 차지 못하는 것이 치명적인 결함이야."

시흡의 말들 중에서 여자들에 대한 오랜만의 동정이다.

그물을 배에 가져다놓고 민 수부장이 물고기를 평시보다 퍽 많이 나눠 주었다.

선장아바이가 몫이 없는 학철이 보고 효순이 것을 들어다주라 하여 학철이는 효순이를 따라 수산사업소에서 얼마 멀지 않은 아파트까지 갔다.

효순이가 가진 물고기는 다른 사람 물건보다 두 배는 되어 보였

---

9. 장래

다. 3층인 집 앞에서 효순이는 얼굴에 어색한 웃음을 띠고 집에 들어가 좀 쉬다 가지 않겠는가고 물었다. 효순이는 배를 갓 탈 때보다 많이 변했다.

그 전의 생기발랄한 모습은 점차 없어지고 그 어떤 슬픔과 고민의 그림자가 자주 보였다. 특히 그녀 혼자 있을 때 자주 무슨 깊은 생각에 빠지고 사람들이 많이 모인 곳을 피했고 혼자 있기를 좋아했다.

만약 아바이와의 일이 없었다면 학철이는 왔던 김에 그녀 집에 들어가 놀다 가는 것이 극히 자연스러운 일일 수 있지만 어쩐지 쑥스러워 다음에 놀러오겠다고 인사하고 합숙으로 돌아왔다.

수산사업소에서 하늘의 별도 딴다는 선장 아바이한테 할 수 없이 끌려가는 그녀가 가련해보였고 그녀도 북조선 절대권력의 희생자라고 생각했다.

내일이 양력설이라 배는 내일 좀 늦게 오후 2시에 출항한다고 했다. 합숙으로 돌아와 학철이는 옷을 갈아입고 서점으로 갔다. 서점은 역전 근처에 위치하고 있었는데, 버스를 타고 오랜 만에 역전 근처 백화상점, 부식품 상점을 들러서 서점에서 대학 입학시험에 관한 갖가지 과목 참고 재료와 고등학교 3학년 교재 열 몇 권을 골라 담았다. 돌아와 오후 내내 책들을 뒤적이었는데 수리화 과목은 중국보다 심도가 얕은데 오직 러시아어가 중국을 초과했다.

앞으로 대학시험을 치려면 특히 명문대학을 치려면 노어를 부지런히 공부해야겠다고 생각했다. 노어 공부를 하려면 아침저녁으로 부지런히 외워야 하는데 매일 배에 나가니 시간이 문제다. 혹시 바다에서 돌아와도 합숙에 들어오기 바쁘게 잠자는 게 일수다. 참 큰 걱정이었다.

학철이는 저녁 먹고 시흡이 방에 들러보니 텅 비어 있었다. 또 처갓집에 물고기 가져다주고 거기에 눌러앉아 있는 모양이다.

학철이는 금순이를 만나 대학 입학 공부문제에 대한 조언도 물을 겸 즉 뽕도 따고 님도 볼 겸 교환대에 전화를 걸었다. 교환원 아가씨의 경쾌한 목소리가 인차 울려왔다. 학철이가 황금순 동무를 찾는다고 하니 조금만 기다리라고 하여 한 5분 지나니 금순이의 고운 목소리가 울려 왔다.

"학철이입니다. 그간 안녕하셨습니까? 오늘 저녁 시간 있으면 같이 영화구경하지 않겠습니까?" 하고 물으니 그녀는 쾌히 승낙했다.

그들은 저녁 6시 수사사업소 영화관에서 만나기로 약속하고 전화를 끊었다. 약속시간이 반 시간밖에 남지 않아 학철이는 침실에 올라가 세수하고 옷도 깨끗한 것으로 갈아입고 부랴부랴 영화관에 도착하니 금순이가 표를 사들고 학철이를 기다리고 있었다. 둘은 사람이 적은 영화관 앞쪽에 가 자리 잡고 앉았다. 단둘이 처음보는 영화여서인지 좀 긴장된 가운데, 금순이 이러저런 질문을 했다.

금순이는 살기 좋은 중국에서 간고한 북조선으로 와 고생이 많겠다며 중국 가족성원과 부보님에 대해 묻기도 하고 어떤 대학을 지망하는가하고 묻기도 했다. 금순이는 그 좋은 가족과 대학을 떠나 귀국한 데 대하여 이해하기 어렵다고 하며 고개를 흔들었다. 자기는 열 번 죽었다 깨어나도 그런 커다란 인생의 결심을 못할 것이라 하며 진심으로 학철이를 존경하고 탄복한다고 하며 아리따운 미소를 보냈다.

이 말 저 말 하는 중에 긴장과 어색한 분위기는 점차 없어지고 오랜 친구처럼 자연스러웠다. 얼마 전 시흡이 혜숙이랑 넷이 영화 볼 때는 상반신이 모두 밖으로 향했는데 오늘은 정상으로 자연스럽게 앉았다. 영화는 소련의 '베를린을 공격하라'란 전쟁편인데 영사막에서는 수많은 독일군과 소련군이 폭탄에 쓰러지고 있었다. 그들 둘은 영화엔 정신없고 이야기에만 열중했다. 금순이는 중국의 이모저모에 호기심이 많았고 학철이의 배에서의 일상노동과 숙사 생활에 많은 관심을 보였다.

금순이는 학철이가 어린 나이에 자기 이상을 실현하기 위하여 용감히 생소한 환경에 뛰어든 포부와 용기를 존경한다고 또 한번 말했다.

영화가 끝나자 학철이와 금순이는 추운 겨울에 마땅히 갈 데도 없고 또 학철이의 침실에 가기에는 아직 둘의 관계가 어를 것 같이 생각되어 금순이를 고스란히 전화 교환실까지 바래다주었다. 교환실로 오며 금순이는 "후에 학철 동무가 김책공대에 입학하여도 나를 잊으면 안 돼요. 꼭 자주 편지할 것이지요?" 하고 묻는다.

"물론이지요. 내가 금순 동무와의 우정을 얼마나 귀중이 여기는데요. 배에서도 시간이 생기면 금순 동무와 전화로 애기하던 일들이 생각나는데요. 금순 동무 공작에 방해될까봐 자주 연락을 못 해서 그렇죠."

"앞으로 절대 그런 생각마시고 배에서 돌아오면 꼭 전화 주세요. 그리고 시간 있으면 오늘처럼 같이 영화도 보고요. 호호호… 학철 동무는 너무 순진해서 걱정이에요. 시흡 동무 같은 용기를 가지세요."

학철이도 자기의 우유부단함을 인정하는지라 금순이 말대로 하겠다고 약속했다.

시흡이의 용기를 가지라는 말은 그 당시는 미처 생각 못 했는데 그 후 학철이가 깨달은 바로는 시흡이가 혜숙이한테 공격하듯 자기에게 화끈하게 공격해달라는 뜻이라는 생각이 들어 혼자 슬그머니 웃음이 나오기도 했다.

학철이가 이번 대학시험에서 다른 과목들은 걱정이 없는데 노어가 너무 뒤져서 큰일이라고 했더니 금순이는 학철이 보고 '배를 타면 시간이 없으니 후에 교육부에 가서 자세한 말을 하고 교육부가 나서서 노임부를 통해 학철이가 배에서 내려 육지 일을 한다면 아침저녁으로 공부할 수 있다'고 말했다.

금순이와 작별하고 숙사에 돌아오니 기분이 날 것처럼 좋았다. 학철이는 금순이의 자기에 대한 관심어린 태도에서 금순이의 마음을 알 것 같았다. 학철이는 쌀쌀한 한겨울에 자기의 마음속엔 때 아닌 봄이 찾아왔으며 봄날의 따사로운 햇빛을 받아 뾰족뾰족 사랑이란 싹이 움트는 것을 느낄 수 있었고 가슴이 뛰고 얼굴이 붉어지는 것을 감지할 수 있었다.

이것이 듣기만 했고 체험하지 못한 사랑이란 신비로운 감정이란 말인가! 드디어 사랑이란 행운이 학철이에게 찾아온 것이다. 점점 명랑해지는 이 신비의 감정은 학철이로 하여금 생각지도 못한 행복에 잠기게 하였고 생의 희열을 느끼게 하였다. 학철이는 오직 이 달콤하고 아름다운 사랑만 있으면 인생에서 오르지 못할 산고봉도, 넘지 못할 강도 없으리라 생각했다. 오직 이 순결한 사랑의 촛불만 있으면 자기 인생을 더 밝은 미지의 세계로 인도할 것이라 믿어 의심치 않았다.

오늘이 1963년 1월 1일이다.

난생처음 부모 슬하를 떠나 조국이라고 찾아온 북조선에서 지내는 첫 번째 명절. 부모 형제가 곁에 없지만 학철이는 외롭지 않았다. 점점 친숙해지는 시흡이를 비롯한 뱃사람들 그리고 얼마 전에 혜성처럼 학철이 앞에 나타난 선녀처럼 아름다운 금순이가 학철이 마음속에서 부모님 슬하를 떠나 허전했던 텅 빈 공간을 메우고 있었다.

새해 아침 식사로 평시 구경도 못했던 고래 고기 편육이 올라왔다. 모두들 처음 먹는 모양, 함성소리가 여기저기서 들려왔다. 작은 고래 한 마리를 트롤선이 잡아왔다고 한다. 멀리서 금순이가 보였는데 동무들과 이야기하느라 학철이를 못 본 것 같았다. 피부가 백옥처럼 하얗고 이목구비가 흠 하나 없이 아름다운 금순이는 뭇 처녀들 중에서 특별이 눈에 띄었다. 그녀를 본 순간 방망이가 심장을 치고 얼굴이 달아오름을 느꼈다. 아무래도 연분이 있는 남녀가 스치면 그 어떤 특수 정전기 반응이 발생하는 모양이다.

아침 식사 후 오전에는 노어 교과서와 씨름했는데 아무래도 금순이 말 따라 며칠 후 교육부 지도원을 찾아가리라고 생각했다.

북조선 노어 교과서 진도가 중국보다 훨씬 앞섰다. 거리에서나 상점, 일상생활에서도 노어를 많이 쓰고 있는데 마치 중국의 조선인들이 중국어를 많이 섞어 쓰듯 북조선에선 필요에 따라 소련제품을 직접 노어로 불렀다.

사실 소련은 공산국가의 종주국으로 과학과 공업이 공산국가들 중 제일 발전되었고 또 소련은 북조선과 전통적 우호관계가 광복 후 계속된 나라다. 북조선이나 중국에서 소련에 대한 의존도가 높아 소련의 경제기술 전문가가 어느 분야에도 속속들이, 침투되어 북조선의 경제, 과학기술 모든 분야를 조정하는 형편이었다.

김일성을 위수로 한 북조선 노동당에서는 모든 것을 모스크바와 미리 상의하여 결정하고 방향을 잡는 현실이었다. 그래야 그들의 경제 기술 원조를 계속 받을 수 있었다.

중국에서 59년도에 소련과 영도층 간에 모순이 있어 소련의 지령을 따르지 않아 소련의 모든 전문가들은 철수하고 경제 지원은 절단되어 전 인민이 그 빚을 갚느라 배고픈 나날을 보낸 적이 있었다.

북조선에서는 이를 교훈삼아 소련의 말을 더욱 고분고분 잘 듣고 있는 형편이다. 학교에서 노어를 중시하고 우수한 학생과 성분 출신이 특출한 당 간부 자제들을 소련으로 많이 유학 보냈다. 그래서 고등학교만 졸업해도 노어로 일상생활 대화를 할 수 있도록 요구를 높였다. 그러나 중국은 대학을 졸업해야 이런 수준에 도달할 수 있다.

그러니 이런 엄청난 공백을 메우려면 시간이 문제였다.

오후 한 시쯤 되어 배에 나가니 어로공들은 웃으며 서로 새해 인사들을 나누고 있었다. 그런데 유독 칠성이와 그의 상대인 허씨의 새해 축하 인사는 특별했다.

"야, 칠성아. 새해는 색시 사랑하는 것은 좋은데 신체를 돌볼 줄 알아야 한다. 시도 때도 없이 아들 놈 심부름시키고 문 걸지 말아라. 알았냐? 형님 말 들으면 낭패 없느니라. 다 너를 위해 하는 말이니 명심해 듣거라 하하하…."

산지사방에서 터지는 폭소 속에서 칠성이의 반격이 시작되었다.

"오냐, 새해에 내 신체 관심하는 너의 효성은 감사하다. 네놈이 이제야 철이 드는 모양이구나. 너는 다 좋은데 네 여편네 궁둥이 못 떠나는 것은 새해에 고쳐야 하느니라. 애들도 커 가는데 전번처럼 부엌에서 밥하는 여편네 붙들고 뭘 했길래 밥을 태워 우리 형수님한테 네 년놈들 썩어지게 욕먹었다며? 지금 양식이 얼마나 귀한데, 한심한 놈. 하하하…."

또 한번의 폭소가 울려 퍼졌고 그 웃음 속에서 새해의 첫 출항이 사이렌 소리를 울리며 시작되었다. 뚝딱거리며 미끄러져가는 배 위로 갈매기들이 날아다니며 새해 첫 출항을 축하하고 있었다.

학철이는 그 전처럼 배 떠날 때면 효순이를 도와 배추 무를 씻어 김치 담그는 일을 했고, 첫 그물 당길 때면 학철이와 효순이는 달라붙어 그물을 당겼다. 배 타는 순간부터 선장 아바이 이하 12명의 어로공들은 한 마음 한 뜻으로 한솥밥을 먹는 한 집안 식구가 된다.

선장 아바이 주위에 똘똘 뭉친 단합된 힘, 그 힘이 그들 '저예망 990호선'의 기적을 낳았고 새해에도 변함없을 것이라고 학철이는 생각했다.

배는 벌써 두 그물을 거두고 새해의 첫 황혼을 맞이했다. 동해바다의 황혼은 언제 보아도 황홀하였다. 동해바다 저녁 해는 선량한 어부들의 가슴을 붉게 물들이며 서서히 바닷물 속으로 들어가고 있었다. 아마 저녁 해는 '990호 저예망선' 어로공들한테 이렇게 말하는 것 같았다.

"나는 힘들어 바다 속에 들어가 좀 쉴 터이니 아침에 내가 나올 때까지 수고를 하게. 내가 이미 별과 달들한테 부탁했으니 나 없는 밤에도 별과 달이 자네들을 잘 비춰줄 것이네. 꿩 대신 닭이라고 좀 어둡더라도 새해 첫 날부터 물고기를 많이 잡아 금년에도 공화국 신기록을 창조하게들, 그럼 수고하지비."

새해의 첫날이어서인지 오늘 따라 주위 모든 것이 학철이에게 새로운 감명과 희망을 주었다. 아마 연애하는 사람은 모든 것이 아름다워 보이고 모든 것이 즐거워 보이는 모양이다. 바다에서 이틀째 밤을 맞이하는 1월 2일 밤은 깊어가고 있었다. 이제 얼마 있으면 어창에 고기가 넘칠 것이다. 그런데 잔잔하던 파도가 점점 높아지고 바람이 불기 시작했다.

선장 아바이는 갑자기 변하는 하늘을 보고 바다를 휘둘러보더니 큰소리로 "민 수부장, 지금 당장 도끼로 그물을 쳐버리고 전속력으로 신포로 향한다. 알겠지비!" 하고는 선장실로 뛰어오르고 있었다.

민 수부장 이하 몇 명의 어로공들이 휴게실에서 도끼를 들고 나와 다 잡은 물고기와 함께 그물을 끊기 시작했다. 물고기들은 좋아라 바다로 자유롭게 헤엄쳐갔고 배는 180도로 급회전하며 속력을 내기 시작했다.

파도는 점점 높아져 산채만한 파도가 조그마한 나뭇잎 같은 저 예망선을 언제라도 삼켜버릴 듯 장난하고 있었다. 마치 고양이가 다 잡은 쥐를 가지고 놀듯이. 언제라도 배가 전복될 불상사가 일어날 수 있는 무시무시한 위기가 반복되고 있었다.

겁에 질린 어로공들은 휴게실 문 넘어 집채만한 파도만 바라볼 뿐 운명을 선장 아바이에게 맡기고 눈을 감고 살아남기만을 속으로 빌고 있었다.

아바이는 배를 파도를 맞받아 몰고 있었고 자기의 모든 경험과 지혜를 모아 파도와 '생사판가리 싸움'을 하였으며 파도 또한 안하무인격으로 아바이한테 혀를 날름거리며 덤비고 있었다. 당장에라도 통째로 삼킬 기세였다. 그럴수록 아바이는 산채 같은 파도에도 아랑곳하지 않고 멀리 하늘 끝을 바라보며 파도를 맞받아 몰고 있었다.

이때 배 안의 사람들은 얼굴마다 표정이 달랐고 마음 속 공포의 파도는 밖에서 몰아치는 거센 파도 못지않았으며 순간순간이 초조하고 착잡했다.

민 수부장을 비롯한 오랜 노선원들은 그래도 냉정과 침착성을 잃지 않고 있었지만 시흡이나 효순이 등 몇몇 경력이 짧은 선원들의 얼굴에는 당황과 공포의 그림자가 역력했다.

학철이는 이번 생사 고비를 넘긴 후 사람들이 평온을 되찾고 그 위기의 순간순간에 있었던 진실한 자기 심경을 솔직히 토로하는 말들에서 그들이 나이와 경력에 따라 생각도 달았다는 것을 알게 되었다.

민 수부장을 비롯한 40대 노선원들은 그 아찔아찔한 위기의 순간에도 미친 듯이 달려드는 파도를 바라보며 이런 생각을 했고 생명의 최후 순간을 당황하지 않고 맞이했다고 했다.

'…내가 배를 탈 때부터 각오한 일인데 드디어 그때가 왔나보다. 그러나 정작 죽음이 다가오니 평소 하지 못했던 생각 또한 많아지는구나… 좀 일찍 저세상 가는 것은 문제가 아니나 두고 가는 부모님과 아내, 자식이 걱정되는구나. 그들의 생계는 당과 수령님이 다 알아서 해주겠지만 내가 갔다고 울고불고 할 그들이 가엾구나. 그들의 웃는 얼굴을 한번만 더 보았으면, 그들과 잠시 잠깐이라도 마지막 말 몇 마디 하고 갔으면 원이 없으련만, 내 마음대로 안 되는 것이 운명이구나. 아버지 어머니! 부모님의 하해 같은 은덕 갚지 못하고 먼저 가는 이 불효자식을 용서해 주십시오. 여보 마누라, 모든 짐을 당신에게 맡기고 가는 나를 너무 원망하지 마오. 부디 힘들어도 견디어야 하오. 시집 와서 이날 이때까지 고생만 시켜서 미안하오. 우리 다시 태어나면 꼭 부부로 다시 만나 지금껏 내가 당신에게 못해준 것 배로 해줄 테니… 사랑하오, 여보. 그리고 미안하오 흑흑…, 귀여운 내 자식들아, 공부 잘해 국가의 유용한 인재가 되어야한다. 이 애비처럼 뱃놈이 되지 말고. 그리고 빨리 네 어머니의 무거운 짐을 너희들이 지어야 한다. 이때까지 고생만 하신 네 어머니를 늘그막에나마 호강 좀 시켜주어라. 내 말 명심하거라. 파도가 더 거세게 휴게실 창문을 두드리는구나. 자 그럼 갈 때가 되었나보다. 잘들 있거라, 너무 슬퍼하지 말고 굳세게 살거라. 사람 인생, 시작이 있으면 끝이 있는 법, 이 애비의 인생은 너희들 같은 훌륭한 자식이 있어서 보람이 있구나. 한번은 끝을 보는 인생이니 명절 때면 한 번씩 보자. 때가 되면 바닷가에 갈 테니까… 모르지 우리를 몇 번이나 구해준 아바이가 또 한번 기적적으로 우리 배 12명의 생명을 구해줄지….'

그리고 칠성이, 허씨 같은 좀 젊은 30대 선원들은 위험의 아슬아슬한 순간에 뇌리를 스치는 생각이 민 수부장 등 40대와 좀 달랐다.

금방이라도 그들을 한입에 삼킬 듯한 흉악스런 바다를 바라보며 '너 이놈! 이제야 네놈의 본질이 나오는구나. 평시에 고분고분하던 네가 왜 이렇게 사나워졌느냐. 우리가 너에게 무슨 잘못한 일이 있는지 모르겠지만 집에서 부모님 모시고 자식 보살피는 내 여우 같은 색시 안면 봐서 좀 참고 넘어가면 안 되겠니? 너 고약한 성질부려 내 한 목숨 가져가면 그만이지만 내가 가면 내 색시는 얼마나 날 그리워하며 슬퍼하겠니? 허씨란 놈 말처럼 아들 놈

심부름시키고 그 사이에 그녀를 안아줄 내가 없으니 말이다. 제발 우리 화해하고 네 성질 좀 죽여라. 안 그러면 다시 태어나도 배 안 타고 너와 상종도 안할 테니 알아서 해라.'

  그들은 생명의 위기 일각에서도 낙천적 유머를 잃지 않았고 사랑하는 아내를 그리워했었다. 나이는 어려도 전쟁고아로 갖은 인생고초 다 겪고 씩씩한 모습으로 언제나 유쾌한 시흡이의 생각은 특별했고 위험의 일각에서도 사람을 웃겼다.
  '…내 나이 새해 맞아 이제야 스물셋. 이제야 진정한 인생이 펼쳐질 것인데 벌써 가라니 말도 안 되지, 하늘이여 너무나 무정하시구려. 전쟁 폭격에 부모 잃고 용케 살아남아 고생고생하다 혜숙이를 만났고 지금 한창 꿀맛 같은 사랑을 즐기는데 내가 가면 우리 혜순인 어떤 놈의 밥이 될 것이며 나를 친아들처럼 아껴주는 우리 장인장모님 또한 얼마나 슬퍼할꼬. 사랑하는 너 바다야 성미 좀 가라앉고 날 좀 살려다오. 그동안 너는 우리 '990호선'이랑 사이좋게 지냈지 않았니? 좀 참아라, 응? 내가 가면 나 없는 쓸쓸한 이 세상에서 우리 혜숙이는 원하지도 않는 놈의 품속에서 항상 나를 그리워하며 하루하루 지옥 같은 나날을 보낼 것이고 속에서는 피눈물이 마를 날이 없을 것인데 너 제발 우리 혜숙이 안면 봐서 성질 좀 가라앉히면 안 되겠니? 나의 둘도 없는 친구야! 죽음이 이렇게 빨리 날 찾아올 줄은 꿈에도 몰랐구나. 살아서 매일 매일이 즐거웠고 행복했댔는데 다시는 그 행복 누리지 못한다고 생각하니 가슴이 쓰리고 눈앞이 캄캄해지는구나. 인생이 이렇게 짧을 줄 알았다면 인생을 좀 더 의의 있게 보낼 것인데 정말 후회스럽구나. 드문드문 심심하여 영화관에 가면 훤칠한 처녀애들이 빵빵한 자기를 마음껏 가지고 놀게 했는데도 혜숙이 안면 봐서 참고 참았는데, 이렇게 갈 줄 알았으면 그 애들과 실컷 놀았을 것을. 여자는 열에 열 다 맛이 다르다던데 그때 골고루 하나씩 맛볼 걸… 하늘도 무심하지 데려가려면 한두 달 먼저 통지해줄 것이지. 그러면 그 간나들 절반씩 죽여줄 것인데… 아바이가 효순이 그 간나를 덮치듯 말이야. 하하하. 모든 게 후회스럽구나. 다시 살아나면 이렇게는 안 살련다. 한 여자한테 매달려 사는 것은 남자의 최대 유감이란 걸 이제야 알겠구나. 후회막급이지만 말야.'

생명이 사선을 오가는 위험한 찰나에서도 시흡이의 생각은 특이했으며 낙관적이었고 공포의 흔적은 찾아볼 수 없었다. 이것은 아마 6.25전쟁 시기 선량한 백성들이 주위에서 무더기로 포화에 쓰러지는 참혹한 광경에 습관되고 단련된 탓일 것이다.

학철이는 반생을 사나운 바다와 싸우며 가족의 행복을 지켜온 용감한 어로전사들의 가족에 대한 헌신적 사랑에 깊은 감동을 받았다. 죽음의 위협에 아랑곳하지 않고 거센 풍랑을 용감히 헤치고 더 많은 물고기를 잡아 나라에 공헌하고 가족에게 행복을 가져다주는 어로전사들이 존경스러웠다.

생명의 마지막 순간에 그들의 뇌리를 스치는 생각에서 가족을 당과 수령에게 맡기고 마음 놓은 순박한 어로전사들. 그들의 당과 수령에 대한 무한 신뢰와 충성을 엿볼 수 있었다.

학철이는 당과 수령은 이렇게 충성스런 인민을 사랑하고 그들의 물질 문화생활에 그만큼 전념을 기울여야 할 것이라고 생각했다.

나라의 권력을 쥐었다면 개인의 그 어떤 야망을 버리고 자기를 이렇듯 신뢰하는 인민을 사랑하고 국가와 민족의 장래를 빛내야 역사에 길이 남을 것이고, 그렇지 않으면 후손들의 손가락질 받는 역사의 죄인으로 될 것이다.

민 수부장은 '배 떠날 때 생산부에서 기상홍보를 받는데… 3~4일 동안 아무 풍랑이 없다고 했는데 이상하네…' 하며 고개를 저었고 모든 선원들에게 구급함을 어깨에 메게 하였다. 그때 파도는 배의 갑판 위로 밀고 올라와 모든 것을 닥치는 대로 강타한다.

배가 너무 흔들리니까 학철이와 효순이는 물론 오래된 몇몇 어로공조차도 멀미 때문에 토하고 쓰러졌다.

이렇게 두 시간쯤 지나자 시흡이가 "신포항구가 보인다!"고 소리쳤다.

모두들 "이이구, 살있구나" 하고 서로 껴안고 흥분의 도가니 속에서 눈시울을 적셨다.

배는 마양도해협을 지나고 있었다. 그러자 바다는 언제 그랬느냐는 식으로 잠잠해졌다.

선장 아바이는 사나운 짐승을 길들이듯 끝내 바다와 싸워 이겼고, 12명의 생명과 그들 가족의 행복까지 지켜주었다. 학철이는 사선을 넘어 삶을 다시 찾은 희열 속에서 잔잔해지는 바다의 파도와 달리 가슴속에서 일어나는 격정의 파도는 반대로 높아졌다.

난생처음 몇 달 안 되는 사회생활을 하면서 어부들의 선량한 마음과 용감한 정신에 심심深深히 감염되었고 그들을 점차 존경하게 되었다. 그들이 비록 겉은 투박하고 평범해 보여도 그들과 같은 어로전사가 되었다는 긍지로 마음이 흐뭇했다.

10여 년 학교에서 공부만 하던 그가 드디어 저 푸른 바다를 다스리는 대자연의 주인이 된 것이다. 가족의 행복을 위해 궂은 일, 위험한 일 가리지 않는 이 나라의 슬기로운 어로전사들의 고상하고 아름다운 정신세계는 학철이의 마음속에서 찬란한 빛을 뿌리며 영원한 본보기로 자리 잡고 있었다. 그들은 이번처럼 아찔아찔한 위기일발의 시각에도 당황하지 않았으며 자기의 안위보다 부모님과 처자식 걱정을 했다.

소박한 겉에 가려진 아름다운 그들의 정신세계는 이 나라 노동인민의 참 모습이며 대대로 물려받는 보귀한 정신 유산인 것이다. 학철이는 그들의 거대하고 숭고한 모습에 비하면 자기가 너무 초라했고 부끄러웠다.

학철이는 그들의 견정 불의의 정신을 따라 배워 이상으로 향한 길에서 앞을 가로 막는 가시덤불을 헤지고 힘들어 비틀거려도 멈추지 않고 전진할 것이며 생명이 끝나는 마지막 순간까지 보람찬 인생포부를 실현할 것이라고 속으로 다시 한번 다졌다.

이것이 자기를 낳아 길러주신 부모님들에 대한 유일한 보답이며 자기에게 차례진 인생과업이라고 생각했다. 특히 이번 생명의 위기에서 살아남아 다시 인생목표를 실현하고 금순이와의 바야흐로 꽃피는 사랑을 계속할 수 있게 한 선장 아바이한테 감사했다.

민 수부장이 "선장 아바이가 또 한번 나를 살려줬네. 내가 10여 년 아바이를 따라 배를 탔지만 이번이 네 번째 구사일생이야"하고 말했다. 뱃사람들이 왜 아바이 말이라면 무조건 복종했고 죽으라면 죽는 시늉까지 하는지 학철이는 이제야 알 것 같았다.

생명은 제일 귀중하다. 그 생명의 은인이 바로 아바이기 때문이다.

배가 부두에 정박하자 선장 아바이는 선장실에서 내려와 휘 선원들을 한 바퀴 둘러보고 "모두들 혼났지비? 효순아, 일없니?"

효순이는 눈물이 글썽하며 아바이한테 달려가 그의 품에 안겼다. 아바이는 남녀로서가 아니라 너그러운 아버지가 사랑하는 딸을 포옹하듯 효순이의 잔등을 가볍게 두드리며 "많이 놀래지? 내가 네 옆에 있는 한 아무 걱정마라."

효순이는 흐느끼며 "흑흑, 다시는 아바이를 못 보는 줄 알았어…."

그들은 주위 사람들을 아랑곳하지 않고 자기 둘만의 감정 표현에만 몰두하고 있었다. 아마 효순이도 그 위태롭던 시기에 시흡이처럼 아바이를 그리며 깊어가는 그와의 사랑을 위해 살아남기를 기원했을 것이다.

시간이 조금 지나자 효순이는 아바이의 가슴에서 얼굴을 떼고 아바이의 얼굴을 정답게 쳐다본다. 생사의 고비를 겪은 흥분 속에서 선장 아바이에 대한 사랑과 긍지의 마음을 감추려 하지 않았다. 모두들 효순이와 아바이를 못 본 것처럼 외면해 주었다.

넘기 어려운 연령의 산을 넘은 그들의 사랑은 거리낌 없이 모두의 앞에서 공개적이었고 떳떳했다. 그래서 사랑에는 연령과 국경을 포함한 모든 한계가 없다고들 하는 모양이라고 학철이는 생각했다.

잠시 후 냉정을 찾은 아바이가 "민 수부장, 생산부에 가서 기상홍보를 어떻게 했는가를 알아보라이. 그리고 우리는 살아남지만 다른 배들은 어떻게 되었는가도 알아보고, 재수 없이 아까운 물고기만 다 잡았다 놓쳤지비."

민 수부장이 부두에 오른 후 사람들은 삼삼오오 흩어져 아직도 흥분된 분위기 속에서 선장 아바이에 대한 찬양과 오늘의 기쁨을 서로 주고받았다. 죽음의 사선에서 그들의 생명을 구해준 선장 아바이는 부모님 못지않은 생명의 은인이었다. 선장 아바이와 효순이는 언제부터인지 보이지 않았다. 눈치 빠른 시흡이가 학철이 옆을 쳐 선장실을 가리켰다.

학철이가 선장실을 올려다보니 키스하는 효순이와 선장의 상반신이 보여졌다.

민 수부장은 한 시간이나 지나서야 돌아왔다. 그의 말에 의하면 어제 오늘 15척의 저예망선이 출항했는데 지금까지 6척은 아직 소식이 없다고 한다. 수산사업소 지배인과 당위원장 등 간부들이 모두 모여 연락이 끊긴 배들의 소식을 기다리고 있다고 하며 참으로 사태가 위급한 모양이라고 자세히 선장 아바이에게 알려주었다.

한참 아무 말 없던 선장아바이가 "또 숱한 과부가 생기겠지비" 하고 혼잣말처럼 중얼거리더니 한숨을 쉬었다. 모두들 집에 가서 아무 말 말고 내일 아침 배에 나와 보라는 말을 남기고 아바이는 총총걸음으로 사무실 쪽으로 가버렸다. 이튿날 아침 학철이가 배에 도착하니 사람들은 그 전처럼 작업복도 입지 않고 담배만 피우고 앉아 이야기를 하고 있었다. 시흡이가 학철이 옆에 와 앉으며 오늘 새벽까지 6척 배중에 한 척만 돌아오고 나머지 다섯 척은 아무소식이 없다고 했다. 그렇다면 저예망선 다섯 척은 십중팔구 침몰했고, 60여 명 어로전사들은 비참하게 희생되었을 것이다. 시흡이의 말에 의하면 그 전에도 배들이 풍랑을 만나 침몰되는 일이 가끔 있었지만 한두 척이지 이번처럼 큰 숫자는 없었다고 한다.

벌써 당중앙지도 그루빠[10]가 도착하여 지배인실에서 회의 중이라는 것이다. 이어 신포시가 들썩하고 침몰한 배의 선원가족들이 노임부사무실에 꽉 차 울고불고 야단법석이라는 것이다. 한 시간쯤 지나서 선장 아바이가 돌아왔는데 이때까지 중앙당지도 그루빠와 이야기하다 온다고 하였다.

아마 며칠 출항 못할 것이니 배나 깨끗이 청소하고 집에 가 쉬였다가 내일 아침 8시쯤에 배에 나와 보라는 것이었다. 시흡이는 합숙에 돌아와 오늘 저녁 혜숙이 보고 금순이를 데리고 나오라고 할 테니 이번 구사일생을 경축하는 의미에서 시내에서 술이나 한잔하자고 학철이의 의견을 물었다. 학철이야 무조건 찬성을 표시했다.

---

10. 그룹

학철이는 저녁 전까지 남은 시간에 노어 공부에 열중했고 시흡이는 처갓집에 간다고 나가버렸다. 땅거미가 질 무렵 시흡이가 혜숙이와 금순이를 데리고 학철이 방에 들이닥쳤다. 이제까지 시흡이 외에 학철이 방에 들어온 사람은 없었다. 더구나 여자들은 처음이었다.

학철이는 너저분한 방을 대강 치우고 그들보고 앉으라고 자리를 권했다.

금순이와 혜숙이.

하나는 하얗고 하나는 철색 피부로 대조적이었고 얼굴 또한 판이했다.

금순이는 풍만형이었고 혜숙이는 닭 알처럼 갸름한 미인들이었다. 학철이는 여자의 아름다운 마음은 다 같겠지만 아름다운 그녀들의 외모는 각이^異하고 다양하다는 생각이 들었다. 시흡이도 그들의 특점[11]을 발견했는지, 흑인과 백인이라고 놀렸다.

그들과 주고받는 말들에서 금순이는 6.25전쟁 시기 소련 고아원에서 몇 년 있다가 정전 후 돌아왔고, 중국 고아원에서 돌아온 시흡이와 신포 고아원에서 같이 공부했다는 것과 혜숙이는 금순이의 친구인데 금순이의 소개로 시흡이와 혜숙이는 사귀기 시작했다는 것을 알게 되었다.

그리고 시흡이는 수산사업소 축구선수로 함경남도 축구경기에 자주 참가한다는 것 등 몰랐던 그들의 과거사를 알게 되었다. 이

---

11. 특별히 다른 점

런저런 이야기하다보니 저녁 6시가 다 되었다. 학철이는 자기 트렁크에서 양말 세 켤레와 크림 두 통을 그들에게 나누어 주었다.

여자들은 사양했으나 시흡이는 당장 양말을 갈아 신고 일어나 이리저리 발을 들여다보며 좋아했다. 원래 중국제 일용품을 좋아하는 북조선 사람들은 중국제 물건을 주면 귀중히 여기는데 고아로 자유롭게 자란 시흡이는 무엇이 귀중하고 아껴야 한다는 개념이 없었다.

"야, 둥베이[12], 감사하다. 오늘 저녁은 내가 살 테니 우리 한번 죽지 않고 살아남아 이렇게 고운 처녀동무와 연애할 수 있다는 행운을 위해 코가 삐뚤어지게 실컷 마셔보자. 하하하…"하며 옆에 있는 혜숙이의 궁둥이를 친다.

시흡이는 말을 잇는다.

"야, 혜숙아 너 까딱했으면 과부될 뻔했는데 오늘 저녁은 아무래도 네가 사야겠다. 이렇게 귀중한 양말이랑, 크림도 선물 받았으니 횡재 만났지 않니. 서방님이 이렇게 살아 돌아왔는데 혼자 외로이 독수공방하며 눈물 짤 일도 없고 말야, 하하하…."

혜숙이는 시흡이 말에 대꾸도 안 하고 학철이를 보며 "이렇게 진귀한 중국물건을 받아서 어째요? 하여튼 감사해요"하고 얼굴을 붉힌다.

그녀들은 반 달 월급으로도 살 수 없는 선물을 받아 좀 부담이 되는 모양이다.

---

12. 중국 동북 지방

"야 뚱베이, 하여튼 너 통 하나 커서 좋다. 자 나가자, 배고프다"하며 시흡이가 먼저 일어나 그들을 독촉했다.

시흡이는 언제부터 학철이에게 "뚱베이, 뚱베이"하고 불렀는데 전쟁 시기 중국 고아원에서 배운 유일하게 기억되는 중국말이라고 했다.

그 말을 해석하면 중국의 동북 쪽 즉 만주를 말하는데 중국이란 말이다. 그들은 시내 조그마한 식당을 찾아갔다. 굴회 등 몇 가지 요리를 시키고 과일 술 두 병을 가져왔다. 25도 알코올 농도의 술이지만 술에 약한 학철이는 마지못해 시흡이의 강권으로 두 잔 마시니 얼굴이 빨갛게 붉어졌다. 그래도 시흡이는 막무가내로 학철이와 혜숙이를 억지로 먹였다.

금숙이가 끝내 참지 못하고 "얘, 시흡이 넌 왜 그리 우둔하니, 마실 줄 모르는 술을 억지로 마시게 하면 얼마나 고생하는데. 다 너처럼 술꾼인줄 아니? 학철 동무 이제 더 마시지 말아요. 시흡인 혼자서 술 한 병 해도 끄떡없어요. 학철 동무처럼 공부만 하던 분이 어찌 그 얘를 따라가겠어요." 라고 말하니 시흡이가 금순이를 놀려댄다.

"너 금순이 언제부터 학철이 편이 되었니? 참 너희들 속도 한번 빠르구나, 정말 '천리마속도'구나 하하하…."

그 당시 북조선에서는 한창 '천리마속도'가 유행어였다. 자연히 술상 분위기는 금순이와 시흡이의 맞대결로 이어졌고, 전쟁고아인 그들 둘은 학교 때부터 선생님 몰래 술 마시던 과거가 있어 그들 둘은 주거니 받거니 얼마 안 되어 술 두 병이 동강났다.

술 기운이 오니 시흡이는 혼자 떠들며 비틀거렸다. 그들 넷은 식당에서 나와 영화관으로 갔다. 이번엔 학철이와 시흡이가 중간에 앉고 양편에 금순이와 혜숙이가 앉았다. 불이 꺼지고 영화가 시작되자 시흡이의 손이 부지런히 혜숙이 몸에서 움직이기 시작했다. 혜숙이가 학철이와 금순이 보기에 부끄러워 아무리 피해도 막무가내다.

학철이는 옆에서 열심히 혜숙이를 애무하는 시흡이를 보면서 자기와 금순이는 그러지 않을 것이라고 속으로 금을 그었다. 학철이는 사랑은 육체적 욕구가 아닌 정신적 신념이라고 확신하고 있었다. 즉, 자기와 금순이 사이에 싹트는 사랑을 고상하고 건전하게 키워나가리라 결심했다.

학철이는 근래 금순이와 접촉하면서 매번마다 그녀의 새로운 아름다움을 발견하였다. 아마 그녀는 수많은 아름다움으로 가득 차고 넘쳐 몇 번으로는 그 다채로운 아름다움을 다 체득할 수 없을 듯했다. 금순이는 보는 시각, 보는 각도에 따라 새로운 아름다움이 빛을 뿌렸고, 학철이는 그 매혹 속으로 빨려 들어갔다.

이튿날 아침 배에 나가는 길에 수산사업소 청사 앞에 지날 때 수많은 사람들이 모여 있어 가까이 가보니 연로한 부모를 모신 젊은 여인네와 나이 어린 초등학교 학생들이 울고불고 야단들이었다. 그들은 단 하루 사이에 기둥처럼 믿고 살아오던 사랑하는 사람들과 생이별하였다. 아들을 잃은 부모, 남편 잃은 젊은 여인, 그리고 아버지를 잃은 어린이들의 울음소리가 너무도 비참하여 눈물 없이는 그 장면을 볼 수 없었다.

하루아침에 그들 가족의 행복을 받쳐주던 기둥이 동강났으니 지금 그들의 심정이 얼마나 처절할 것인지 학철이는 짐작이 가고 남았다. 사랑하는 사람을 잃고 단란했던 가족이 산산조각 난 것이다.

이날 이때까지 마음 놓고 디뎠던 땅이 꺼지는 절망에 그들의 머리는 텅 비었고 사랑하는 사람을 다시 볼 수 없는 비통과 하염없이 흐르는 눈물 외에는 아무 생각도 없을 것이다. 앞으로 세대주가 없는 그들의 생활은 또 어떻게 이어 나가야 할지 학철이는 참으로 남의 일 같지 않았다. '990호 저예망'은 구사일생으로 죽지 않고 돌아왔지만 수난당한 어부들 중엔 학철이나 시흡이 같이 젊은 청년도 있을 것이다.

학철이는 선량한 사람들이 이 세상을 살면서 왜 이렇게 날벼락에 맞는지, 도대체 어디서부터 잘못된 것이며 이 불행을 왜 사전에 막지 못했는지, 그들을 사지로 몰고 간 장본인은 누구인지 모든 것이 혼잡했고 갈피를 잡지 못했다.

오직 나만이 죽을 고비를 넘겼다는 기정사실로 만족해야 하는 자신 신세가 가련했다. 배에서는 사람들이 모두 침통한 표정으로 애꿎은 담배만 피우며 모두 민 수부장의 이야기를 듣고 있었다. 민 수부장의 이야기는 이러했다.

자기 짜개바지[13] 친구 하나가 이번 참사에 희생되었는데 어젯저

---

13. 가랑이 밑은 터서 만든 아이들의 바지

녁 그 소식을 듣고 그 집으로 달려갔다고 했다.

홀아비로 두 딸을 금이야 옥이야 길러 큰딸은 2년 전 함흥화학대학에 다니다가 폐결핵에 걸려 휴학하고 집에서 치료중이고 작은딸은 지금 초등기술학교에 다닌다고 했다. 큰딸의 치료약품은 '마이실린'[14]이란 주사약인데 시장에서 엄청나게 비싼 중국밀수품으로 사서 맞는다고 했다. 선원들은 노임이 많아 그럭저럭 약값을 댈 수 있었는데 앞으로가 문제다. 큰딸은 대학을 접고 직장에 출근하려 해도 병 때문에 불가능한 일이고 작은딸은 아직 나이가 15세밖에 안 되니 미성년으로 직장에 취직할 수 없는 것이다. 두 자매가 붙들고 우는데 차마 볼 수 없어 지갑에 있던 돈을 몽땅 털어 주고 일단 돌아왔는데 어떻게 두 자매를 도울 것인지 친구들을 모아 토론해 봐야겠다고 했다.

그래도 선원들은 경제적 여지가 있어 몇몇 친구들이 매달 봉급에서 얼마간 돈을 모아 큰 딸의 약값을 대고 나머지는 두 자매의 생활유지를 해야 될 것이라고 했다.

큰 딸이 병 고치고 자립할 때까지 친조카처럼 물심양면으로 전력을 다해 돌봐야 후에 저 세상에서 먼저 간 친구를 만날 수 있다고 눈시울이 뜨거워지며 말했다.

학철이는 민 수부장의 친구에 대한 의리와 선량한 마음에 깊은 감동을 받았고 큰딸이 대학에서 폐결핵에 걸렸다는 말에서 문선이가 삼봉초대소에서 학철이에게 하던 말이 생각났다.

---

14. 스트렙토마이신과 페니실린의 복합제

문선이는 대학생활이 너무 간고하여 돈 없으면 안 되니 방학엔 자기와 함께 중국으로 나들며 장사하여 돈 벌자고 제의했던 것이다.

그래서 민 수부장의 비통한 이야기가 끝나자 학철이는 민 수부장에게 '친구 분 따님의 폐결핵 약은 자기가 책임지고 중국에서 부쳐올 테니 야매시장에서 비싸게 사지 말고 원가만 자불하면 된다'고 했더니 민 수부장 이하 모든 어로공들이 학철이에게 칭찬을 아끼지 않았다.

이야기가 끝나자 시흡이는 학철이를 한쪽으로 끌고 가 지금까지 일어난 자기가 아는 상황들을 이야기하기 시작했다. 어제와 오늘 밥낮 당위원회 회의실에서 중앙당그루빠의 참가에 당위원회 확대회의가 열리고 있는데 모든 선장들이 참석하였다고 한다.

선장 아바이야 당위원회 위원이니까 어젯밤에도 집에 돌아 못 가고 밤늦게까지 회의했다고 한다.

"아마 이번 조난당한 배가 5척이나 되어 배 침몰 사고로는 공화국 창건 이래 제일 큰 대형사고여서 무슨 불덩이가 어디로 튈지 궁금하구나. 그런데 두 가지 희귀한 일이 있는데…" 하며 시흡이는 학철이 구미를 당겨본다.

시흡이가 입에 침을 바르며 하는 이야기는 이러했다.

이번 침몰한 배 중에서 한 배의 어로공이 12월 28일에 결혼했는데 결혼 후 책임이 무겁다며 며칠 더 쉬라는 선장의 권고도 마다하고 1월 2일 배를 탔다.

이렇게 가정에 책임심이 강한 새신랑은 사랑하는 새색시와 신혼이 시작하자마자 영영 돌아오지 못했고, 신부는 시집온 지 나흘 만에 청춘과부가 되었다는 것이다.

시흡이의 또 한 가지 운명적인 이야기는 어느 배의 한 수부장이 마침 양력설이 그의 환갑잔치라 이번 사고를 면했다는 것이다. 그 배의 선장 이하 모든 어로공들은 1월 1일 점심 수부장의 환갑잔치에서 술 마시고 그 길로 배 타고 바다로 나가 고기밥이 되었다는 것이다.

그 수부장은 생일이 1월 1일이라 죽음을 피할 수 있었지만 그의 전우들은 모두 그의 곁을 영원히 떠났다. 사람의 생명은 보귀한 것이다. 그러나 삶과 죽음은 종이 한 장에 가려져 있다.

학철이는 정확성이 없는 기상 관측예보 때문에 무고하게 죽은 어로공들이 불쌍했고 가련한 생명들을 삼켜버린 바다가 싫어졌다. 전쟁터에서 희생되면 시체를 찾아 묘지를 만들어 명절 때면 찾아가 술이라도 붓지만 바다에서 배 침몰로 희생되면 시체도 찾을 수 없다.

이것 또한 희생된 어로공들의 남다른 비극이다. 그래서 바다에서 희생된 어로공들의 가족들은 명절 때면 하는 수 없이 바닷가에 나와 음식을 차리고 술을 뿌리며 바다에서 떠도는 원통한 혼령을 추모하여 고이 잠들기를 빈다고 한다.

이전에는 바다에 대해 신비하게 생각했고 어로공들과 한데 어울리면서 바다와 친숙해졌다고 생각했는데 지금은 바다가 너무나도 생소하고 무섭게 느껴졌다.

민 수부장은 내일 아침에 배에 나와 보라고 하며 사람들을 돌려 보내고 자기는 사무실 청사 쪽으로 갔다. 아마 아바이를 만나 보기 위해서일 것이다.

이튿날 아침. 선장 아바이가 배에서 어로공들을 기다리고 있었다. 모두 다 모이자 아바이는 침통한 표정으로 입을 열었다.

"이번 중앙당그루빠의 주최로 크고 작은 회의를 여덟 번 했지비. 어젯밤 내린 최후 결정은 지배인이 이번 사고의 주요한 책임을 지고 중앙당 별도 지시가 있을 때까지 우리 배를 탈 것이고 수산사업소 생산부장 이하 열 몇 명이 이런저런 처분을 받았지비. 중앙당그루빠 책임비서가 나를 단독으로 불러 말하기를 지배인은 잠시적으로 배에 내려가며, 여론 때문에 부득이 취한 처벌이니 생활상에서 잘 보살피라는 지시도 있었지비. 그러니 다들 강 지배인이 배에 오면 예의를 잘 지키고 잘 살펴주라이. 알겠지비?"

선장 아바이는 사람들의 놀란 표정을 휘둘러보고 목소리를 낮추어 아무래도 강 지배인 뒤에 큰 배경이 있는 모양이라고 덧붙였다. 아바이는 내일 하루 종일 중요한 회의가 있어 안 타고 모래 아침 일찍 6시까지 배에 도착하라고 하고는 요사이 며칠 고기를 못 잡았으니 앞으로 부지런히 움직여 손해를 메워야 할 것이며 민 수부장보고는 앞으로 출항 전 더욱 자세히 기상예보를 알아보라고 하고는 사무실 청사 쪽으로 빠른 걸음을 옮겼다.

학철이가 뒤를 쫓아가 "아바이, 할 말이 있는데요" 하니 아바이는 뒤로 돌아 이상한 표정을 지으며 학철이를 바라보았다. 학철이가 몇 달 후 대학시험 준비를 해야 하니 아무래도 교육부와 노임부에 말하여 몇 달만이라도 배에서 내려 육상에서 아무 일이나 맡겨주면 열심히 하겠다고 말했더니 아바이는 통쾌하게 "아무렴 젊은 사람이 공부하겠다는데 누가 말리겠나! 내가 전적으로 지지하지비."

그리고는 학철이를 데리고 노임부로 갔다. 선장 아바이가 노임부에 나타나자 부장과 직원들이 모두 일어나 선장 아바이에게 반갑게 인사한다. 부장이 아바이를 보고 "이번에 큰 사고를 모면해서 천만다행입니다. 다른 사람은 몰라도 아바이의 배 모는 기술은 공화국에선 누구도 따를 수 없지요 하하하… 어서 앉으십시오. 무슨 하실 말씀이라도 있으십니까?"하고 물었다.

선장 아바이가 옆에 있는 학철이를 가리키며 "이 학생이 그 동안 우리 배에서 일도 잘하고 예절도 바르고 하여 우리가 모두 아끼고 있었는데 오래지 않아 대학시험을 치게 된다는데 이젠 육상에서 합당한 일을 시키면서 시험 준비나 시키지비. 배 타면 도무지 공부할 시간이 없으니 말야…"하고 말하니 노임부부장이 "예, 물론이지요. 그렇게 하겠습니다"하고 절대 복종 자세를 취하고 학철이보고 내일 아침 노임부로와 재배치 받으라고 했다. 그리고 '교육부에서도 지도원이 며칠 있다 대학시험자격등기를 하라'고 아바이 앞에서 절절대며 두말없이 아바이의 뜻에 복종했다.

교육부를 나오면서 아바이는 학철이의 어깨를 두드리며 자기가 해줄 수 있는 것은 여기까지라면서 "젊은이가 부모를 떠나 객지에서 고생이 많았는데 앞으로 부지런히 공부하여 꼭 좋은 대학에 붙고 시간이 있으면 우리 집에도 놀러오지비"하고 학철이를 격려해

주었다.

학철이는 '효순이와의 문제만 없다면 아무 탓할 데 없는 좋은 아바이…'라고 속으로 웃으며 생각했다. 아바이는 삼대로 내려온 어민의 후손으로 여자를 밝히는 결함은 있지만 근면하고 선량한 분이다.

조상으로부터 물려받은 바다에 대한 깊은 지식과 물고기 잡는 재능은 어민들 속에 널리 알려져 칭송되고 있으며 김일성 수상이 세 번이나 만나 주셨다.

이것은 당시 북조선에서는 최고의 자랑이며 영광이었다.

이런 빛나는 광환을 목에 건 아바이는 수산업소 지배인이나 당위원장을 능가하는 실질적인 권력자였다.

학철이가 아바이와 함께 노임부와 교육부에 들렸을 때 노임부 부장과 교육부지도원이 그의 앞에서 상급 당간부를 대하듯 공손한 태도와 절대복종이 이것을 증명해주고 있다.

그런데… 아바이는 점차 자기도 모르게 권력의 소용돌이에 휘말렸고 잠시간 선량한 본성을 상실하고 부풀어 오르는 욕정의 포로가 되어 연약한 여자를 덮치는 색마로 일변하게 되었다.

단순한 효순이는 아바이가 지닌 특수한 광환에 눈부셨고 그를 남자가 아닌 그 이상의 아바이로 보다가 그의 마수에 걸려든 것이다. 아무리 발버둥이 쳐도 구원의 손길 없었고 고스란히 그의 욕정의 피해자가 된 것이다.

첫 번 아바이에게 몸을 더럽힌 후 효순이는 뒤늦게나마 정신 차리고 그의 마수에서 벗어나려 안간힘을 썼고 배에 몇 번이나 나오지 않았다. 그녀는 노임부에 찾아서 다른 배로 옮겨줄 것을 요구했지만 아바이의 지시로 노임부에서는 모르는 체 재배치를 거절하였고 그녀는 절망에 부딪쳤다.

효순이는 하는 수 없이 눈물을 머금고 거의 매일 같이 찾아와 그를 권유하는 박 기관장과 민 수부장의 권고대로 다시 아바이의 품으로 돌아와 자포자기할 수밖에 없었다.

이것이 바로 '권력이란 커다란 그물에 걸린 한 마리 물고기처럼 팔딱팔딱 뛰어도 부득이 어창으로 들어가야 하는 가련한 한 여자의 운명'인 것이다. 그러나 아바이는 당에서 준 권력의 여독이 아직까지 깊이 배지 않았고, 노동인민의 선량한 본성을 잃지 않았으며 어로공들을 친자식처럼 사랑하고 물고기를 많이 잡아 그들의 봉급을 올려주었고, 더욱이 그들의 생명을 지켜주고 있다. 그래서 어로공들은 아바이를 생명의 은인으로 사랑하고 그의 부정적인 일면을 못 본 체 눈감는다.

아바이는 삼봉군당위원장이나 고원내부서장과 같은 색마와는 본질적으로 다른, 잠시 권력의 기로에 빠진 좋은 사람이라고 학철이는 생각했고 아바이 역시 모든 것을 좌지우지하고 못할 게 없는 북조선 절대 권력의 피해자라는 생각이 들었다.

3.

첫사랑

아침 일찍 일어난 학철이는 고등학교 3학년 노어 교재에 달라 붙었다.

원래 학교 때부터 아침 자습시간이면 맑은 머릿속에 기억이 빨라 한 시간이면 노어 새 단어 50개쯤 외우는 수준이라 앞으로 한두 달이면 고등학교 3학년 1년 교재는 대강 소화할 것 같았다. 앞으로 육지 노동환경에서 아침이면 무조건 노어만 공부하기로 계획 잡았다.

한 시간 공부를 마치고 세수하고 아침 식사하러 내려갔다. 식당 아주머니들도 요새는 학철이와 많이 낯익어 '얼굴 하얀 아저씨' 혹은 '중국 아저씨' 하며 반겼고 친숙해졌다.

학철이는 기분 좋게 합숙을 나와서 노임부로 갔다. 노임부에 들어서니 수급지도원이 학철이를 반갑게 맞으며 "이게 누군가, 중국 대학생이 아닌가. 그래 배에서 고생 많았지? 더구나 이번 위험도 겪고….." 하며 악수를 청했다.

학철이는 얼굴이 붉어지며 "고생은요. 오히려 선장 아바이랑 어로공들에게 폐만 끼쳤어요" 하고 말하니 "부장 동지 말이 선장 아바이, 학철 동무 칭찬이 대단하다던데, 아바이 마음에 안 들어 며칠 못가서 쫓겨 오는 사람도 꽤 많이 있었는데. 하여튼 학철 동무 의지는 대단하다니깐. 그러니까 부모를 떠나 혈혈단신으로 귀국했지. 일반 사람은 엄두도 못 내지. 오늘 별 바쁜 일도 없어서 내가 직접 학철 동무를 꼼뻬야 작업반으로 안내하지. 갑세" 하고 말하며 수급지도원은 학철이와 함께 사무실을 나와 제일 가까운 1호 부두로 갔다.

널빤지로 대강 막은 판잣집 문을 열고 들어서니 "아이고, 이게 누굽매? 항상 바쁘신 수급지도원께서 어떻게 이렇게 행차하셨습 매? 하하하…"하고 얼굴이 여위고 까만 50대 중반 아바이가 웃으며 수급지도원을 반겨 맞는다.

수급지도원은 아바이와 악수를 나누고 그에게 학철이를 소개시켰다.

"이 동무는 중국에서 두 달 전에 큰 포부를 가지고 귀국한 김학철 동무요. 앞으로 대학 가기 전까지 강 세포위원장이 잘 보살펴주오."

알고 보니 강 세포위원장은 다섯 개 부두의 꼼빼야 작업반과 부두 기계설비를 책임진 기층당세포위원장이었다.

강 세포위원장은 학철이에게 손을 내밀어 악수하며 "귀국하느라 욕봤소(수고했소)"하며 학철이의 어깨를 두드려준다. 모든 노력 분배절차를 마치고 수급지도원은 학철이에게 계속 잘하여 순리롭게 대학입학추천을 받고 대학에 좋은 성적으로 입학하라고 하며 떠났다.

아바이는 한 청년을 불러 학철이를 데리고 후방공급부에 가 작업복 장화 등 노동보호물자를 분여分與 받게 하였다.

학철이가 후방공급부에서 돌아오자 아바이는 학철이를 데리고 3호 부두로 갔다. 3호 부두 판잣집에 그들이 들어서니 꼼빼야 작업반원들은 금방 고깃배 하나를 다 부리고 담배를 피우고 있는 중이었다.

그들 꼼빼야 작업반원들은 모두 다섯인데 아바이가 천씨라는 기중 나이가 많은 40대 분에게 학철이를 소개하고 귀국동포이니 많이 돌봐주라는 말을 남기고 어디론가 사라졌다.

아바이가 나가자 그들 다섯은 호기심을 가지고 학철이에게 이 것저것 물었다. 이번 있는 침몰사고 때 '990호선'에 있었다는 말을 듣고 하마터면 큰일 날 뻔했다며 이번 위험한 고비를 넘겼으니 꼭 좋은 일이 있을 것이라 하며 웃었다. 천씨는 밖에 나갔다 오더니 만선 배 한 척이 왔으니 고기 풀 준비를 하라고 하여 넷이 고무 작업복을 입고 장화를 신고 밖으로 나왔다.

꼼뻬야란 기계는 쇠바가지가 줄줄이 달린 기계인데 그 바가지들이 돌면서 고기를 어창에서 퍼 올린다.

고기는 제일 높은 곳에서 나무판자로 만든 물도랑에 떨어진다. 그러면 바닷물을 펌프로 퍼 올려 물도랑을 통해 고기는 육지로 운반된다.

물고기들은 통조림 공장 처녀들이 이곳저곳으로 널어놓는다. 그러면 명태 손질하는 아주머니들이 몰려들어 처리하고 처리된 물고기들은 통조림 공장으로 운반되어 말린다. 천씨가 꼼뻬야 기계를 운전하여 어창에 갔다 대자 나머지 네 사람들은 어창으로 뛰어들어 물고기를 삽으로 꼼뻬야 쇠바가지에 밀어 넣는다. 꼼뻬야는 점차 어창 밑바닥까지 내려가고 어창의 물고기들은 몽땅 물도랑을 거쳐 육지로 운송되는 것이다.

학철이는 천씨가 오늘은 첫 날이니 잘 보고 내일부터 정식으로 어창에 내려가라고 하여 학철이는 그와 같이 기계를 이리저리 밀고 당겨 고기를 퍼 올렸다. 매번 고깃배를 다 푸고 나면 그 배의 모도 줄을 풀고 다음 배를 부두 옆으로 당겨 왔다.

점심때가 되면 고기를 푸며 맛 좋은 물고기를 골라놓았다 씻어 큰 가마에 안치고 불을 때서 도시락밥을 꺼내 이 고깃국을 두세 사발씩 마시며 요기한다. 아마 식량을 절약하느라 밥은 조금 먹고 대신 국으로 배를 채우는 셈이다.

학철이는 천씨가 자기 밥을 절반 갈라 억지로 먹게 하여 호의를 거절할 수 없어 그들과 함께 점심을 먹었다. 내일부터 점심은 도시락에 싸오라고 천씨는 말하며 여기는 점심 먹다가도 만선 배가 오면 숟가락 놓고 일해야 하니 점심 먹으러 숙사에 갈 새가 없다고 했다.

여기서 끓이는 국은 합숙 식당에서 먹는 국보다 고기가 맛있고 국 가마에 고기기름이 철철 흘러 넘쳤다.

오후는 만선 배들이 오전만큼 많지 않아 한가했다. 오후 두 시쯤 되어 모두들 부두를 바닷물로 깨끗이 청소하고 도랑 밑으로 물고기 떨어진 것을 밀차에 싣고 육지로 날랐다. 물고기를 운송하는 널판자로 만든 물도랑은 여기저기 틈도 많아 도중에 명태 떨어진 것이 많았다.

어떤 곳은 천씨가 사람을 시켜 못과 망치로 수리도 했고 꼼뻬야에 기름도 쳤다. 이런 잡일을 하면서 천씨가 학철이에게 이런저런 여기 상황을 이야기해주었다.

반 미터 두께로 해안선에 쭉 깔린 명태를 바라보며 여기는 명태가 이렇게 많아 채 처리하지 못한 물고기들이 썩어서 봄이면 농민들이 달구지로 실어가 비료로 쓰는데, 다른 곳 특히 바다와 멀리 떨어진 산지에서는 명태 구경도 못한다고 했다.

고기 밸 따는 아낙네들이 하루 열 몇 시간 일하여도 미처 처리 못하여 평양에서도 노력지원이 있지만 역부족이란 것이다. 이런 말을 들으며 학철이는 모든 것은 물고기 처리가 완전히 수공업적이고 기계화가 못되어서 초래된 후과^{後果}라고 생각했다.

천씨는 힘주어 말하기를 '신포수산사업소는 공화국에서 제일 큰 어장기지로 쇠로 만든 원양어선 즉 뜨랄선[15]이 9척이고, 100여 척의 저예망선[16]이 있다'고 했다.

천씨는 '우리 공화국도 오래지 않아 수령님 말씀대로 모든 것을 기계화하여 물고기를 배에서 푸는 것부터 시작하여 직접 특수 통로로 물고기를 가공실로 들어가게 하여 완성품이 나올 날이 오래지 않았다'고 긍지감을 가지고 구구히 설명했다.

그 날 저녁 퇴근하여 숙사에 돌아오니 시흡이가 학철이를 기다리고 있었다. 시흡이는 어떻게 이렇게 빨리 직장 조정이 이루어졌느냐고 물었다. 학철이의 차조지종 이야기를 듣고 시흡이는 자기도 얼마 있으면 함경남도 축구경기에 수산사업소를 대표하여 참가해야 히므로 곧 배에서 내려와 육지 노동을 할 것이라고 하며 전번에 갔던 식당에서 여섯 시에 금순이와 혜숙이가 올 것이라고 했다.

그들 둘이 식당에 와서 조금 앉아 있으니 그녀들도 하느작거리

---

15. 쇠로 만든 트롤선
16. 기계를 장치한 나무배. 저인망선

며 들어왔다. 시흡이가 안주를 몇 개를 시키고 술 두 병을 가져왔다. 술이 몇 잔 돌자 시흡이의 수산사업소 최근 뉴스가 쏟아졌다.

이번 사고의 책임을 지고 처분을 받아 배를 탄 지배인은 배를 타는 즉시부터 선장 아바이에게 아부하느라 여념이 없었고 효순이에게까지 잘 보이려 애쓴다는 것이다. 시흡이의 말은 수산사업소에서 영원히 넘어지지 않는 지배인은 선장 아바이며 절대적 권력가이다. 사실 이번 학철이 조정 문제로 선장아비가 나서지 않았으면 다른 사람은 어림도 없다는 것이다.

금순이도 학철이 보고 방긋이 웃으며 "확실히 학철 동무는 운이 좋아요. 처음부터 수급지도원이 좋게 봐서 선장 아바이 배에 배치했고 선장 아바이 또한 학철 동무를 잘 보았기 때문에 직접 나선 것 아니에요" 하고 말하니 시흡이가 인차[17] 농을 건다.

"그리고 우리 신포수산사업에서 두 번째 가라고 하면 섭섭해 할 미인이신 금순이도 학철이를 좋게 보아 이렇게 매일 졸졸 따라다니며 술친구해주지 않니 하하하…, 하이튼 우리 학철이는 가는 곳마다 인상이 좋아 복이 저절로 굴러 온단 말야. 나 같은 좋은 친구도 있어 심심하지 않고 말야 하하하…."

금순이는 얼굴이 빨개지며 시흡이를 꼬집으니 시흡이가 아프다고 엄살하자 그들 넷은 기분 좋게 큰소리로 웃고 떠들며 술잔을 돌렸다.

한참 있다 시흡이가 "우리 선장 아바이는 여자를 너무 좋아해

---

17. 이내

흠이지 다른 것은 하나도 나무랄 게 없어. 참 인정 많고 마음씨 고운 분이지. 나도 아바이 배니까 죽었소 하고 2년이나 탔지 아니면 벌써 육지로 내려온 지 오래 됐을 거야. 안 그래? 사랑하는 혜숙씨!"하고 빙그레 웃으며 옆에 앉는 혜숙이의 궁둥이를 툭툭 쳐준다.

혜숙이는 민망해 하며 그의 손을 거둬 내고 얼굴을 붉혔다.

기실 학철이와 금순이는 영화관에서 혜숙이에게 향한 시흡이의 분별없는 손버릇에 익숙했지만 그곳은 컴컴한 영화관이고, 지금은 밝은 식당이니 경우가 달랐다. 술이 몇 잔 들어가니 시흡이는 흥분하며 입과 손이 동시에 다망하였고 혜숙이는 쑥스러워 끝내 시흡이와 좀 떨어져 앉았다. 시흡이의 말은 계속되었다. 이번 대형사고를 다 처리하고 중앙당 그룹은 평양으로 올라가고 새로 생겨난 희생자 가족들은 여러 가지 면에서 혜택을 주고 좋은 일자리를 알선해 준다는 것이다.

시흡이는 "며칠 있으면 숱한 과부들이 우리 합숙으로 밀려들 거야. 그리고 새로 100여 명의 제대 군인이 수산사업소로 배치되며 이번 사고로 입은 노력 손실을 보충한다고 한데. 그러면 굉장한 장면이 벌어질 거야. 즉, 바야흐로 과부들과 제대군인들의 불꽃 튀는 전쟁이 벌어질 걸. 참 볼만 할 거야 하하하…."

시흡이의 '유머'에 익숙한 금순이와 혜숙이는 어처구니없는 웃음을 웃으며 그를 흘겨보았다. 술이 몇 잔 되자 그녀들의 얼굴에 홍조가 곱게 피어올랐고 특히 금순이의 하얀 얼굴은 빨갛게 물들어 더욱 매혹적이었다.

술상을 마치고 아직 헤어지기 이르다고 시흡이가 모두를 끌고 조용한 학철이 방으로 갔다. 학철이는 그때까지 기숙사 경리 아주마의 배려로 계속 독방을 썼다.

학철이는 짐을 푸는 작은 창고 문을 열고 사과를 꺼냈다. 시흡이는 깎지도 않고 통째로 먹으며 '연설'을 계속했다.

"그렇게 안하무인이던 지배인이 요즘 아바이한테 잘 보이려고 얼굴에 웃음을 발라 붙이며 아첨하는 것을 보니 우리 아바이가 참 위대해 보이더라. 지배인 운명이 앞으로 우리 선장 아바이 손에 달린 거나 마찬가지지. 후에 상급당에서 내려오면 우선 먼저 아바이부터 만날 테니 아마 마음 좋은 우리 아바이, 꼭 지배인을 위해 팔을 걷어 올리고 나설 거야."

시흡이는 선장 아바이의 한 전사로의 긍지감으로 희죽이 웃으며 말을 잇는다.

"학철이 너도 알지만 어로공들 다 잠든 깊은 밤이면 효순이 방에 불이 켜지고 아바이와 효순이의 불꽃 튀는 전투가 자주 벌어지곤 하지 않니? 나는 잠이 얇아 그 소리에 어데 잠을 잘 수 있어야지. 그럴 때마다 혜숙이 네 생각이 간절하더라. 네가 옆에 있었으면 우리도 그 역사적으로 내려오는 남자와 여자 전투에 참가할 것인데 말야 하하하… 물론 이런 전투는 대개 여자들의 완승으로 끝나지만 말이야. 물론 나는 아니지만 하하하…."

혜숙이가 시흡이의 어깨를 꼬집었고, 시흡이는 혜숙일 피해 자리를 멀게 옮겨 않으며 다시 말을 잇는다.

"그럴 때마다 나는 참을 수 없어 취사원 문가로 가 구멍 사이로 구경이라도 실컷 했지. 야, 너희들이 그 장면을 보았으면 다 뒤로 자빠질 거야. 아바이는 '용감한' 우리 남자들의 대표인물로 정말 손색이 없더라. 6.25전쟁에 우리 인민군이 괴뢰군의 적진을 진격하듯 아바이가 끈질기게 효순이의 두 산 봉우리를 향해 진공進攻하는데 내가 두 손 바짝 들었다. 물론 아바이의 승리의 깃발도 얼마 견디지 못하고 흰 깃발로 바뀌며 효순이에게 투항하고 말았지만 말야 하하하….”

다들 술기운에 담대해져 시흡이의 과도한 말을 범상히 들었다지만 시흡이의 지나친 색정적 비교와 묘사에 혜숙이와 금순이의 참을성은 한계를 넘었고 둘은 반격과 징벌로 시흡이의 입을 손으로 봉해 버렸다.

혜숙이는 꼬집고 금순이는 주먹다짐으로 시흡이의 항복을 받았다. 허튼소리를 끝내는가 싶던 시흡이 다른 본론으로 들어갔다.

“한번은 효순이 방에 불이 켜졌는데 아무소리도 없고 조용하여 혹시 효순이가 '희생'됐는가 하여 문틈으로 들여다 봤더니 아바이가 효순이와 격렬한 전쟁을 치룬 후 화해하고 둘이 술 마시는 거야. 이때 아바이가 효순이에게 하는 이야기를 내가 좀 들었는데 글쎄 지배인은 원래 내무성(경찰총국) 부상인데 남로당 출신이래. 원래 박헌영, 이승협과 한 무리에 속했는데 김일성 수상이 박헌영, 이승협 도당을 제거할 때 이 자가 큰 공을 세운 모양이야. 그래서 수령님이 특별히 관대한 처분을 내려 공화국에서 제일 큰 신포수산사업소지배인으로 잠시 단련하고 다시 승진시킬 계획이었대. 그래 중앙당그룹빠도 소홀히 결정하지 못하고 제일 믿는 선장 아바이한테 맡기고 올라간 모양이야. 글쎄 지배인이 그리 큰 거물인줄 아무도 몰랐는데 이번에 중앙당 그룹의 한 성원이 아바이한테 자세한 이야기를 한 모양이야.

글쎄 선장 아바이 말이 - 그놈이 내무성 부상으로 있을 때 얼마나 꺼떡거리고 부화타락腐化墮落했는지 일주일에 한 번씩 토요일이면 '다리 부러진 노루한데 모인다'고 하듯이 몇몇 같은 부류의 친구부부가 그놈 집에 모이곤 했는데 술추렴이 끝나면 남녀 모두가 팬티, 브래지어만 남기고 홀딱 벗고 서로 여자를 바꿔가며 사교무[18]를 춘대. 한심한 놈들, 지배인이 사업소에 내려와 제 버릇 개 주겠나. -

아바이가 말하는데 작년에 지배인실에 있던 모델처럼 키 크고 예쁜 그 여비서가 임신했다는 소문이 자자했는데 그 장본인이 바로 지배인이래. 그 후 새 여비서를 통조림 공장에서 제일 인물 좋은 처녀를 뽑아왔는데 그 여자한테도 손을 댄 모양이야. 나 참 한심한 놈, 그런데 왜 얼굴이 반반한 여자들을 보면 우두머리들은 구운 통닭 보듯 군침을 삼키는지, 몰라. 야, 학철아 그럼 우리 배 효순이도 선장 아바이 비서인 셈이네. 그리고 너 혜숙이도 내 비서인 셈이야, 하하하…."

학철이와 그녀들도 어처구니없이 따라 웃었다.

"그러나 혜숙아, 난 그 지배인 놈처럼 결혼하기 전에 네 배는 불리지 않을 테니 시름 놓아라. 원래 내가 이 수산사업소 지배인이

---

18. 춤

되어야 그 고운 여비서들도 안전하고, 배도 나올 위험이 없을 텐데, 안 그래 학철아? 하긴 모르지 내가 지배인이 되면 마음이 변할지? 혜숙이 넌 어떻게 생각하지? 내가 지배인 됐으면 좋겠어? 아니면 평생 뱃놈으로 살았으면 좋겠어? 하하하…"하며 혜숙이를 놀려댄다.

그들은 모두 시흡이의 쉴 새 없는 이야기와 유머로 웃으며 즐거운 시간을 보냈다. 가만히 있지 못하는 시흡이는 일어서며 "야, 가기 싫다. 우리 넷이 아예 여기서 자자. 학철아 넌 동의하지? 금순인 물론 제일 좋아할 거고…."

시흡이의 말이 채 끝나기도 전에 금순이와 혜숙이는 주먹을 들고 그를 덮쳤다. 시흡이는 후닥닥 신을 끌고 복도로 피해 나갔고 학철이도 옷을 걸치고 금순이를 바래다주러 나섰다.

합숙 문 앞에서 그들 넷은 두 패로 갈라져 시흡이는 혜숙이 어깨를 껴안고 검은 골목길로 사라졌고 학철이와 금순이는 큰길을 따라 가로등이 없는 곳으로 들어섰다.

그들은 발걸음을 늦추며 학철이 이번 침몰사고를 비롯해 소재를 바꿔가며 이야기를 했고 학철이가 대학입학한 후 그들의 우정을 조심스럽게 주고받았다. 아직 탁 까놓고 말은 안 했지만 언젠가는 그 날이 올 것만은 사실이다. 천천히 걸으며 금순이 손이 학철이의 팔을 꼭 쥐고 호상 몸들이 좀 더 가깝게 기울어지기 시작했다.

아까 저녁에 마신 술과 어둠의 장막이 그들에게 이런 용기를 주었고 적지 않는 진전이 그들 사리에서 서서히 일어나고 있었다.

서로 원하는 마음은 두 몸체로 하여금 스스로 거리를 좁히며 무의식 상태에서 밀착되어가고 있었다. 그들의 지금 자세는 사람 '人'자를 방불케 했다. 금순이의 머리가 드디어 학철이의 어깨에 기대기 시작했고 학철이도 그에게 기울어지는 금순이의 몸무게를 견디려고 자연히 금순이한테로 기울어지기 시작했다.

학철이는 자기와 금순이가 지금 이 모습대로 영원히 서로 기대고 받쳐주며 한평생을 살아갈 수 있다면 얼마나 좋을까 하고 생각했다. 학철이는 항상 자기 몸으로 눈보라를 막아 금순이에게 따뜻한 사랑의 보금자리를 만들어주고 가다가다 힘들면 금순이에게 잠시 기대었다가 금순이한테 받은 사랑의 힘을 동력으로 금순이를 이끌고 이상의 저 언덕으로 용감하게 나가리라 마음을 다졌다.

전에는 오직 이상을 위해 굳건한 의지로 고군분투하였지만 금순이의 사랑을 얻은 지금은 달랐다. 즉 이상과 사랑의 두 날개로 저 높은 창공에 나래를 펼 것이라고 생각했다. 천천히 걸었지만 드디어 바라지 않던 목적지인 금순이의 교환실 앞까지 벌써 왔다. 금순이와 확철이는 정신을 차리고 소스라치게 놀라며 호상 상대방에서 자기 몸을 떼고 붉어진 얼굴로 상대방을 다시 한번 쳐다보다 금순이를 꼭 껴안고 싶은 솟구치는 욕망을 자제하느라 잠시 어색한 시간이 흘렀다. 금순이는 빨개진 얼굴을 숙이고 학철이에게 자기 내심을 들키지 않으려 아무 말도 안하고 땅만 쳐다보고 있었다.

학철이가 "그럼 들어가요. 요새는 공부 때문에 바쁘니 며칠 있다 봅시다." 하니 금순이도 "아무리 노동이 힘들어도 매일 공부는 견지해야 해요. 시간 있으면 저녁이나 밤에 전화하고요. 그럼 안 녕히 가세요."

　학철이는 돌아오며 그들의 행복한 데이트는 비록 짧았지만 너무나 달콤했고 자기에게 막강한 힘을 주고 있다고 생각하며 흐뭇한 웃음을 웃었다. 이성이 만나고 얽히면 사랑이 탄생하고 사랑은 상상을 초월한 신비의 세계로 청춘 남녀를 이끌어 간다. 학철이는 말로만 들었던 그 어떤 화려한 미지의 궁전으로 빠져 들어가고 있음을 느낄 수 있었다.

　매일 출근하면 어장의 특유한 코를 찌르는 물고기 냄새 속에서 고기 밸 따는 아줌마들과 통조림 처녀를 그리고 배에서 오르고 내리는 어로공들이 한데 어울려 활기가 넘치는 어장의 풍경을 이루고 있었다.

　갈매기들은 좋아라, 까욱거리며 부두를 감돌고, 만선기를 단 저 예망선들이 마양도를 지나 줄지어 항구를 찾고 있었다.

　학철이는 처음 하는 육체노동이 힘겨웠지만 점점 명랑해지는 금순이와의 사랑으로 항상 유쾌했고 가슴은 언제나 희망으로 부풀었다.

　이번 사고 희생자 가족 중 젊은 과부 10여 명이 합숙에 배치되어 각 호실과 복도 청소, 그리고 식당 주방과 복무원으로 배치되었다. 처음에는 채 가시지 않은 비통으로 말이 적었지만 시간이 점차 흐르며 시흡이와 학철이한테도 친절을 베풀고 말을 걸어왔다.

시흡이는 인차 그들과 특히는 그 중 젊고 이목구비가 바른 몇몇 여인과 친밀해졌고 그들로부터 누룽지까지 얻어 왔다. 그 대가로 시흡이는 그녀들에게 학철이 방에서 사과를 한 가방씩 가져다주었다.

학철이는 항상 사과를 떨어뜨리지 않고 사들이기에 시흡이는 학철이 방을 식료품창고 특히 사과창고로 생각하는 모양이었다.

학철이는 시흡이의 내 것 네 것 가리지 않는 소탈한 성격은 아마 전쟁 때 고아가 된 후 환경이 그렇게 만들어준 특성이라고 생각했다. 온실에서 자란 학철이와 다른 점이기는 하지만 학철이는 시흡이가 자기를 네 것 내 것 없이 절친한 친구로 대하는 것이 좋았다. 혈기왕성한 독신들이 살고 있는 합숙에 젊고 남편 없는 여자들이 들어오면서 합숙 이곳저곳에서 웃음소리가 자주 들렸다.

이들 젊은 과부들 중 '삼순 엄마'라고 불리는 풍만하고 예쁘장한 아주머니가 있었는데 나이는 25살 좌우 되어 보였고 세 살 난 아이가 하나 있다고 한다. 그녀의 집은 합숙에서 멀지 않는 아파트에 있다고 하는데 시흡이와 농담도 잘하고 예쁜 얼굴에는 항상 달콤한 미소가 떠나지 않는 남자들한테서 인기가 높은 여자였다.

하루는 점심시간에 시흡이와 학철이가 식당에서 식사하고 나오다 복도에서 삼순 엄마와 마주쳤다. 시흡이가 "삼순 엄마, 집에 무슨 소설책 없어요? 심심해서 좀 보려고요"라고 물으니 그녀는 조금 있다 마침 집에 일이 있어 갈 테니 와서 골라보라고 하며 집 위치와 문 위 번지수까지 알려주었다.

시흡이는 학철이 방에서 한참 이야기하다 반시간 쯤 지나서 삼순 엄마 집에 가서 소설책 몇 권 가져올 테니 기다리라고 하고는 나가 버렸다.

학철이는 시흡이를 기다리다 오후 작업시간이 되어 부두로 나갔다. 학철이가 고깃배 두 척을 다 퍼내고 고기 비늘투성이의 작업복을 벗어 바닷물 수도를 틀어 씻고 있는데 시흡이가 부두에 나타났다.

시흡이는 배가 곧 출항한다고 한마디 남기고 어느 부두인지 사라졌다. 떠나기 전 시흡이는 의미심장한 표정을 지으며 오면 학철이가 깜짝 놀랄 뉴스를 이야기해주겠다며 껄껄 웃었다.

학철이는 퇴근하면 매일 노어공부에 전념했고 육체적 피로가 몰고 오는 잠과 싸우며 견지해 나갔다. 어떨 때는 손에 책을 쥐고 곯아떨어지기 일쑤였다.

만선배가 오면 매일같이 두 키가 넘는 어창에 뛰어들어 물고기를 꼼뻬야 기계 쇠바가지에 삽으로 담는데 물고기들은 서로 달라붙어 잘 떨어지지 않는다.

인차 만선이 된 배의 고기는 좀 괜찮은데 4~5일 지나 돌아온 배의 물고기들은 떡처럼 한데 들어붙어 그것을 한 마리씩 떼려면 무척 힘들었다. 학철이는 학교에서 공부만 했지 육체노동은 한 번도 못해 본 학생 출신이라 성인들도 힘든 이 일은 그에게 힘겨운 중노동이었다.

퇴근하여 숙사에 돌아오면 온몸이 나른하여 세수도 못하고 쓰러지곤 하는 때가 많았다. 배에서는 토끼잠 자기 때문에 잠이 항상 모자랐지만 지금 체력노동은 강도가 이만저만 아니었다. 배에서는 기껏해야 그물 당기고 배 청소하며 효순이를 도와 채소 씻는 게 고작이어서 힘든 줄 몰랐는데 지금은 달랐다.

학철이는 아침출근 때에도 노어 단어 책을 가지고 다녔고 만선 배를 기다리는 시간에도 짬짬이 부두 모서리에 앉아 새 단어를 외우곤 하였다.

한번은 육지해안선에서 부두로 꺾어드는 길목 갈림길에서 사람을 기다리며 단어 책을 들여다보고 있는데 어디서 "저 잘생긴 아저씨 공부 잘하네. 과거에 급제하면 나와 결혼해요, 호호호⋯."

처녀들의 웃음소리에 놀란 학철이가 주위를 휘둘러보니 통조림공장 처녀들 5~6명이 10미터쯤 떨어진 거리에서 학철이 옆을 지나며 학철이를 바라보며 웃고 있었다.

학철이를 향한 처녀들의 선의적 진공進攻이었다.

만약 남자들이 학철이 주위에 몇이, 아니 시흡이 하나만 있었어도 그들의 이런 불의의 공격을 받지만은 않았을 것인데 학철이는 맞대포를 놓을 담량도 용기도 없어 얼굴만 홍당무가 되어 외면하고 말았다. 그러나 다행히 공격을 받는 순간 그 농담의 주동자를 기억할 수 있었는데 그녀는 파란 머플러를 머리에 두르고 흰 작업복에 검은 장화차림의 귀여운 처녀였다.

학철이와 그녀의 두 쌍의 눈이 마주치는 순간 그녀는 수줍음으로 고개를 돌렸다. 그녀의 특징적인 커다랗고 정기 도는 두 눈은 그 후 학철이가 우연히 그녀를 만났을 때 단번에 알아 볼 수 있었다.

시흡이가 떠난 지 이틀이 지난 후 저녁 7시쯤 학철이가 방에서 한참 노어교과서를 소리 내어 낭독하고 있는데 갑자기 시흡이가 들이닥쳤다. 그는 좋아 싱글벙글하며 오늘 저녁 배가 부두에 도착하자 노임부에서 통지가 왔는데 내일부터 육상에서 축구훈련에 참가한다고 했다.

"야, 뚱베이. 내일부터 매일 너와 같이 놀게 됐다. 너 그 좋은 머리에 너무 애 안 써도 대학입학은 문제없을 것이니 아침에만 공부하고 저녁엔 나랑 금순이, 혜숙이랑 놀자. 야, 그런데 그저께 내가 삼순 엄마 집에 책 빌리러 갔다가 재미난 일을 당했는데 너 한번 들어보고 분석해봐, 나는 아직도 아리숭해서 갈피를 못 잡겠거든."

시흡이는 창고에서 사과 하나를 꺼내 씹으며 말을 잇는다.

"너도 알지만 우리 합숙에서 일하는 아주머니들 중에 삼순 엄마가 제일 이쁘고 앞가슴도 풍만한 게 남자들의 눈길을 자주 받지 않니, 난 그 여자가 부끄럼을 잘 타는 수줍은 과부인줄로만 알았는데 기실 그렇지만 않는 것 같더라. 얌전한 고양이 부뚜막에 먼저 오른다고 나 참 알고도 모를 일이야."

시흡이는 책상 위에서 냉수 한 컵을 꿀꺽꿀꺽 들이키고 목소리를 낮추며 아래와 같은 이야기를 하여 학철이를 놀라게 하였다.

시흡이가 삼순 엄마 집에 도착하니 문이 조금 열려 있었다. "계십니까?" 하고 문을 열어도 대답이 없었다. 다시 한번 더 불러도 역시 집안은 쥐 죽은 듯 고요했다.

주인이 잠시 어디에 나갔겠지 하고 들어가 방안을 휘둘러보니 삼순 엄마가 이불을 덮고 누워있었다. 시흡이는 혹시 이 여자가 어디 아픈가 하여 구들에 올라가 재삼 "삼순 엄마"하고 불러도 깊이 잠든 듯 대답이 없었고 옆에 가 앉아 머리를 만져 봐도 열은 없었다.

얼마 전 배 침몰로 영영 돌아오지 못한 남편과 찍은 가족사진이 책상 위에 정숙하게 자리 잡고 있었고 재봉틀과 라디오가 눈에 띠는 자리에 놓여 있었다.

당시 북조선에서는 다음 세 가지 제품을 가진 집은 부유한 상층에 속했다. 즉 재봉틀, 라디오, 자전거였다. 그러니 삼순 엄마 집도 남편이 생전에 어로공으로 일하며 생명의 대가로 노임을 많이 받았기에 생활은 넉넉한 것 같았다.

여자가 혼자 사는 집이라 깨끗하고 아담했다.

삼순 엄마는 순진하고 예쁘게 생긴 촌티가 채 가시지 않은 향촌 여성 타입이었다. 장난을 좋아하는 시흡이가 그녀 가슴 위에 덮인 이불을 살짝 들어보니 그녀는 얇은 잠옷을 입고 있었는데 높다란 가슴이 호흡의 절주^{節奏}(리듬)에 따라 올랐다 내렸다 하며 시흡이를 부르는 듯 손짓하고 있었다.

시흡이는 갑자기 전기에 감전된 듯 이불을 놓아 버렸다. 한참 있다 좀 진정을 취하자 시흡이는 자석에 끌린 듯 손이 다시 이불로 갔다. 이번엔 더 용기를 내서 이불을 배 있는 데까지 벗겨 버렸다. 풍만한 앞가슴이 잠옷 속에서 시흡이를 유혹하고 있었다. 시흡이는 군침을 꿀꺽 삼켰다. 무서운 것을 모르는 시흡이는 더는 참을 수 없었다. 시흡이는 그녀 잠옷의 단추를 하나 둘 벗겨 내려 갔고 드디어 하얗고 정교한 젖가슴이 시흡이의 눈알에 노출되었다. 작고 채 여물지 않은 혜숙이의 것과는 비교가 안 될, 무르익어 터질 것 같은, 남자의 피를 끓게 하는 가슴이었다.

시흡이의 '용감한' 손이 그녀를 살살 만졌고 그녀는 승냥이가 옆에 앉아 군침을 삼키는 줄도 모르고 곤히 자고 있었다. 그런데 이상한 것은 그녀의 손가락이 약간 움직이고, 감긴 눈시울이 알 듯 모를 듯 떨리기 시작했다.

그때 문밖에 문 두드리는 소리와 문 여는 소리가 들렸다.

"언니, 언니" 하며 상순 엄마와 같이 식당에 일하는 젊은 여인이 들어섰다. 삼순 엄마는 와락락 잠옷을 여미고 일어나고 시흡이도 자리를 멀리 옮겨 앉았다.

이름이 옥매인 그녀는 벌써 모든 것을 간파한 듯 해해거리며 "내가 좋은 일을 방해했는지 모르겠네, 호호호."

삼순 엄마는 얼굴을 붉히며 "내가 머리가 좀 아파 누웠는데 이 아저씨가 들어온 거야…" 하고 변명한다.

시흡이는 "그럼, 이야기들 해요. 나는 출근시간이 다 되어… 갔다가 후에 놀러올게요"란 말 한 마디만 남기고 나와 버렸다고 했다. 시흡이 말을 듣고 "뭐 삼순 엄마 같은 순진한 여자가 자는 척 했을라고, 그건 네가 잘못 넘겨 짚는 거야"라는 학철이 말에 시흡이는 고개를 저으며 반격한다. "뚱베이, 넌 여자를 몰라도 너무나 몰라. 말이 있잖아, 여자는 요물이란 말야, 요물! 당시 나도 이 여자가 내가 만지는 것을 알고도 왜 깨어나지 않는가 하고 생각했었는데 후에 꼼꼼히 이것저것 분석해보니 삼순 엄마가 내가 가기 전부터 자는 척하고 내가 오기를 기다린 거란 말이야. 내가 경각심이 높고 자제력이 강해 안 걸려들었지. 다른 사람 같으면 고스란히 그 여자 밥이 됐을 거야 하하하….”

시흡이는 긍지감을 가지고 통쾌하게 웃는다.

“남자들은 머리가 단순해서 여자들이 파놓은 함정에 자주 빠지지. 나도 하마터면 삼순 엄마의 용의주도한 포위망에 걸려들 뻔했잖아. 우리 숙사에서 남자들의 눈길을 한 몸에 받는 삼순 엄마지만 다른 사람들은 몰라도 나 ‘시흡 총각’을 먹으려면 택도 없지. 어찌 한 개(한낱) 과부가 나 같은 싱싱한 총각을 넘봐. 우리 순정파인 뚱베라면 몰라도 하하하….”

학철이가 “시흡이 넌 혼자 잘난 척하지 마. 만약 그 옥매라는 여자가 그 관건 시기에 들이닥치지 않았으면 네가 삼순 엄마를 가만히 놔두었겠어? 너 말처럼 그 여자가 친 그물에 걸려들었겠지. 안 그래? 그리고 훗날 혜숙이에게 꼬리 잡혀 혜숙이 앞에서 꿇어앉아 손이야 발이야 빌겠지. 하하하” 하고 시흡이를 놀렸다.

학철이는 거들먹거리는 시흡이의 콧대를 한 풀 더 꺾으려고 말을 이었다.

“야, 넌 후에 그 옥매라는 삼순 엄마 친구를 만나면 그 위험했던 찰나에 나를 구해줘서 감사합니다고 깍듯이 인사해라. 안 그러면 내가 너 대신 옥매 아주머니한테 우리 시흡일 구해줘서 고맙습니다, 하고 감사를 표시해줄까? 하하하….”

비위 좋은 시흡이는 싱글벙글거리며 “그건 네 말이 옳다. 옥매가 10분 만 늦게 들어왔어도 내가 대형사고를 쳤을 건데. 그러나 저러나 삼순 엄마는 이제 과부된 지 두 달도 못 되어 벌써 참지 못하고 남자를 유혹하려들다니 참, 그것도 대낮에 나 같은 우수한 총각을 말야. 하여튼 여자들은 남자 없으면 못 산다니까, 하하하….”

사실 겉으로 보면 남자들이 주동이고 여자는 피동이며 남자들은 공격적이고 여자들은 방어적인 것 같지만 실질적으로는 그렇지 않다. 다만 남자들은 여자들의 치밀한 시나리오에 따라 움직였을 뿐이다.

섬세한 여자들은 출중한 연극배우처럼 극히 자연스럽고 교묘한 자작극을 연출한다. 그것으로 남자들을 여자 자신의 함정에 빠지게 한다.

학철이는 시흡이가 아무리 거드름피우고 잘난 척해도 여자들의 상대가 아니며 결국은 그녀들의(혜숙이나 삼순 엄마) 노획물로 전락될 것이라고 생각하니 저절로 웃음이 나왔다.

더도 말고 이번 삼순 엄마 집에서 옥매 아주머니가 아니었으면 시흡이는 고스란히 삼순 엄마의 작전계획에 말려들어 ‘침략자’로 낙인 찍혔을 것이며 삼순 엄마는 자기의 승리를 축하하며 속으로 웃었을 것이다.

시흡이는 매일 축구장에서 축구훈련에 바빴고 저녁이면 학철이와 혜숙이 사이에서 왔다 갔다 하며 다망했다.

그가 학철이 방에 들어오면 우선 먼저 창고 문을 열고 사과를 하나 꺼내 씹으며 요사이 수산사업소 뉴스와 합숙에 새로 들어와 일하는 과부 아주머니들의 로맨스를 한참 신나서 이야기하다 가

버리곤 했다. 그가 가면 학철이는 다시 책을 들고 공부에 열중했다.

한번은 합숙 경리 아주머니가 학철이를 불러 경리실에 들어가니 그녀는 미안하다고 하며 합숙에 제대군인들이 백 명 남짓 오는데 방이 모자라서 아무래도 학철이 방에 두 사람이 들어가야겠다며 누구하고 있으면 편리하겠는가고 물었다.

학철이는 사정이 그러시면 시흡이와 그와 한 호실에 있는 한 동무를 옮겨주면 좋겠다고 하니 경리 아주머니는 그러면 내일로 그들 둘을 학철이 방으로 옮기겠다고 했다.

시흡이의 말을 들어 익히 알지만 시흡이 방에 그와 친한 장 동무라는 청년이 있는데 나이는 시흡이보다 서너 살 위이고 1년 전 중국에서 귀국하여 뜨랄선을 타고 원양업을 다닌다고 했다.

시흡이가 "장 형"이라고 부르는 그 청년은 한 달에 한번쯤 신포로 돌아와 숙사에서 며칠 보내다 다시 원양어업을 떠난다는 것이다. 그리고 며칠 지나 제대군인들이 밀려들기 시작했는데, 노임부수급지도원 이하 몇 명의 지도원이 아예 기숙사에 임시 사무실을 차리고 제대군인들을 밤낮 등기하고 배치하고 있었다.

사회실정과 수산사업소 특성을 잘 모르는 그들은 대부분 저예망선으로 배치되었는데 넓고 푸른 바다에서 고기 잡는 낭만으로 벅차 좋아들 하였다.

당에서는 1월 3일 참사를 엄격히 함구하였기에 그들은 바다의 낭만 뒤에 숨은 참담한 사연들을 전혀 모르고 있었다.

조용했던 기숙사는 삼삼오오 떼를 지어 다니는 제대군인들로

하여 활기를 띠었고 젊은 과부들은 자주 각방을 들락거리며 청소도 하고 제대군인들에게 친절한 봉사를 아끼지 않았다.

예를 들면 바느질이라든가 빨래 같은 것을 구실 삼아 왕래가 빈번해지면서 남녀 간의 교제가 깊어지기 시작했고 컴컴한 층층대 구석 같은 곳에서 남녀의 킥킥거리는 웃음소리가 자주 들렸다.

시흡이는 장 동무의 짐까지 모두 학철이 방으로 옮겨왔다. 시흡이는 장 형, 장 형 하면서 둘의 관계는 꽤 좋은 모양인데 장 형은 공해 작업중이라 보름 지나야 온다고 했다.

학철이는 특별한 일이 없으면 숙사에 들어박혀 공부만 했고 시흡이는 '외교활동'이 다망하여 어떨 때는 2~3일 못 볼 때가 많았다. 그가 오랜만에 시간이 있을 때면 학철과 함께 혜숙이와 금순이를 불러 넷이 식당 출입하거나 영화도 보았다.

아직도 학철이와 금순이는 시흡이의 촉매작용이 필요했고 둘의 관계는 떨어지면 보고 싶고 함께 있으면 부끄러움과 어색함에 머뭇거렸고 서로 감정에 대한 직설적인 말은 피했다. 그러나 약간의 조심성 있는 진전은 있었다. 그러던 어느 날 시흡이가 팔을 걷어붙이고 나섰다. 그는 먼저 금순이를 만나 학철이는 너를 좋아하는데 너는 학철이를 좋아하느냐고 대놓고 물었다.

금순이는 본인은 무슨 고려가 있어 가만있는데 네가 왜 중간에 나서서 날치냐고 친구 간에 쏘았다. 시흡이가 학철이는 부모님 슬하에서 공부만 하던 담소하고 얌전한 선비니 할 수 없이 자기가 나섰다고 하며 자기 보건대 너희 둘은 훌륭한 배필이니 더 이상 시간 낭비하지 말고 관계를 확정하라고 재촉했다.

금순이는 끝내 학철이를 좋아한다고 머리를 끄덕여 태도를 표시했다.

시흡이는 그날 저녁 시내상점에서 물고기와 과일 통조림 몇 개를 사들고 왔다. 이윽고 혜숙이와 금순이가 도착하였는데 금순이는 오늘 저녁 파티의 주제를 아는지라 학철이를 피했고 어색해하는 눈치였다.

혜숙이는 올 때 시흡이의 '분부'대로 명태와 임연수어 찌게를 도시락에 담아와 술상은 제법 풍성했다. 넷이 밥상에 둘러 앉아 술잔에 술을 다 붓고 시흡이가 말을 꺼냈다.

"자, 오늘 이 술은 학철이와 금순이의 사랑을 축하하는 술이요. 이제까지는 마음속에만 남모르게 간직하고 있었지만 앞으로는 정정당당한 연인 사이로, 어제까지는 친구였지만 오늘 이 시작부터는 서로 사랑하고 관심하며 아끼는 사이란 말야. 그러니 지금부터 너희 둘은 뒤에서 끙끙 앓지 말고 나와 혜숙이처럼 팔짱도 끼고 당당히 전진하란 말야, 하하하… 자, 그럼 축하하는 의미에서 건배!"하고 술잔을 들었다.

학철이와 금순이는 얼굴이 빨개졌고 서로 눈을 피하며 아무 말 없이 술잔을 비웠다. 이어 혜숙이가 축하 술을 따랐고 금순이의 오랜 친구로서 진심으로 그들 둘에게 축하를 보냈으며 학철이와 금순이도 한잔씩 술을 붓고 감사를 표시했다.

술이 몇 잔 들어가니 학철이와 금순이는 담이 좀 커져 고개를 들고 서로를 응시했으며 무언중 장래를 약속했고 자기의 진정을 눈동자에 담아 상대방에게 보내주었다. 시흡이는 좋아라 혜숙이를 껴안고 당시 유행인 영화 '금희와 은희의 운명'이란 영화의 주제곡을 불렀다. 학철이는 밥상 밑으로 금순이의 손을 살며시 잡고 따라 불렀다.

학철이는 전쟁 때 부모를 잃고 자기 힘으로 전도를 개척하며 씩씩하게 살아가는 시흡이와 금순이가 존경스러웠고 자기도 그들을 따라 배워 몇 천리 이국땅 부모를 떠나 자기 노력으로 자기의 이상을 실현하리라 결심했다.

그들 넷은 술 두 명을 다 마셨고, 시흡이는 학철이보고 금순이 야근시간도 거의 되었으니 바래다주고 둘이 오붓하게 이야기도 하라고 하여 학철이와 금순이는 침실을 빠져나와 인적이 드문 한적한 밤거리를 걷기 시작했다. 금순이 야근시간이 아직 한 시간 남짓 있어 조금 데이트해도 문제없었다.

학철이는 술의 힘을 빌어 대담하게 금순이에게 정식으로 사랑을 고백했고 금순이도 자기처럼 부모가 없는 것도 아니고 부모님을 몇 천리밖에 떨어져서 혈혈단신으로 조국에 와 이상실현을 위해 좋은 일 궂은 일 가리지 않고 분투하는 학철이를 존경했고 흠모했었다고 털어 놓았다.

그들은 잠시 걸음을 멈추고 두 사람의 손이 한데 뭉쳐졌고 몸과 몸 사이는 점차 좁혀지며 밀착되어갔다. 그들 둘의 머릿속에는 이 세상에서 그들 둘만 존재하고 모든 것이 정지 상태이며 시계의 초바늘은 언제인지 멈춰 서 있다.

얼마나 지났는지 드디어 그들 둘은 점차 냉철한 현실로 돌아왔고 사랑으로 아름다워진 상대방을 발견하고 수줍게 웃으며 정이 넘쳐흐르는 두 쌍의 눈은 광채로 빛났다.

학철이는 금순이의 한 손을 꼭 쥐었고 금순이는 행복에 겨워 학철이의 어깨에 머리를 기대고 걷기 시작했다. 전등이 환한 교환대 앞에서 둘은 다른 사람들이 볼까봐 둘 사이 거리를 멀게 했고 내일을 약속하고 갈라졌다.

학철이 흥에 겨워 침실에 돌아오니 시흡이가 다그쳐 물었다.

"야, 뚱베이. 그래 금순이랑 화끈하게 키스나 했냐? 내가 너네 둘 사이에 널따란 고속도로를 닦아 주었으니 이제부터는 그전처럼 '만만디' 식으로 꾸물거리지 말고 나처럼 대담하고 용감하게 밀고 나가. 알았냐? 그래 금순이랑 난생 처음 키스나 했냐? 키스맛이 어떻데? 꿀맛이데? 하하하…"하고 놀렸다.

학철이의 부끄러움에 빨갛게 된 얼굴을 보며 혜숙이가 아무리 시흡이의 입을 막으려 해도 막무가내였다. 시흡이는 재미있는지 계속 놀렸다.

"야, 학철아. 너와 금순이의 키스는 그냥 달콤하다고 간단하게 생각해선 안 된다. 너희들의 그 귀중한 첫 키스는 금순이의 백지장 같은 순결한 마음에 너의 피 끓는 사랑의 빨간 도장을 입술로 찍는 거야. 나와 혜숙인 매일 같이 도장 찍지만 너희들은 오늘이 처음이니 '역사적' 의미가 있는 거야. 이번 키스는 보이지 않는 밧줄이 되어 너희 둘을 꽁꽁 한데 묶은 거야. 사실 까놓고 말해서 한 사람의 인생에서 무엇이 행복이니? 단지 잘 먹고 잘 입는 것뿐이 아니란 말야. 중요한 것은 사랑하는 사람을 내 품에 안는 거야. 나와 혜숙이처럼 말야. 봐, 우리 혜숙인 행복에 겨워 요새 온몸에 통통히 살이 얼마나 올랐는데 하하하….”

시흡이는 학철이와 혜숙이를 번갈아 놀리기 바빴다.

혜숙이의 참을성은 끝내 한계를 넘었다. 혜숙이가 시흡이의 어디를 꼬집었는지 시흡이는 말하다 말고 아프다며 혜숙이를 피해 달아났다. 혜숙이는 시흡이를 흘겨보고 “학철 동무. 금순이도 학철 동무를 많이 좋아하고 있어요. 그러니 다른 고려하지 말고 잘 사귀어 봐요. 예?”

그들이 이렇게까지 마음을 쓰니 고맙기 한정 없었다.

“예. 노력하겠습니다. 감사합니다. 혜숙 동무.”

얼마 있다 그들 둘은 나가고 혼자 남은 학철이는 난생 처음 맛보는 사랑의 희열로 훨훨 날 것만 같았다.

요사이 물고기가 잘 잡혀 만선배가 연이어 부두에 줄지어 어창의 물고기 푸길 기다리고 있는 때가 많았다. 그러면 자연히 학철이네 꼼뻬야반은 눈코 뜰 새 없이 바빴다. 힘에 겨운 육체노동이지만 학철이는 아침저녁, 심지어는 직장에 나와 잠시 휴식할 때에도 책을 손에서 놓지 않았다. 금순이를 위해서라도 꼭 대학에 가야 한다고 그는 항상 속으로 다졌다.

오늘따라 배를 몇 척 떠나보내고 나니 만선배가 보이지 않아 직업반장 천씨가 그들 작업반원 넷을 데리고 부두에서 해변으로 고기를 운송하는 물도랑을 수리했다.

작업반원 몇이 2미터 높이에 걸려 있는 나무판자를 만든 물도랑에 못을 치고, 천씨와 학철이는 그들의 심부름을 했는데 나무판자나 철판 혹은 못 등을 그들에게 공급하면 된다. 물도랑의 나무 판자들이 시간이 오래 되어 여기저기 썩어 바닷물이 중도에서 다 쏟아지고 목적지에 가면 물이 거의 없어 물고기들이 물도랑 위에 쌓이기 일쑤였다.

낙후한 운송시설이지만 부득이 수리해가며 써야 했다. 한참 일을 하다 위에서 못을 던지라 하여 못 통을 보니 못이 얼마 없었다.

천씨가 학철이보고 빨리 부두 휴식실에 가서 못을 가져오라하여 학철이는 뛰어갔다. 학철이가 작업실 문을 열려고 할 때였다. 학철이 귀에 뜻하지 않는 여자의 신음소리가 들려왔다. 학철이는 잠시 문을 열지 않고 집안에서 나는 소리에 귀를 기울였다. 확실히 그 소리는 휴식실 안에 나는 소리가 틀림없었다. 학철이는 문고리를 잡았던 손을 놓고 집 안에서 나는 소리에 귀를 기울였다. 간간히 들려오는 여자의 신음소리와 함께 남자의 말소리가 들려왔다.

"숙이 동무 좋지? 이렇게 좋은 것을… 앞으로 말 잘들을 거지? 알았서?"

남자가 여자의 대답을 한참 다그치니 "네. 알았어요. 말 잘들을 게요."

마지못해 하는 여자의 가는 목소리다.

"그럼 그렇지. 앞으로 우리 여편네 친정에 자주 보내고 우리 집에서 이불 펴고 제대로 잘해야지. 여기서 이렇게 힘들게 하지 말고 허허허…."

두 남녀의 흥분이 고조되자 여자의 신음소리는 거의 고함소리로 변하고 남자의 가쁜 숨소리까지 합쳐 가열찬 전쟁터처럼 학철이 귀에 들려왔다.

이들 두 남녀는 통조림공장 직원이었다.

만선배가 들어오면 잣대로 어창의 물고기를 재서 물고기 톤수를 계산하여 통조림공장에서 인수하는 것이다.

어느 부두에나 통조림공장에서 파견한 두 남녀가 매일 어획량을 상금에 보고하게 되어 있다. 이들 두 남녀가 바로 이런 일을 하는 직원이었다.

남자는 어창 안에 내려가 위쪽 여직원과 잣대로 고기가 없는 어창공간을 재면 물고기 톤수가 정확히 나온다.

평시에 이 두 남녀는 학철이네 작업반과 매일 같이 점심식사를 하며 이야기도 하면서 같이 근무시간을 보낸다. 그들이 물고기 톤수를 다 계산하고 난 후 학철이네 작업반이 물고기를 꼼뻬야로 푸기 시작한다. 그래서 '사고'를 치고 있는 이들 남녀와 학철이는 잘 아는 사이다. 남자는 아이가 초등학교를 다니는 봉구라는 유부남이다.

여자는 노처녀인데 25~6살쯤 되어보였고 평소에 언제나 머리를 수그리고 무슨 생각에 잠긴 듯 말수도 적고 묻는 말에만 마지못해 가는 목소리로 대답하는 조용한 타입의 처녀였다. 그녀 이름은 숙이라고 불렀다.

그들 남녀가 주고받는 말에서 학철이는 그들의 야합은 갓 시작되었다고 생각했다. 학철이는 그들이 무안해 할까봐 발길을 돌려 빈손으로 천씨네가 일하는 현장으로 돌아왔다. 천씨는 학철이가 빈손으로 돌아오는 것을 보고 좀 쉬었다 일하자고 소리쳤다.

한 시간 쯤 지나 그들 작업반 5명이 떠들며 돌아오는데 봉구와 숙이는 휴게실에서 얼굴에 홍조를 띠우며 나오고 있었다. 오늘따라 유난히 기분 좋게 웃으며 지나가는 그들 둘을 보며 천씨가 웃으며 "저애들 오늘따라 무슨 좋은 일이 있나? 기분 좋아 보이는데…"하고 말하자 옆에 있던 작업자가 "글쎄요. 아마 우리가 휴게실에 없을 때 키스라도 했나…"라고 말하자 모든 작업반원들이 크게 웃었다.

학철이가 나중에 천씨에게 조용히 '휴게실에 못이 없는 게 아니라며, 차종지종 봉구와 숙이의 불륜을 이야기했더니 천씨는 씨익 웃으며 학철이보고 다른 사람들에게 말하지 말라고 하며 이런 일은 못 본 체 눈감아주는 게 상수'라고 하였다.

천씨는 이어서 학철이가 사회에 갓 나와서 몰라 그러는데 이런 남녀문제는 보편적인 현상이고, 큰 영향이 없으면 모르는 체하는 게 좋다며 학철이의 어깨를 두드려준다.

시흡이의 말에 의하면 신포통조림공장은 신포수산사업소에서 잡은 물고기를 완성품 혹은 반완성품으로 가공하기 위해 건설된 직공이 만여 명이나 되는 큰 기업이다. 직원들은 전국 각지와 인근 어촌에서 모집되었는데 직원 대부분이 여자들이고 남자는 열 명 중에 하나쯤 된다고 했다.

남녀 비례가 너무 기울어서 총각 하나에 몇 명의 처녀들이 경쟁한다는 것이다. 어떤 총각은 동시에 3각, 4각 관계를 가지며 여자들을 가지고 논다고 했다.

그들 중 치열한 경쟁에서 낙선된 처녀와 아예 경쟁에 참가할 엄두도 못내는 노처녀들은 자포자기하고 유부남도 가리지 않고 쫓아 다닌다고 한다. 학철이는 숙이란 처녀도 아마 이런 경쟁에서 밀려난 패에 속할 것이라고 생각했다.

그날 학철이가 퇴근하고 침실에 들어서니 시흡이와 낯모른 청년이 앉아 있었다.

시흡이가 "야, 학철아 인사해라. 이분도 너와 같은 '뚱베이'東北인데 장 형이시다. 장 형, 이 애가 내가 말하던 김학철이에요. 앞으로 같이 이 방을 쓸 것이니 알고들 지내요."

장 형은 자리에서 일어나 반갑게 학철이와 악수를 나누고 중국 어데서 왔느냐, 언제 왔느냐 등 질문을 했고 학철이가 차곡차곡 대답하자 자기는 심양에서 작년 이맘때 왔는데 배운 것이 없어 좋은 일은 할 수 없고 깨끗하고 쉬운 일은 월급이 적어 자기 소비를 담당하기 어려워, 하는 수 없이 돈 많이 버는 뱃놈이 됐다고 하며 웃었다.

키가 후리후리하게 크고 어깨가 넓으며 근육이 발달된 좋은 체격의 미남이었다. 그는 성격도 소탈하고 학철이와도 이내 친숙해져 남녀관계 등 소재도 나이 몇 살 어린 시흡이와 학철이 앞에서 서슴없이 신나게 이야기하였다. 이렇게 체격 좋고 인물 또한 미남이니 그의 로맨스는 적지 않을 것이다.

장 형이 한턱 쏜다 하여 그들 셋은 거리로 나섰다. 자주 가던 식당에서 요리 몇 개와 술 두 병을 비우고 기분 좋게 숙사에 돌아와 베개를 꺼내 가로 세로 누워 이야기판을 벌였다. 입담 좋은 장 형은 시흡이에게 말할 기회도 주지 않고 독판쳤다. 학철이랑 둘이 같이 있으면 혼자 도맡아 이야기하던 시흡이도 장 형 앞에선 "그래서 어떻게 되었는데요. 형님?"이란 말이 고작이었다.

술을 마신 자리여서인지 아니면 살던 중국에서 귀국한 학철이를 만나 기뻐서인지 장 형은 자신이 가장 잊을 수 없는 로맨쓰를 감추지 않고 이야기하기 시작했다.

장 형은 아버지가 그가 어렸을 때 세상을 뜬 후 어머니는 재가하고 그는 할머니의 보살핌 속에서 유년시절을 보냈고 크면서 아버지를 닮아 체격이 좋았다. 16살부터 20세로 자처하며 공사판으로 다니며 청장년이 하는 육체노동을 어른 못지않게 해냈다. 이렇게 한 2~3년 지나자 그는 아무리 힘든 일도 돈만 많이 주면 가리지 않고 다 할 수 있게 되었다.

심양시 근처 시교에서 살던 그는 심양시내 중심지에 전셋집을 잡고 쌀가마니가 산처럼 쌓인 양식창고에서 200근짜리 쌀 마대를 메고 나르는 최고 짐꾼이 되었다.

이때 돈은 많이 벌었지만 닥치는 대로 쓰는 그에게 돈이 모아지지 않았다. 낮에 힘들게 번 돈을 쓰려고 저녁이면 매일 번화한 밤거리로 나섰다. 그때만 해도 중국은 전통적 공산국가로 유흥업이 없었고 술이나 마시고 요리나 먹는 게 고작이었다.

이성에 눈이 뜨기 시작한 그는 여기저기 마음에 드는 여자를 찾기 시작했고 그의 출중한 외모와 거침없이 쓰는 돈으로 여자 사냥에서 계속적인 성공을 이루었다. 그러나 아무리 특출한 여자와의 교제도 얼마가지 못했다.

장 형은 좀 더 완미한 여자를 찾기 위해 나비처럼 이 꽃에서 저 꽃으로 쉬지 않고 날아 다녔고 그러던 하루 밤거리를 헤매다 그는 백화상점에서 세숫비누를 사러 들렀다. 그런데 그에게 고급 세숫비누를 팔던 20세 좌우의 키가 호리호리하게 큰 아가씨가 단번에 그의 마음을 사로잡았다.

　어여쁜 얼굴엔 언제나 미소가 떠나지 않았고 흠 하나 없이 눈부시게 아름다웠다. 커다랗고 정기 도는 까만 눈은 맑은 호수인양 그 깊이를 알 수 없었고 얼굴 중심 부위에 오똑 선 코는 입체감과 각선미를 자랑하고 있었다. 작고 얇은 입술은 웃을 때마다 유난히 하얗고 가지런한 이를 노출시켰다. 그 날 이후 그는 거의 매일 그녀의 매장으로 가서 값이 비싼 상품들을 한두 개씩 샀다.

　그가 사 간 비누며 세척제들은 대부분 수입제로 일반사람들은 살 엄두도 못내는 엄청나게 비싼 물건들이었다. 그녀는 처음에는 우연스럽게 생각했지만 날이 지나며 초기에는 이상하게 다음에는 점점 놀라운 표정으로 그를 바라보았다.

　장 형은 겉으로는 그녀에게 아무런 관심이 없는 것처럼 범상히 대했고 그녀의 표정이 점차 밝고 친절해지자 자연스럽게 그녀와 말을 주고받았다. 물론 상품에 대한 질문 즉 이게 어느 나라 상품이며 어느 것이 더 좋은가 등등이 전부였다. 그러는 시간이 오래되며 점점 그들 사이 이야기 범위가 조심스레 넓혀졌다.

　아직 나이는 어리지만 이성 접촉에 많은 경험을 축척한 장 형은 그녀와의 한 마디 한 마디에 각별히 신경을 기울였고 미리 짠 각본에 따라 행동거지를 취했으며 그녀에게 절대 자기가 그녀에게 관심을 가진다는 점을 감추었다. 장 형의 이론에 의하면 여자와의 교제에서 성급한 것은 금물이라는 것이다. 마치 노련한 낚시꾼처럼 큰 고기는 반드시 인내성 있게 천천히 기다렸가 물고기가 더는 참지 못하고 미끼를 꽉 물 때 그 관건 시기에 낚싯줄을 당겨야 한다는 것이다. 이런 장 형의 이론 앞에서 그 전 학철이 앞에서 큰소리치고 잘난 척하던 시흡이는 기가 쑥 들어가고 오직 탄복의 찬사만을 할 뿐이었다.

그녀는 장 형이 상점에 나타나기만 하면 모든 것을 뒤로 제치고 활짝 핀 꽃처럼 웃으며 그를 맞았다. 장 형은 봄에 뿌린 씨가 이미 자라서 무르익은 곡식을 이루었고 그를 거두어들일 때가 되었다고 생각했다. 그러나 마지막 순간까지 긴장을 늦추지 말고 조심에 조심을 기우려야 한다. 이 세상 모든 일과 같이 남녀 관계도 마지막 고리가 잘못되면 십 년 공부 나무아미타불 되는 경우가 적지 않다. 그러던 어느 날 장 형은 마지막으로 프랑스제 최고 비누를 사고 미리 준비해 두었던 쪽지를 돈을 지불한 영수증에 끼워 넣어 주었다.

의외의 쪽지를 받아 든 그녀는 놀래 얼굴이 붉어졌고 연이어 주위를 휘둘러보고는 쪽지를 감추었다. 장 형은 태연하게 상점을 빠져나갔다. 그 쪽지에는 내일 저녁 6시, 그 상점에서 멀지 않은 '5.1 광장'에서 만나자는 글자가 적혀 있었다.

이튿날 약속 시간 20분 전에 도착한 장 형은 설렘과 초조 속에서 20여 분을 보냈다. 장 형은 이때까지 살면서 이렇게 시간이 늦게 가는 것은 처음으로 체험하였다. 한 초 한 초가 몇 십 분, 몇 시간처럼 느껴졌다.

6시가 좀 지나자 상점 쪽에서 하늘하늘 걸어오는 그녀의 아리따운 모습이 나타났다. 그녀는 청색바지에 꽃무늬를 수놓은 분홍빛 적삼을 입었고, 호리호리하게 큰 키에 자연스럽게 흔들리는 걸음걸이는 마치 유명 모델의 무대 위 연출을 방불케 하였다.

　상점에서 봤을 때는 그녀의 화려한 얼굴에 흡인되어 미처 주의하지 못했는데 불룩이 솟은 팽팽한 앞가슴과 옆으로 퍼진 커다란 엉덩이가 유혹적인 곡선을 이루며 가느다란 허리를 사이로 아래위에서 스프링처럼 탄력있게 흔들리고 있었다.

　과연 여자의 곡선미는 그녀들의 화려한 얼굴 못지 않게 강력한 마력으로 남자들의 혼령을 사로잡는다. 여자의 아름다운 얼굴은 남자들을 황홀하게 하고 여자들의 섹시한 몸체는 남자들의 피를 끓게 한다. 여자들과의 교제에서 풍부한 경험을 쌓았고 그녀들에 대한 예리한 시각과 냉철한 자제를 자랑했던 장 형도 그녀의 눈부신 아름다움 앞에서 잠시 모든 것을 망각하고 멍해 있었다.

　지금까지 안하무인으로 금전이 준 날개를 활짝 펼치고 미녀들 속에서 쉬지 않고 날아다니던 장 형은 그녀의 완미한 아름다움 앞에서 난생처음 자기가 초라하게 생각됐고 그녀는 높은 곳에, 자기와 너무 멀리 떨어져 있음을 실감했다.

　그녀의 가식 없는 아름다움은 마치 심심산골에서 피어난 들장미처럼 자연스러웠고 순결했다. 장 형은 가까스로 정신을 차리고 무의식간에 그녀에게 달려가 그들이 우연히 상점에서 만난 지 한 달 만에 처음으로 악수를 청했다.

　그녀도 반가운 미소를 띠며 그에게 가냘픈 하얀 손을 내밀었다.

그는 흥분과 당황 속에서 그녀와 무슨 말을 했는지가 생각이 안 난다고 했다. 사실 사람이 고도로 흥분되면 그의 행동과 언어는 대뇌의 지배를 받지 않고 무의식 상태에서 진행되는 모양이라고 하며 장 형은 웃었다. 그 날 장 형은 그녀와 최고급 식당에서 그녀가 듣기만 했고 먹어 보지 못한 고급 요리를 먹었고, 식후 그녀를 정중히 숙사까지 바래다주었다.

장 형의 이론에 의하면 여자의 마음을 사로잡으려면 절대적인 자제가 필요하다는 것이다. 마음이 가는 대로 행동했다가는 평소에 애써 쌓았던 공든 탑을 일시에 무너뜨리고 십 년 공부 나무아미타불 된다는 것이다.

학철이는 그의 이야기와 그의 이론을 들으면서 자기의 부끄러움과 우유부단으로 금순이와의 연애 진도를 늦춘 것이 어떻게 보면 잘된 일이라고 생각하며 웃었다.

여기까지 듣던 시흡이는 더는 참을 수 없는지 장 형의 말을 끊었다.

"내 생각에도 장 형 말이 옳다고 느껴지지만 정작 여자들, 그것도 그렇게 고운여자를 덥석 못 먹고 자제한다는 것은 나는 열 번 죽어도 못 하오. 하하하….."

시흡이의 솔직한 말에 장 형도 빙그레 웃으며 말을 이었다.

장 형은 낮에는 어깨까지 드리운 모자와 마스크를 쓰고 먼지 속에서 200근이나 되는 쌀 마대와 뒹굴었고 퇴근하면 목욕하고 흰 와이셔츠에 넥타이를 매고 양복을 갈아입었다고 한다. 누가 봐도 전후 한 사람이라고 생각하지 못할 것이다.

당시 그는 이러한 고된 육체노동의 대가로 일반 사무원들의 봉급 7~8배를 초과했다. 장 형은 그날부터 그녀와 거의 매일 만났고 식당, 영화관 그리고 극장, 공원에 그들의 그림자를 남겼다. 그녀와 사귀면서 그는 처음으로 돈의 진정한 가치와 위력을 느꼈고 금전이 주는 호화로운 물질적 기초 위에 피어나는 달콤한 사랑 속에 빠지기 시작했다.

　그녀를 만나기 전에는 무의식적으로 돈을 벌었고 아무 생각 없이 무미하게 써버렸다. 그 후부터 그는 밤에 긴급야근이 생기면 무조건 나섰고 그로인해 그들을 관리하는 책임자에게 '너무 무리하지 말라'는 관심과 '긴급히 돈을 써야 할 일이 생겼느냐'는 질문을 받기도 했다. 장 형은 뼈가 부스러지게 번 돈을 그녀를 위해 다 쓴다 해도 아깝지 않다고 생각했다. 그만큼 그의 그녀에 대한 사랑은 열렬했고 순수했다.

　장 형은 그녀와의 사랑이 열렬하면 할수록 캄캄한 영화관에서나 아늑한 공원의 숲속에서도 그녀와의 일정한 '안전' 거리를 유지했으며 신체의 접촉을 엄금하였고 의식적으로 신사다운 품위를 보여 주었다. 이렇게 장 형은 그녀의 절대적인 신뢰감을 쌓는데 전력을 다했다. 그리고 그녀와 만나지 전에 항상 조금 있다 진행될 대화와 주의할 점을 꼼꼼히 생각해 두었다. 여자들은 남자들과 달리 알 수 없는 민감한 부분들이 많아 잘못하면 그녀의 자존심을 상하게 할 수 있고 그녀의 옛 상처를 건드려 슬픔을 가져다 줄 수도 있기 때문이다.

　여기까지 말하며 장 형은 잠시 말을 끊고 시흡이를 쳐다본다.

시흡이는 벌써 눈치 채고 "형님, 왜 이야기하다 말고 나를 보오? 나보고 형님 따라 배우라고? 하하하… 나는 형님의 그 복잡한 '연애학'을 배우려고 해도 배울 수가 없어 기권이오. 마음에 드는 '간나'를 만나면 후다닥 먹어버리면 될 것을 왜 그리 힘들게 뜸들이오? 숯불에 통닭 굽듯이 말이오. 나는 발 벗고도 따라갈 수 없으니 학철이 보고나 형님의 연애학을 잘 배우라고 하오. 요새 금순이하고 연애할 때 써먹게시리. 하하하…."

장 형은 시흡이 말에는 아랑곳하지 않고 말을 계속했다. 아마 시흡이 성격을 잘 아는지라 대꾸할 가치를 못 느꼈을 것이다.

"남녀가 처음 만나 사귀면 여자는 여러 가지 각도에서 남자를 고찰하고 남자의 조건과 능력을 냉정하게 자기만의 자대로 재고 또 잰다. 남자는 초기에 자기의 우월점을 성급히 말하지 말고, 다시 말하면 시흡이 너처럼 잘난 체 뽐내지 말고, 여자가 물으면 마지못해 말해주는 것처럼 조금씩 겸손하게 말해야 해. 그리고 여자들은 허영심이 많은 편이니 기회가 있을 때면 될수록 자연스럽게 그들의 아름다움을 찬양해야 해. 그러면 여자들은 자연히 자기 우월감에 빠지고 상대방에 좋은 인상을 가질 수 있지. 그리고 사랑이 무르익는 성숙기에 들어서면 여자의 눈에서 그 어떤 섬광이 자주 반짝이는데 그 눈빛을 잘 체득할 줄 알아야 해.

여자가 성숙하면 이성에 대한 짙어가는 호기심, 점차 강해지는 원하는 마음, 그리고 한편 잇따르는 모종의 수치심이 그들로 하여금 남자의 애무를 기다릴 뿐 자기의 요구를 주동적으로 표달[19]하

---

19. 表達. 의사나 감정 따위를 표현하여 전달함.(북한어)

지 못하는 거야. 그런데 눈치가 무딘 남자가 여자의 눈에서 반짝이는 눈빛을 간파하지 못하고 제때에 그녀들의 육체적 욕구를 만족시키지 못하면 그들은 점차 실망하고 사랑이 식을 수 있단 말이야.”

이때 시흡이가 답답했는지 “내가 이때까지 여러 선배의 경험담을 적지 않게 들었는데 형님처럼 여자들에 대해 연구가 깊고 조리가 명확한 이론은 처음 듣소. 형님은 앞으로 배 타지 말고 ‘연애학습반’을 꾸리시오. 그러면 나와 학철인 무조건 참가할 테니 하하하….”

시흡이의 말에 장 형은 “세상 모든 일에는 다 도리가 있고 규칙이 있는 법이야. 사랑도 마찬가지고. 여자란 동물들은 남자와 달라도 너무 달라. 마치 신체상 구조가 다르듯 말야.”

그들 셋은 한참 웃다 시흡이가 다시 장 형을 재촉한다.

“형님, 하던 이야기마저 해야지. 그 후 어떻게 됐는데? 그 발딱발딱 뛰는 미인을 어떻게 요리해 잡수셨소? 하나도 빼지 말고 자세히 애기해주오. 난 이론보다 그 잡수시는 장면이 더 흥미진진할 것 같은데….”

장 형의 이야기는 계속 되었다. 장 형의 들끓었던 연애는 일정한 시간을 경과하며 자연 안정기를 맞이했고 냉정히 그들 둘의 장래를 생각하게 되었다. 그러자 장 형은 깊은 번뇌에 빠지기 시작했다. 시작할 땐 흥분에 가려 미처 거기까지 생각 못했는데 사랑하면 할수록 그들의 사랑은 이루지 못할, 아니 이루어져서는 안될 사랑이라고 절감하게 되었다.

장 형은 지금까지 남녀가 만나면 여자의 외모가 남자와 재부^{財富}가 일체를 결정한다고 생각했고 그 재부를 위하여 몸이 부서지도록 돈을 벌었다.

그 전에 만난 여자들은 장 형이 그들에게 고급 옷과 향수 그리고 갖가지 사치품으로 그들의 환심과 일시적 '사랑'을 샀고 최고 목적지인 그녀들의 몸뚱이를 가질 수 있었다. 장 형은 그들에게서 잠시적인 만족을 얻을 수 있었고 싫증나면 인차 다른 목표를 찾았다. 모든 세상사가 그렇듯이 남녀 간의 사랑도 쉽게 얻으면 쉽게 끝나는 법인 모양이다. 장 형은 마치 나비처럼 이 꽃에서 저 꽃으로 옮기며 인생을 즐겼다. 그러나 이번은 달랐다. 이 여인의 화려한 외모 속에 자리 잡은 선량한 마음 역시 이때까지 장 형이 사귀던 여인들과는 너무나 달랐고 뛰어났으며 처음 그녀를 본 순간부터 장 형의 뭇 여인들과 사귈 때의 자신만만함을 여지없이 부숴버렸고 그의 혼령을 사로잡았다. 나날이 깊어지는 그녀에 대한 감정도 이때까지 체험해보지 못했고 가보지 못한 깊은 곳으로 그를 끌고 가고 있었다. 아무리 발버둥치고 해도 쓸데없는 일이다.

장 형은 이때가 사랑의 위험한 단계라고 말했다.

사랑의 발전 속도와 심도가 자신의 능력을 넘었기 때문인 것이다. 이때까지 장 형은 여자들과의 교제에서 언제나 주동이었고 냉정하게 그녀들과의 '사랑'의 흐름을 조절할 수 있었으며 적당한 선에서 끝낼 수 있었다. 장 형은 자기 같은 짐꾼 처지에서 그녀들과의 소위 '사랑'은 육체에서 시작되고 육체에서 끝나야지 아니면 시끄러운 후유증만 가져올 뿐이라고 했다.

장 형은 진정한 사랑은 제 마음대로 되지 않는 것이라고 말했다.

장 형의 이론에 의하면 이번처럼 잘못된 사랑은 심도가 깊어질수록 사랑의 번뇌 또한 많아지는 법이다. 이것이 바로 모순되는 두 가지 방면일 것이다. 처음 시작할 때는 그렇게 바라던 일이었건만 정작 희망대로 그녀의 열렬한 사랑을 얻는 지금 장 형에게는 기쁨과 함께 때 아닌 고민이 동시에 나타났다.

장 형이 그녀와의 교제 중에서 마구 쏟아붓는 돈이 장 형이 막노동으로 번 돈이며 이 돈의 출처를 그녀가 알게 되면 얼마나 실망하고 슬퍼하겠는가?

장 형은 뛰어난 외모와 출처가 불명확한 돈 외에는 아무것도 그녀 앞에 당당히 내놓을 것이 없었다. 그녀는 이때까지 그들 부모님이 지위가 높거나, 돈 많은 부잣집 아들로 생각하고 깊이 묻지도 않았고 그가 말할 때까지 기다리는 눈치였다. 이 점 역시 다른 여자들과 다른 월등한 점이었고 장 형도 이 문제만은 의식적으로 함구했으며 그녀에게 너무 일찍 실망을 주지 않으려 했다. 사랑하는 그들은 이미 갈 데까지 다 갔고 고작 남은 것은 쌍방 부모님께 결혼을 허락받는 일만 남았다.

"시흡이 넌 아마 내 로맨스가 길고 지루하지? 너는 아마 열렬한 사랑의 마지막 부분이 더 궁금하지? 그 방면에선 네가 선수니까 너의 싱상에 맡기고, 좀 더 고상하고 순정이 담긴 이야기를 해야 학철이도 따라 배울 거고 하하하…. 정말 그 여자와 나의 사랑은 내 인생에 있어서 단 한번밖에 없었던 진정한 사랑이었지. 진정한 사랑은 나보다 대방對方을 먼저 생각하고 사랑하는 대방을 위해 자기를 희생할 줄 아는 것이지. 시흡이 너처럼 덥석 먹어버리기만 즐기는 것과는 너무나도 다른 것이야. 사실 남자로 이 세상에 태어나서 인생의 최고 목표는 아름다운 여인을 정복하고 품에 안는 거겠지. 그래 남자들은 이 신성한 인생 목표를 위해 피나는 노력을 하고 재부를 창조하고 좀 더 높은 사회적 위치를 구축하려 자기의 능력을 발휘하지. 나는 체력이 좋으니까 힘든 줄 모르고 쌀가마니를 날라 돈을 모을 수 있었지만 사회적으로는 제일 밑바닥이지. 그러나 하늘은 나를 버리지 않았고 운명의 혜택으로 나는 미인을 정복할 수 있는 행운을 가질 수 있었지. 그리고 이것은 나의 영원한 자랑이지. 지금도 눈 감으면 하늘하늘 예쁘게 걸어오는 그녀의 눈부신 아름다움은 하늘에서 내려오는 선녀 같았지."

장 형의 말에 시흡이가 군침 삼키며 재촉한다.

"여자들은 단순해서 우아한 체하는 형님 속에 승냥이가 들어있었다는 것을 어떻게 상상인들 했겠소. 형님이 그 조예 깊은 전략 전술로 속심을 잘 감추었기 망정이지 좀 더 일찍 들켰으면 그 여인이 얼마나 혼비백산했을까. 자 그럼 우릴 그만 궁금하게 하고 어떻게 그 미인을 구워서 맛있게 잡수셨는가를 될수록 자세히 이실직고하오. 하하하…."

"이 세상 모든 씨앗이 따사로운 햇빛 아래서 뾰족뾰족 싹트듯 나의 가슴속에는 그녀의 화려한 빛발 아래 진정한 사랑의 싹이 트기 시작했지. 이것은 종래로 내가 체험해보지 못한 곳이었으며 내가 원하지 않았던 것이었지."

장 형의 이야기는 사랑에 미숙한 학철이가 아리송하고 이해가 안 되는 곳이 많았다.

장 형은 점점 깊이 빠지는 사랑 속에서 하루도 그녀를 못 보면 초조했고 꿈에서도 자주 그녀와 헤어지는 꿈을 꾸었고 온몸에 식은땀을 흘리며 놀라 깨어날 때가 있었다. 장 형은 자기가 가진 모든 것과 그녀를 바꾼다 해도 아까울 게 없었고 오직 그녀가 행복하다면 무엇이든 하고 싶었다.

시간이 지니며 주위 사람이 없을 때면 그녀는 자주 장 형의 넓은 어깨에 머리를 기대기도 하고 그녀의 깊이를 알 수 없는 커다란 눈에서는 간혹 이상한 섬광이 반짝이기도 했다.

처음 보는 여자의 눈빛이었다고 한다.

장 형이 이것을 보고 잠시 망설이면 그녀는 얼굴이 홍당무가 되어 고개를 수그렸다. 아마 자기 뇌리를 스친 어떤 생각이 부끄러웠던 모양이다.

'내가 바라고 바라던 것이 드디어 왔구나' 하는 느낌이 장 형 자신의 머릿속을 스치자 장 형은 이때까지 가까스로 참고 절제했던 욕망을 행동에 옮겼고 그들 둘은 적나라한 사랑의 원시 상태에 빠져 버렸다.

그들은 난생처음 느끼는 흥분과 만족 속에서 서로의 귀중함을 절실히 느꼈고 마음속에서 '너'와 '나'란 언어의 개념을 깡그리 없애버리고 오직 '우리'만이 존재했다. 신기한 사랑은 두 사람을 용광로에서 순식간에 한 마음 한 뜻이 된 새로운 한사람을 탄생시킨다. 1+1=1이란 수학에서 찾아 볼 수 없는 사랑의 공식이 성립된 것이다.

장 형은 그녀가 너무나 사랑스러웠고 매혹적이었다.

절세가인의 높이 솟은 콧대, 드디어 그 섹시한 몸체의 당당한 주인이 되었다고 생각하자 장 형의 가슴속에서는 함성이 울려퍼졌고 흥분의 거센 파도가 영혼의 장벽을 마구 두드렸다.

그러면서 마음 한쪽에서는 전전긍긍하는 연기가 피어나는 게 아닌가? 그럴수록 장 형은 거듭되는 사랑의 성공을 확인하려 그녀를 자주 품에 안았다. 그런데 사랑의 성공과 함께 그는 점점 깊은 번뇌에 빠지기 시작했다.

그녀를 자기 여자로 만들어 놓은 지금 앞으로 그녀에게 더 해줄게 없었다. 앞으로 남은 것은 그녀와 결혼하여 가정을 이루는 것인데 그것은 짐꾼 신세인 자기가 상상도 할 수 없는 일이었다. 아찔한 사랑의 절벽에 마주친 것이다.

생각할수록 이 궁지에서 벗어날 길은 보이지 않았다. 고민하던 장 형은 드디어 남자다운 결심을 하였다. 너무 사랑하니까 더는 사랑할 수 없었고 진정으로 사랑하니까 그 사랑을 버리고 떠나야만 하는 자기의 비참한 처지가 안타까웠으며 난생처음 자기의 초라함을 뼈저리게 느꼈다.

그는 먼 출장을 간다고 한마디 말만 남기고 그녀와 일체 연락을 끊었으며 그 후 석 달 동안 부지런히 일하고 절약하여 다시 꽤 돈을 모았다. 그동안 그녀가 보고 싶어 참기 어려울 땐 그녀가 퇴근하는 길목 나무 뒤에서 그녀를 한 번씩 바라보았다. 그녀는 몰라보게 수척했고 바람에 날려갈 듯 걸음걸이도 기운이 없었다.

아마 장 형의 행방불명이 그의 사랑에 대한 배신이라고 생각하고 커다란 타격을 받았을 것이다. 그 후 장 형은 그동안 모은 돈을 몽땅 그녀의 이름으로 송금했고 사기만하고 쓰지 않았던 온갖 고가상품을 택배로 그녀에게 부쳤다.

이것으로 자기 때문에 그녀가 겪은 고통의 백분의 일이라고 속죄하고 싶었다고 한다.

그 후 북조선으로 귀국했고 신포에서 바다의 낭만 속에 그녀를 그리워하는 마음을 지우려 뜨랄선을 탔다고 했다.

단순히 그녀의 황홀한 아름다움에 매혹되어 이성을 잃고 사랑의 물속으로 뛰어든 그는 2년이 지난 지금도 그녀만 생각하면 가슴이 쓰리고 아프다고 했다. 부모님이 준 잘난 외모와 체격 그리고 마구 써대는 금전으로 이제까지 자기가 하고 싶은 일은 거의 모두 할 수 있었고 세상살이가 자신만만했던 그가 이번 일 겪으며 자신감은 동강났고 심한 고뇌에 빠져버렸다.

장 형은 고개를 들어 침통한 표정으로 학철이와 시흡이를 둘러보았다.

"다들 나를 보고 연애전문가 혹은 바람둥이라고 하지만 나의 이 사막처럼 황막한 가슴속에서도 단 한번 순정의 꽃이 피었단다. 한평생 이번 순정을 귀중히 가슴속에 간직하며 그 여인만을 그리며 살 것이란다."

학철이는 자기 잘못을 뉘우치고 한숨 쉬는 장 형이 사랑의 가해자가 아닌 사랑의 피해자처럼 느껴졌다. 외모가 출중하고 총명한 장 형의 특이한 '로맨스'는 연이어 며칠 동안 계속되었다. 저녁이면 한 배를 타는 장 형의 친구들도 와서 그의 이야기를 듣느라고 학철이네 방은 담배연기가 꽉 찼고 웃음이 연이어 터져 나왔다.

학철이는 할 수 없이 노어공부를 아침으로 미루고 흥미진진한 장 형의 이야기에 매혹되어 시흡이와 더불어 장 형의 그림자처럼 그를 따라다녔다. 드디어 장 형의 경험담과 결부된 연애 이론강의도 끝났고 그는 다시 원양선을 타고 망망대해를 향해 떠났다. 마치 바다 멀리 저쪽 하늘가에서 미인들이 그를 향해 손짓하며 부르는 모양이다.

4.

삼봉근당위원장

학철이는 매일 비린 냄새가 진동하는 어창에 뛰어들어 물고기와 박투(博鬪)했다.

부두는 만선기를 단 어선에서 내리는 선원들과 물고기 처리하는 아줌마, 깔깔대며 지나가는 통조림공장 처녀들로 들끓었다.

지금이 2월이니 대학시험 기일이 한 달밖에 남지 않았다. 학철이는 강 세포위원장을 찾아가 기층당위원회의 추천서를 받았고 그것을 수산사업소 교육부에 제출하는 수속절차를 모두 밟았다. 이제 남은 것은 시험 칠 과목 특히 노어공부에 전력하는 것이다.

금순이와의 데이트도 영화관에서의 포옹은 어쩔 수 없이 일주일에 한번으로 줄였다. 금순이 역시 학철이의 대학시험을 매우 중시하고 고무 격려를 아끼지 않았다.

그들의 사랑은 불안정한 흥분상태에서 벗어나 진지하고 성숙된 단계로 발전하고 있었다.

장 형이 뜨랄선을 타고 원양 어업을 떠난 사흘 후였다.

학철이가 오후에 몇 척 배의 물고기를 푸고 부두에서 물도랑에서 떨어진 물고기를 줍고 있는데 뒤에서 누가 탁, 어깨를 쳤다. 돌아봐보니 문선이었다. 이게 얼마만인가! 작년 11월초 중국에서 살얼음 낀 두만강을 건너 삼봉에 도착한 후 삼봉초대소에서 제일 처음 만난 반가운 친구가 아닌가!

그들 둘은 귀국민을 영접하는 삼봉 귀국민초대소에서 열흘 넘게 같이 있으며, 문선이는 선배로서 학철이에게 조선 실정을 자세히 소개하는 동시에 주의할 점을 말해 주었고 사회에 첫발을 디딘 학철이에게 이모저모 많은 관심과 방조를 주었다.

학철이는 문선이가 '신포는 공화국에선 살기 제일 좋다'고 하여 신포에 왔고, 이렇게 아름다운 항구도시에서 사회생활의 첫 페이지를 열게 되었다. 그들 둘은 너무 기뻐서 소리 내며 웃었고 손을 잡고 흔들며 서로 묻고 또 물었다.

대충 호상 근간의 형편을 요해하고 학철이 퇴근 후 학철이 숙사에서 만나기로 하고 그들 둘은 잠시 갈라졌다. 문선이는 이제 금방 배에서 내리는 길인데 내일 아침 배가 떠나니 오늘 저녁은 자기 집에 가서 부모님께 인사하고 저녁 먹자고 했다. 학철이는 문선이를 따라 해암동 12번지에 있는 그의 집을 찾았다. 수산사업소에서 멀지 않는 아빠트 단지였다. 3층에 자리 잡은 그의 집은 방이 두 칸인데 부엌과 화장실이 있고, 난방장치는 없었다. 농촌처럼 부엌에서 때는 불로 구들이 뜨끈뜨끈하여 춥지 않았다.

문선이의 아버지는 50세쯤 되어 보였는데 한의사였고 어머니는 싹싹하고 인정 있어 보였다. 그리고 15세쯤 되어 보이는 문선이 여동생이 있었다.

문선이가 학철이를 아버지 어머니에게 소개하며 석 달 전에 중국에서 귀국하였다고 하니 두 분은 반가워하며 학철이의 가정환경과 귀국 동기 등을 물었고 외지에서 고생이 많을 텐데 자주 놀러오라고 했다.

이국에서 고향사람을 만나서 그런지 무척 반가워해주셨다. 저녁상에는 명태국과 명란 등의 해물과 학철이가 좋아하는 깍두기와 김치로 풍성했다. 북조선에선 배 타는 어로공들과 탄광, 광산 노동자들은 백미 900그람이고 일반 중노동자는 잡곡 800그람, 사무원들은 잡곡 700그램인데 가정부인들은 300그램으로, 죽으로만 먹어도 모자란다. 그래서 한 집안에 가정부인이 한 명 있으면 식량이 긴장하다고 한다.

저녁을 먹으며 보니 문선이 어머니는 눌은밥을 큰 바가지에 담아 문선이 누이동생과 같이 먹었다. 원래 집집마다 식량사정이 긴장한데 반찬이 변변찮으면 더욱 그렇다. 게다가 손님이나 오면 더욱 민망해 한다고 한다. 북조선에선 지방은 물론 평양시민들도 사시장철 육류는 고사하고 계란도 구경 못하고 두부는 1년에 두 번만 공급한다고 한다.

즉 공화국창건기념일인 9.9절과 김일성수령의 생일인 4월 15일인데 이 두 날은 1인당 두부 한 모씩 배급한다. 이렇게 부식품이 말이 아니니 식량은 더욱 모자랄 수밖에 없다. 식사 후 문선이는 학철이를 끌고 자기 혼자 쓰는 안방으로 갔다.

문선이는 담배를 한 대 피워 물더니 학철이의 대학입학문제를 물었다. 학철이가 상황을 자세히 말하니 그는 이미 중국에서 큰 결심을 하고 왔으니 한번 김책공대 핵물리학부에 지원서를 넣어보고 안되면 다시 다른 길을 선택해 보라고 했다. '한 사람 앞에는 언제나 여러 갈래 길이 있는데 문제는 자기에게 제일 적합한 길을 정확히 선택하는 게 현명한 사람'이라고 구구이 설복했다.

김책공업대학은 김일성대학과 나란히 북조선에서 제일 우수한 대학이며 핵물리학과는 이 두 대학밖에 없다고 했다. 이것저것 학철이의 전도[20]에 유관되는 문제에 대한 심중을 토론을 한 후 그들

---

20. 前途. 장래. 앞에 나 있는 길.

은 한담으로 들어갔다.

문선이는 담배를 깊이 한 모금 빨고 학철이에게 신포가 마음에 드는지 물었다. 학철이가 바다에서 고기 잡던 감명 깊은 낭만을 말하고 이런 좋은 바다 도시를 소개해줘서 고맙다고 말했다.

학철이가 삼봉을 떠난 후 상봉초대소에 얼마동안 있었는가 하는 물음에 문선이는 혀를 차며 말했다.

"야, 말도 말아라. 아무리 북방변경이라도 삼봉만큼 어두운 곳이 어데 또 있겠니. 군당위원장은 겉피부가 새까만데 속까지도 아주 시꺼멓더구먼. 황제도 그보다는 못할 끼야. 황제도 좌우 대신들 눈치를 보고 행동하겠는데. 그놈은 어떻게 되먹었는지 막무가내더라. 글쎄 생물학자들이 사람은 동물에서 진화되었다고 하는데 그놈은 동물로 퇴화되는 모양이야. 참 어처구니없어서…."

그는 담배를 한 모금 빨고 꽁초를 꺼버리고 학철이가 궁금해 하는 이야기를 시작했다.

학철이가 삼봉을 떠난 후 문선이는 말동무도 없고 재미도 없어 지도원을 찾아가 배치장을 독촉했다고 한다.

지도원은 문선이의 말들 다 듣고 그를 한참 쳐다보더니 빙그레 웃으며 "왜, 천하의 김문선 동무도 조급증이 나오? 아직 때가 아니니 좀 더 인내성을 가지고 기다리오. 내 말대로 하면 다 문선 동무에게 좋을 것이요. 내가 초대소에 있는 한 문선 동무 일을 언제든지 다 책임질 것이니 참고 기다리오. 때가 되면 신포배치장을 안겨줄 테니 하하하…. 참 요즘 들어 귀국민들 사상공작을 문선 동무가 뒤에서 더 잘해주오. 문선 동무도 알다시피 나도 손에 쥐는 것이 있어야 그들의 배치장을 원하는 대로 떼지 않겠소? 그러니 문선 동무가 새로 오는 귀국민들한테 좀 자세히 귀띔해 주라요. 나의 입장에선 어떻게 말할 수 없으니까 말야."

지도원의 이 말뜻을 잘 알아들어야 했다.

즉, 귀국민들이 중국제 일용품, 식료품, 술, 담배를 지도원에게 자발적으로 주면 그 성의를 거절할 수 없어 마지못해 받는 것처럼 받는다, 그래야 그들이 나중에 삼봉을 떠나 다른 곳으로 배치 받아도 그들의 입에서 유언비어가 나올 수 없다…. 즉 지도원에게 불리한 후유증이 없다는 것이다.

그리고 문선이 입장에서는 앞으로 한두 달쯤 더 있다가 강이 얼면 다시 중국에 들어가 장사할 생각인데 그러려면 지도원을 껴야 하기 때문에 그의 비위를 잘 맞추어야 한다. 그래야 후에도 필요할 땐 초대소에서 묵으며 배치장을 뗄 수 있다. 물론 지도원의 품에 뇌물을 듬뿍 안겨줘야 되지만….

문선이는 "예. 예" 하며 지도원의 지시에 공손히 대답만 하고 지도원실에서 나왔다.

문선이는 저녁을 먹은 후 장기를 한참 두다가 젊은 남자를 5~6명을 데리고 강변으로 귀국민 영접하러 나갔다. 그날은 커플 날인지 부부만 세 쌍 귀국하였다.

두 부부는 각각 아이 하나씩 데리고 왔는데 그 중 한 쌍은 아이가 없는 신혼부부였다. 문선이가 그들에게 물어보니 결혼한 지 1년도 못된다고 했다. 그날은 흐린 날이라 달도 별도 없어 손전지의 여광으로 대충 사물의 윤곽만 알아볼 수 있었지만, 밝은 집안에 들어서자 문선이는 그 신혼신부의 미모에 놀랐다. 흰 피부에 쌍꺼풀진 커다란 눈, 오똑한 코에 작은 입, 웃을 때 드러나는 가지런하고 하얀 이, 모든 것이 잘 조화되고 어울려 완미했고 아름다웠다. 언제나 생글생글 웃음이 떠나지 않는 그녀는 며칠 전 학철이와 같이 순천중앙초대소로 간 심양 미인 못지않았고 둘은 특색이 다른 미인이었다.

이 세상 모든 아름다운 꽃들이 자기만의 특색으로 사람들을 현혹하듯이 이 세상 모든 미인들도 각이^{各異}한 자색으로 사람들을 놀라게 한다. 한번 보면 다시 한번 더 보고 싶은 그런 미인이었다.

이때, 문선이는 또 한 건의 흥미로운 사건이 발생하리라는 예감이 들었단다. 문선이는 그날 후부터 그녀의 남편과 나이도 비슷하여 이내 친숙해졌고 그들의 신변에 대해 많은 것을 알게 되었다. 그녀의 남편은 어느 작은 도시의 중학교 수학 선생이었다. 그런데 그들이 결혼한 후 교장이란 자가 전에 없이 자기에게 친절을 베풀고 퇴근 후 자주 그와 술도 마시고 그의 집에도 놀러왔다.

아무 눈치도 못 챘던 그가 한번은 퇴근하여 집에 오니 아내 눈이 퉁퉁 부어 있었다. 그가 거듭 파고 묻자 아내는 한숨을 푹 쉬더니 자초지종을 이야기하기 시작하였다.

결혼 후 얼마 안 되어 남편이 출근하면 교장은 그녀가 혼자 있는 집에 들어와 처음엔 무슨 곤란이 없는가? 요구는 없는가 하며 말을 걸었고 점차 손이 왜 이렇게 고운가고 만져보고 몸에도 손을 댄다는 것이었다. 그 날은 그 자가 그녀의 가슴에 손을 대고 강제로 그녀의 바지를 벗기려들어 결국 그녀가 그 자의 손가락을 물어서야 도망치듯 나갔다고 했다.

당장 달려가 패주고 싶었지만 교장 겸 당지부 서기인 그 자 손에 자기 밥줄이 쥐어 있기에 목구멍까지 올라오는 울분을 꾹 눌러 참았다. 그 후 한 달 남짓 아무 일 없이 지났다. 그러던 어느 날 그는 교도주임의 호출을 받고 교도 주임실에 갔더니, 교도주임이 그 도시에서 백여 리 떨어진 어느 산간벽지 중학교로 발령이 났다며 그 수학 선생에게 동정과 위로의 말을 하였다.

그는 '지금 조선족들이 조국을 찾아 북조선으로 밀려드는 사실을 아는지와 아예 이 기회에 두만강 강변에 있는 친척집에 놀러 간다고 열흘 청가를 받고 귀국했다고 문선이에게 모든 것을 숨기지 않고 털어 놓았다.

그 중학교 선생은 북조선에 대해 아무것도 모르는 자기가 지금 어떻게 해야 하며 아니면 어디로 배치를 받아야 좋겠는가 등 문선에게 조언을 청했다. 문선이는 학철이에게 그랬듯이 그에게도 선의의 권고를 아끼지 않았고 당시 북조선 형세에 대하여 상세히 소개해주었다.

이튿날 아침 지도원이 어제 세 부부를 불러 이것저것 등기하고 귀국동기와 요구를 물었다. 물론 문선이의 뒷공작으로 뇌물도 푸짐히 받았다. 그런데 이튿날, 지도원이 다른 부부는 가만히 두고 오직 그 선생만은 꼭 오후에 한 번씩 사무실로 불렀다. 한참 만에 방으로 돌아오는 그 수학 선생의 얼굴은 언제나 수심이 어려 있고 돌아와서는 아내 옆 벽에 기대 앉아 낮은 소리로 아내에게 뭐라고 말하곤 하였다.

문선이는 벌써 눈치를 챘다. 지도원이 첫 번째 단계로 압력을 주고 있다는 것을. 예상대로 지도원이 문선이를 불러 '오늘부터 그 수학 선생은 저녁마다 빠지지 말고 강가로 데리고 나가라'고 명령하였다.

문선이는 저녁에 강가에서 제일 먼저 갓 귀국하는 동포를 인도하여 직접 초대소로 돌아오면 호기심으로 사무실 뒤쪽 창문에 가서 깨어진 유리 사이로 사무실 안을 들여다보곤 하였다.

사무실 앞쪽 창문은 사무실로 출입하는 사람들에게 들킬 수 있어 뒤쪽 창문이 사무실 안을 정탐하는데 적당했다.

문선이가 저녁마다 그 선생이랑 사람들이 강변으로 떠나면 지도원은 그 선생의 아내를 불러 '사상교육'을 한다. 문선이의 예견이 적중했다.

심양 그 처녀도 그랬듯 그녀도 겁에 질려 눈물을 흘리기도 했고 한숨 쉬며 고개를 수그리고 고민에 빠지기도 했다. 그들의 말이 잘 안 들렸지만 그녀의 표정만으로도 모든 것이 짐작되었다.

물론 지도원의 말을 안 들으면 중국경찰당국에 불법장사꾼이란 낙인을 찍어서 국경철교다리를 통해 넘기고 그러면 가차 없이 수감되고 남편의 장래와 가정의 행복은 동강난다는 위협 공갈일 것이다. 이것은 담이 작고 겁이 많은 여자들에게 잘 통하며 인차 그들의 윤리와 도덕의 장벽은 무너지고 자기도 모르게 순한 양처럼 끌려가기 마련이다.

지도원은 하두 많은 여자들을 다루어 그의 이런 수법 앞에서 굴복하지 않는 여자는 거의 없었고 눈물 흘리며 그에게 매달리기 마련이다. 이때면 지도원은 구세주처럼 그녀들의 등을 어루만지며 그들의 눈물 때문에 당의 원칙과 규율을 위반하는 것처럼 선심을 쓰고 그녀들의 미소어린 감사를 받는다.

이때가 지도원의 절호의 기회이기도 하다. 그녀들의 절박한 감사가 나올 때 지도원은 그녀들을 끌어안고 그들의 매혹적인 몸체에 손이 닿는다. 아직 초저녁이라 사무실에 들어오는 사람도 있고 해서 지도원의 그녀들에 대한 애무는 짧게 끝내고 그 어떤 약속을 받는다.

이런 정형定型들은 문선이가 그 전에도 뒷창문을 통해 자주 보았다.

그 후면 자연 지도원이 마치 머슴처럼 맛있는 고기를 불에 이리저리 잘 구어 그의 충성을 담아 주인에게 바친다. 함 지도원은 번번이 자기의 노획물, 중국 미인들을 잘 길들여 고스란히 군당위원장에서 안겨주었고 그 대가로 그는 당위원장의 제일 믿는 심복이 되었고 앞으로 승승장구 승진할 것이다.

그러던 어느 날 저녁식사 전, 함 지도원이 문선이를 사무실로 불렀다. 그는 문신이가 들어서자 시물시물 웃으며 "며칠 있으면 문선 동무의 배치장이 떨어질 것이오. 그리고 요사이 문선 동무가 귀국민들에게 많은 사상공작을 했다는 것을 잘 알고 있소. 여기 있는 동안 계속 노력하시오. 그리고 오늘 저녁은 군당에서 검열이 있을 것이니 저녁 먹은 후 남자들을 모두 총동원하여 강변에 나가시오. 내가 직접 가서 철수 명령할 때까지 철수하면 안 되오. 알겠소?"

문선이는 "예" 하고 나오며 오늘저녁 또 무슨 꿍꿍이가 있구나 하고 생각했다. 문선이는 저녁식사 후 사무실 뒷창문 쪽으로 갔다. 사무실에는 아무도 없었고 문선이는 뼁끼 칠한 창문에서 깨어진 유리 틈을 더 확대시켜 놓았다. 이만하면 안에서 일어나는 모든 일을 한 눈에 똑똑히 볼 수 있을 것이며 말소리도 제법 잘 들릴 것이다.

문선이는 숙사에 돌아와 지도원의 지시를 전달하고 남자들은 총출동한다고 선포했다. 시간이 오래 걸릴 것이니 옷들을 든든히 입으라고 권고했다. 그날따라 귀국하는 사람들이 많아 그들을 몇 번씩이나 초대소로 안내할 때 이번은 문선이가 직접 그들을 데리고 초대소로 왔다. 갑자기 오늘 저녁에 있다던 '군당 집중검열'이 궁금해서였다.

문선이는 초대소에서 나와 다짜고짜로 사무실 뒤로 갔다. 창문으로 안을 들여다보니 아니나 다를까 문선이 예측대로 사무실에서는 군당위원장, 그 중국에서 온 중학교 선생 부인과 지도원이 한참 술판을 벌리고 있었다. 탁자를 앞에 놓고 군당위원장과 그녀가 나란히 소파에 앉았고 맞은편에 지도원이 사무실 걸상을 옮겨 놓고 앉아 술잔을 늘어놓고 축배를 하고 있었다. 물론 안주도 풍성하였다. 중국에서 가져온 구운 통닭, 돼지발쪽, 갖가지 통조림이 한상이었다. 지도원이 먼저 술잔을 들고 말한다.

"이 술은 우리 김명자 동무와 그의 남편 동무의 이상적 배치를 축하하는 의미에서 듭시다"라고 하니 얼굴이 빨갛게 상기된 그녀와 그녀 옆에 바싹 붙어 앉은 위원장이 술잔을 높이 들고 "위하여"하며 술잔을 서로 부딪쳤다.

지도원의 의도는 분명했다. 그녀에게 부단히 배치문제를 잊지 말라는 신호를 보냈기 때문이다. 그래야 그녀가 좀 더 있으면 벌어질 사태 시 군당위원장의 의도에 고분고분 복종할 것이기 때문이다. 지도원은 제발 오늘 저녁 그녀가 순한 양으로 변함없길 바랄 뿐이다.

이 모두 오늘 저녁을 위한 것이었다. 오늘 저녁에 벌어질 불꽃 튀는 전쟁에서 그녀가 군당위원장의 맹렬한 공격을 달갑게 받아들이고 견뎌내게 하기 위한 예비대책이며 전쟁 전 군사훈련인 셈이었다. 과연 함 지도원은 군당위원장이 배양한 총명한 당 간부로 손색이 없었다.

문선이는 잠시 말을 끊고 학철이에게 '당시 북조선 방방곡곡에 함 지도원 같은 아첨을 일삼고 오직 승진을 위해서는 상급 당간부를 위해서 못할 일이 없는 인간들이 너무나 많다'고 말했다.

언제부터인지 군당위원장은 한 팔로 김명자의 허리를 껴안고 있었으며 "자, 그럼 나와 김명자 동무의 연분을 위하며 또 한잔 합시다"하고 축배를 들었고 그녀는 그의 품에 안겨 부끄러움에 얼굴이 빨갛게 상기되어 고개를 숙이고 술잔을 들었다.

지도원이 머뭇거리는 그녀의 팔목을 잡아 높이 들며 "위하여" 하고 소리치며 분위기를 맞추었다. 술이 몇 잔 돌자 군당위원장은 더운지 저고리를 벗었고 지도원이 받아들어 벽에 걸었다.

좀 있더니 군당위원장이 그녀를 보고 더운데 저고리를 벗으라 하여 그녀도 지도원의 눈치를 보며 어쩔 수 없이 벗었다.

술 한 병이 벌써 동이 났고, 지도원이 눈치를 주자 그녀는 새 술 병을 터트려 군당위원장과 지도원의 술잔에 찰찰 넘치게 술을 채 웠다. 이번엔 함 지도원의 제의로 군당위원장과 김명자가 팔을 교차하여 걸고 마셨다.

술기운이 돌자 군당위원장의 손이 오가기 시작했다. 그녀는 모 든 것을 군당위원장에게 맡기고 웃으며 군당위원장의 물음에 눈 을 내리깔고 낮은 목소리로 대답하고 있었다. 이 모든 사태 진전 이 자기계획대로 무르익자 지도원은 걸상에서 위원장 옆에 가 그 의 귀에 대고 뭐라고 말하고는 일어났다.

"위원장 동지, 잠시 저는 강변에 가서 귀국민 영접상황을 점검 하고 오겠습니다. 제가 올 때까지 김명자 동무가 잘 접대할 것입 니다. 그럼 즐겁게 지내십시오."

군당위원장이 "그럼 다녀오우, 명자 동무는 함 동무 말처럼 참 좋은 동무요. 내일부터 이 동무부부의 배치문제를 제일 우선으로 원만하게 처리하시오. 그리고 모든 것은 명자 동무의 소원대로 만 족시키시오. 내가 도울 일이 있으면 무엇이든 내 사무실로 와서 제기하시오. 요 귀여운 명자 동무를 울려선 안 되오. 하하하…"라 고 말하며 그녀의 뺨에 뜨거운 키스를 소리 나게 했다.

"예, 물론입니다. 명자 동무는 이미 몸과 마음을 당에 바칠 결심 이 섰습니다. 마음 놓으십시오. 그럼 즐거운 시간을 보내십시오."

지도원은 허리 굽혀 큰 경례를 하고 문을 열고 나갔다. 문선이 는 정말 지도원이 강변으로 가는가 하여 뒷창문을 떠나 강변으로 가는 지름길로 가면서 뒤를 돌아다봤다. 그런데 그쪽으로는 지도원의 그림자가 보이지 않았다. 이상하여 다시 돌아보니 지도원은 길가에서 소변을 보고 강변과 반대 방향인 마을 쪽으로 팔자걸음을 하고 어슬렁어슬렁 가고 있었다. 아마 술이 좀 됐는지 집에 가서 쉬었다 오려는 모양이었다. 문선이는 잘 됐다 하고 다시 뒷창문 쪽으로 돌아왔다.

피부가 하얀 그녀는 소파 위에 실오리 하나 없이 나체로 누웠고 그 위에 검은 피부의 군당위원장이 그녀를 누르고 있었다. 마치 검은 독수리가 흰 암탉을 덮치듯 그는 인정사정없이 그녀를 유린하고 있었다.

중국에서 그 호색의 중학교 교장의 공격 목표가 되어 그를 피해 귀국했더니 여기 북조선에 첫발을 디디자 또 다른 승냥이가 달려들었다.

동물계에서 어진 초식동물 주위에는 언제나 흉악한 맹수들이 호시탐탐 그들을 노리듯 인간세상에서 미인 주위에는 언제나 욕정에 찬 음흉스런 자들이 도사리고 있는 모양이다.

반 시간 넘어 헐떡거리던 당위원장이 드디어 그녀의 몸 위에 맥없이 엎어졌다. 둘은 한참 정지 상태서 꼼짝 안 하고 있더니 각기 일어나 내복과 겉옷을 주섬주섬 입기 시작했다.

"참으로 동무의 몸뚱아리는 일품이오. 정말 즐거웠소. 명자 동무도 좋았지, 하하하 아까 흥흥거리는 것을 보면 말야…."

군당위원장의 놀리는 말에 그녀는 얼굴이 더욱 붉어지며 몸 둘 바를 몰라 했다.

"그럼 우리 오늘의 즐거움을 경축하기 위해 한잔씩 더 하기오!"

군당위원장이 말하자 그녀는 두 술잔에 술을 붓기 시작했다. 그들이 이렇게 한창 마시는데 지도원의 목소리가 들려왔다.

"위원장 동지 좀 들어가도 되겠습니까?"

"어서 들어오우."

"예" 하며 지도원이 들어와서 "위원장 동지 즐거우셨습니까?" 하고 묻는다.

"참 좋았소. 함 지도원이 여자 고르는 솜씨는 알아줘야 한다니까. 하하하…."

"아닙니다. 위원장 동지께서 만족하셨다면 다행이지요. 그리고 명자 동무도 영광이지요. 안 그렇습니까? 명자 동무."

그녀는 머리를 숙이고 기어들어가는 소리로 "예" 하고 들릴까 말까 하는 가는 목소리로 대답했다.

"자. 지도원 동무도 앉으시오. 오늘 기분 좋은데 술 한 잔씩 더 하기오."

지도원이 걸상에 앉으며 당위원장에게 술을 한 잔 붓고 그녀가 얼른 술병을 받아 지도원 술잔과 자기 술잔에도 술을 붓는다. 중국제 독한 술에 이미 습관된 그들 셋은 두 번째 술병을 거의 절반을 비웠다.

"자 내일 또 군당확대회의가 있어 술을 이만하기오. 내일 아침 함 동무가 회의 올 때 김명자 동무 부부의 이력서와 귀국동기, 그리고 귀국희망지 등을 직접 가지고 내 방으로 오시오. 무조건 그들의 희망지로 배치되도록 내가 지시할 테니!"

지도원이 "명자 동무, 어서 군당위원장동지에게 감사드리오. 이런 일은 보기 드문 일이요. 동무에게 대한 특별배려니 앞으로 초대소에 있는 동안 잘 보답하시오."

　그녀가 "군당위원장 동지 감사해요. 지도원 동지두요"라고 말하자 군당위원장이 그녀를 덥석 끌어안고 입을 맞췄다. 키스는 꽤 오래도록 계속되었다. 한참 있다 그녀를 풀어주며 "지도원 동무도 요즈음 수고가 많은데 명자 동무가 좀 위로해주오. 그래야 나도 맘이 편하오."

　군당위원장의 갑작스런 말에 명자와 지도원은 얼떨떨해 멍히 군당위원장의 눈치만 살핀다. 군당위원장이 눈을 찡긋하며 그녀를 보자 지도원이 "군당위원장 동지 그래도 되겠습니까? 위원장 동지가 그렇게 귀여워하고 아끼는 명자 동무가 어찌 나 같은 놈한테까지 봉사할 수 있겠습니다. 말로 안 됩니다"하며 머리를 가로젓는다.

　군당위원장이 "우리는 같은 혁명초소에서 그것도 제일 간고한 북방변경초서에서 함께 혁명과업을 수행하는 혁명동지요. 좋은 일이 있으면 같이 즐거움을 나누는 것이 우리 혁명 전우의 도리가 아니겠소. 사양하지 말고 어서 이리 오시오" 하며 그녀의 옆을 가리켰다. 어안이 벙벙한 지도원이 그녀 옆으로 자리를 옮겨 앉자 군당위원장이 중간에 앉은 그녀의 빨간 양털 재킷 단추를 다시 벗어 젖혔다. 그리고 갑자기 급변한 환경에 정신이 멍해 있는 그녀의 속내복과 브래지어를 벗기기 시작했다.

　"자, 지도원동무 한번 만져보우. 처녀 젖가슴만 못지않소. 꾸물

대지 말고 빨리. 이것은 명령이오.하하하….”

문선이는 이런 굉장한 장면을 두 눈으로 직접 목격하고 입이 벌어질 만큼 놀랐고 한편으론 어이가 없었다.

군당위원장은 “그럼 내일은 일이 많아 안 되고 모레 저녁 또 보기요, 명자 동무” 하고 일어나며 말했다.

그녀가 거울 앞에서 옷과 머리를 정리하는 사이에 지도원은 전화로 당위원장 차 운전수를 불렀다. 그리고 지도원은 김명자를 보고 “명자 동무 먼저 나가시오. 남편에게 입만 뻥긋하면 모든 것이 물거품이 될 것이니 명심하시오.”

그녀가 나가자 지도원은 두툼한 봉투를 당위원장 앞에 내놓으며 “요즘 모은 군당위원장님의 접대비입니다”라고 말하니 군당위원장은 그것을 받아 안주머니에 넣으며 “아닌 게 아니라 요즘 함 동무가 전번에 준 것이 다 떨어졌는데 잘됐군. 하여튼 함 동무의 당에 대한 충성심은 알아줘야 한다니까”하고 말하며 그의 어깨를 두드려준다. 지도원이 가방에 술과 통조림 그리고 신문에 싼 구운 통닭을 넣으며 “요즘 들어 온 것 중에서 좋은 걸로 추렸습니다. 맛있게 드십시오.”

얼마 있다 밖에서 차 소리가 났고 군당위원장은 지도원과 악수를 나누며 “함 동무. 계속 노력하시오. 얼마 있으면 좋은 소식이 있을 것이오. 그리고 모레 저녁에 있을 가열한 ‘소탕전’에 대비하여 함 동무도 체력을 모으시오. 하하하…” 하고 너털웃음을 웃으며 문을 열고 나갔다. 함 지도원은 가방을 들고 자동차까지 따라간 다음 가방을 운전수에게 맡기고 자동차가 먼지 속에서 멀어질 때까지 허리를 굽혀 절을 하고 있었다.

　문선이는 지름길로 강변까지 빠른 걸음으로 돌아왔다.

　강변에 있는 사람들은 귀국민 4명을 영접하고 문선이를 기다리는 중이었다. 문선이가 조금 있으면 지도원이 오니 기다렸다 돌아가자고 하니 모두들 고개를 끄떡였다.

　그들은 배치를 잘 받으려면 표현이 좋아야 한다는 지도원의 말을 명심하고 문선이 말도 잘 듣고 있었다. 그래서 문선이가 그들을 데리고 강변에 귀국민 영접을 나가면 모든 것을 그들에게 맡기고 문선이는 자주 초대소에 돌아와 쉬었다 나가곤 했으며, 나이가 자기네보다 어린 문선이를 친형님처럼 받들었다.

　그 후 군당위원장이 초대소에 오게 되면 사무실에서는 전번 같은 지도원까지 참가한 황당한 추태가 벌어졌고 어떤 때는 군당위원장이 그녀를 차에 태워가기도 했다. 아마 다른 곳에서 다른 동료들과 특별한 술추렴이 있는 모양이었다.

　문선이는 많은 것을 생각하게 되었다.

　여자의 아름다움은 이 세상 모든 아름다움 중에서 남자들에게 가장 진귀하고 마음 설레는 아름다움이다.

　그녀들이 나타나는 곳에서는 언제나 모든 사람들의 시선을 끌고 감탄과 찬양, 즐거움과 흥분의 여파를 불러일으킨다. 그러나 한편 어떤 특정 환경에서 저급하고 비열한 인간들을 만나면 그 진귀한 아름다움이 짓밟히는 욕망의 출구가 된다.

　그 결과 아름다운 여인들은 심신에 커다란 상처를 입고 피를 흘리며 불행한 인생을 마친다.

　그래서 사람들이 미인의 운명은 십중팔구 비참하다고 하는 모양이다. 이렇게 악취벌레 같은 인간들은 법이 없고, 당의 권력이 독판치는 공산국가에서 많이 존재하며 백주에도 갖은 천인공노할 만행을 서슴없이 감행한다.

　어떨 때는 며칠간 군당위원장의 그림자가 보이지 않을 때도 있었다. 아마 출장 가지 않았으면 다른 새 여인이 나타난 모양이다. 그러나 그 며칠도 그녀는 지도원의 호출을 받고 밤낮 몇 번씩이나 그에게 시달려야 했다. 안 나오는 웃음을 웃었지만 속에서는 피눈물이 흐르고 있었을 것이다.

　그 중학교 선생 부부와 같이 귀국한 사람들은 벌써 배치 받아 떠난 지 오래지만 그들 부부의 배치는 깜깜 무소식이었다. 야수 같은 두 놈에게 거의 매일 시달리다 지친 몸체를 끌며 사무실에서 나가는 그녀의 얼굴에서 흐르는 눈물은 이미 말라버린지 오래되었고 중학교 선생도 어딘지 이상하게 생각하고 한숨을 쉬었지만 문선이는 위로할 말을 못 찾았다.

　그녀의 지옥 같던 나날도 끝날 날이 돌아왔다.

　초대소에 효정이란 젊고 아름다운 여자가 나타났고 군당위원장이 김명자에게 얼마간 싫증을 느꼈기 때문이다. 중학교 선생 내외는 함경남도 함흥배치고로 배치장을 받았고 떠나는 날 아침 문선이가 그들을 기차역까지 바래다주었다. 중학교 선생은 될수록 신포에 배치되도록 노력하겠다며 문선이의 신포 주소를 안 지갑에 넣었다. 그들이 떠난 후 문선이는 자기를 대신하여 지도원의 지시대로 일할 친구 하나를 지도원에게 소개해주었고 용의주도하게 배치장을 들고 삼봉을 떠나 얼마 전부터 신포에서 수산사업소 저예망을 타기 시작했다고 말했다.

문선이는 자기네 집도 아버지가 한의사여서 다른 일반가정보다 생활은 괜찮지만 넉넉한 편은 못된다며 자기가 중국으로 나들며 밀수를 해야 된다고 구구이 역설했다.

"다른 집에 가보면 식량이 긴장한 것은 둘째고 부식이 형편없어 매일 희멀건 백김치뿐이니, 이런 악순환으로 속은 더 궁금하고 밥은 아무리 먹어도 속은 안 차고 위만 커지니 식량은 더더욱 모자라는 수밖에. 너도 대학에 붙으면 방학 때마다 나와 같이 중국장사나 하자. 그래야 살지. 학교 기숙사생활은 더 형편없다고 하더라. 여기 북조선은 출근하면서 한편으로 무슨 부업을 해야 살 수 있다. 중국에선 혼자 벌어 세 식구는 문제없이 먹여 살릴 수 있는데 이곳에선 셋이 벌어 하나 먹여 살리기도 바쁘니 한심하기 짝이 없지. 무슨 놈의 나라인지 만날 텅 빈 정치구호만 외치고, 더욱이 개인우상화로 김일성 만세만 부르니 인민들 생활은 향상되는 것이 아니라 점점 살기 어려워진단 말야. 너나 나나 조국이라고 찾아온 것이 옳은 결단인지 모르겠다. 다행한 것은 우리 같이 중국에서 온 사람들은 안 되면 보따리 짊어지고 다시 중국 가면 그만이지. 안 그래?"

한참 마음속의 고민을 털더니 문선이는 "야, 그런데 알고 보니 그 중학교 선생은 나보다 두 살 위고 그 부인은 나와 동갑이더라. 그들 부부는 될수록 신포에 배치 받아 오겠다고 했으니 그들이 여기 오면 너도 한번 그 여자를 봐라, 얼마나 대단한 미인이라고. 미인이 많다는 중국에서도 보기 드문 미인이지. 그러니 그 짐승 같은 군당위원장과 함 지도원이 죽기 살기로 달려들었지. 지금도 밤에 잠 안 오면 그때 내가 사무실 뒷창문에서 본 그 자극적인 장면들이 선하게 떠오른단 말야. 하하하…. 나도 우리 아버지 어머니가 자꾸 장가가라고 하는데 어디 마음이 가는 여자가 있어야지. 나도 운이 좋아 그 중학교 선생처럼 미인 마누라를 얻어야 할 텐데 하하하…. 그런데 이번 삼봉에서 김명자가 그 두 마리 승냥이한테 갈기갈기 잡아먹히는 장면을 보고 우려되는 점도 생겼거든. 미인 마누라 얻으면 넘보는 놈들도 많아 언제 어디서 위험이 기다릴지 모른단 말이야. 그렇다고 구데기 무서워 장 못 담그겠니? 안 그래? 나쁜 놈들 좋은 일 하드라도 미인 색시 얻고 볼 판이지. 그래 세상사는 모두 모순 속에 잠겨 있다고 하지 않니. 좋기만 한 일은 있을 수 없지. 너처럼 이상을 실현하기 위해 호의호식하던 중국을 떠나 이곳에 와 갖은 고생 다 하고 바다 귀신 될 뻔했지 않았니. 큰일을 하려면 작은 희생이 따르고 고생 끝에 낙이 있다고 하여튼 너의 성공을 빈다.”

학철이는 친구의 진심어린 축원에 감사했다. 그리고 그의 사람을 소스라치게 놀라게 하는 이야기를 들으며 많은 것을 느꼈다.

힘없는 여자들을 한낮 노리갯감으로 간주하고 인정사정없이 유린하고 짓밟는 당 간부들의 횡포에 치미는 분노를 느꼈으며 승냥이들이 으르렁거리는 북한에서 언제나 전전긍긍하며 살아가는 이 나라 여성들의 처지가 불쌍했고 동정이 갔다. 한편으로는 그 어떤 모험을 감수하더라도 미인을 아내로 삼겠다는 문선이의 결단에서 학철이는 미인이 남자들 세계에서 뿌리는 신비한 빛은 남자들이 분발하는 최종목적지라는 것을 다시 한번 실감하게 되었다.

저녁8시가 넘어 문선이와 갈라져 숙사에 오니 금순이가 호실에서 학철이를 기다리고 있었다.

"오늘 교육부에 갔더니 이것을 학철 동무한테 가져다주래요" 하며 '김책공업대학 유색금속학부 시험자격증'이란 증서를 내밀었다.

금순이는 학철이를 정겨운 눈초리로 바라보며 "축하해요, 학철 동무" 하고 방긋이 웃었다. 그는 이를 축하하여 자기가 한턱내려고 혜숙이를 시켜 시흡이를 불렀으니 좀 있으면 올 것이라고 했다. 학철이는 그 증서를 책상에 놓고 다짜고짜 금순이를 덥석 끌어안았다. 이어 진한 키스가 시작되었고 끝없이 긴 키스는 시흡이와 혜숙이가 들어와서야 끝났다.

시흡이가 "야, 이거 키스는 깜깜한데서 하는 거야. 집안에서 하려면 불이나 끄고 하던가. 하긴 모르지 깜깜한데서 키스하면 학철이 그 놀가지[21]가 튀어나와 사고칠지 하하하…."

학철이와 금순이는 도둑질하다 잡힌 것처럼 얼굴이 빨개지고 몸 둘 바를 몰랐다. 시흡이가 "자 그럼 여기서 이러지 말고 학철이가 며칠 있으면 과거 보려 평양에 행차하는데 이를 경축하여 술이나 한잔하지비."

---

21. 노루

시흡이는 선장 아바이를 흉내 내며 모두를 웃겼다. 이윽고 그들 넷은 시흡이의 독촉 하에 학철이의 김책공대 추천을 축하하며 즐겁게 숙사를 나와 자주 가던 식당을 향해 걸음을 옮겼다.

*

그 후 일주일이 지나서였다. 학철이는 신포역 플랫트홈에서 금순이, 시흡이. 혜숙이의 배웅을 받으며 초만원인 기차에 억지로 비집고 들어갔다. 밀고 당기며 짐들을 머리 위에 이고 따뜻한 찻간 안으로 밀고 들어갔다. 당시 북조선에선 기차가 아무리 초만원이래도 기차표는 제한 없이 팔아, 사람들이 늘 초만원이다.

내리는 것도 걱정이다. 몇 정거장을 앞두고 미리 기차 문으로 밀고 나가야지 자칫하면 내리지 못하는 수가 많았다. 어떤 사람들은 아우성 속에서 툴툴대며 도착지를 놓치고 한 정거장 지나 내리는 예가 무기지수였다.

게다가 기차표에 좌석번호수가 없어 셋이 앉는 걸상에 넷이 앉는 것은 보통이고 열차원은 그림자도 볼 수 없어 짐 놓는 곳에도 올라가 누워 자는 사람 역시 부지기수였다. 학철이는 나오는 사람들과 체위를 바꾸며 밀고 걸상 있는 곳까지 억지로 들어갔다.

기차는 신포역을 떠나 남쪽으로 달리고 있었다. 함흥 전 역인 흥남을 지나자 내리는 사람이 많아졌다. 학철이는 요행으로 떠난 지 두 시간 만에 걸상에 앉을 수 있었고 짐을 걸상 밑에 넣고 저고리 단추를 풀어 흠뻑 젖은 몸을 식혔다. 다음 역은 함경남도 소재

지인 함흥이고 고원을 지나면 기차는 서쪽으로 꺾어들어 평양을 향한다.

내일 아침이면 평양에 도착할 것이다. 교육부 지도원이 며칠 전 학철이에게 모든 절차와 수속을 마무리하고 말하기를 평양역에 내리면 학교에서 영접 나오니 따라가 그들의 지시대로 하면 된다고 하였다.

기차는 요즘 들어 학생들의 등교와 수험생들의 움직임으로 초만원 상태여서 객차의 연결 홈에도 사람이 빼곡히 들어서고 기차는 많이 연착되었다. 그러나 날이 어두워지면서 장거리여행객만 남고 사람들은 줄어들기 시작했다. 기차는 함흥을 지나 두 시간 달리더니 고원에 도착하였다. 기차는 고원에서부터 전철로 바꾸어졌다.

북조선 지형으로 보면 고원서부터는 태백산맥 오르막인데 밤새도록 태백산맥을 가로지르면 평양이 멀지 않다.

학철이는 몇 달 전 귀국할 때 중국 국경지대인 삼봉초대소에서 순천중앙초대소 배치장을 받아들고 기차 타고 두만강변 상봉에서 평양 전 역인 순천까지 가던 일이 생각났다.

이번이 두 번째로 동에서 서로 태백산맥을 횡단하는 기차를 탄 것이다. 북조선은 단거리 급한 일로 다니는 사람은 많아도 평양까지 긴 여행하는 사람은 많지 않다. 특별한 공무가 있으면 모를까 개인 일로는 평양에 갈 수 없다. 기업체에서 여행증을 발급하지 않으면 열차 안에서 자주 있는 내무서원(경찰) 검색에 걸리고 또 북조선은 하루 일 안 나가면 하루 배급식량을 끊는다.

"일하지 않는 자는 먹지 말라"라는 옛 소련 레닌의 말이 북조선 여기저기에 써 붙어 있다. 기차 안 학철이 주위에서는 침묵 속에서 멍히 근심 걱정에 잠겨 있는 사람들이 많았다.

고원에서 얼마 안 가 어느 작은 역에서 학철이 맞은편 걸상에서 두 사람이 내렸다. 그러자 그 빈자리에 한 청년이 인근 걸상에서 자리를 옮겨 앉았다. 학철이는 어두운 차창 밖에서 어렴풋이 달빛에 비친 우거진 소나무 천연림과 계곡을 바라보며 북조선에 와서 발생한 이런저런 일들을 생각하고 있었다.

"어데 가세요?"

일본어 냄새가 풍기는 서툰 조선말이 학철이의 시선을 차창 밖에서 안으로 끌어왔다. 학철이에게 말을 건 사람은 학철이와 마주 앉은 방금 자리를 옮긴 그 청년이었다. 그 청년은 쌍꺼풀진 고운 눈에 밝은 웃음을 짓고 있었다.

"평양에 대학시험 치러갑니다"라고 학철이가 대답하자 그는 "나도요. 그런데 어느 대학이에요?" 일본어식 조선말이었다. 학철이가 김책공대라고 하니 그는 여자처럼 생긴 말쑥한 얼굴에 활짝 웃음을 띠며 "이렇게 만나서 정말 기뻐요. 나도 김책공대에 시험 치러 가는 길이에요"라고 말하며 악수를 청했다. 악수를 나눈 그들은 통성명을 하고 자기 신분을 밝혔다.

그의 이름은 이양섭이라고 했고 학철이보다 네 살 위인 26세였다. 우연히 한 차에 마주앉아 평양 김책공대에 시험 치러 같이 가게 된 것도 연분이었고 그들 둘은 다 조국의 품으로 돌아온 귀국 청년이라는 점이 그들을 오래된 친구처럼 불시에 친숙하게 만들었다. 그래서인지 자신도 모르게 그들 둘은 허심탄회하게 속에 말을 털어놓기 시작했다.

학철이는 낙후한 공산국가인 중국에서 왔지만 양섭이는 발전된 자본주의 국가에서 왔다는 점에서 둘이 달랐다. 학철이는 자신과 판이한 환경에서 살아온 양섭이의 말에 귀를 기울였다.

양섭이는 결혼한 지 두 달 만에 아버지의 명령대로 사랑하는 여자를 데리고 희망에 부풀어 가슴 울렁이며 귀국선으로 청진항에 도착하였다. 수많은 환영의 깃대가 춤추는 항구를 빠져나오며 그들은 조국의 품안으로 돌아온 것을 천만 번 잘한 일이라고 기쁘게 생각했고 흥분에 휩싸였다.

그들은 고원 근처 조그마한 읍에 있는 전기기관차 부속품을 생산하는 공장에 배치되었고 양섭이는 트럭운전수로 일했다.

사실 재일동포 귀국은 이양섭이가 귀국하기 전인 1959년도부터 시작되었다. 처음에는 귀국선이 일주일에 한 번씩 청진에 도착하였는데 매번 대만원이었다. 그래서 일주일에 한 번 더 늘어 운행선이 일주일에 두 번이 되었다. 그러나 이 상황은 1년도 못 갔다. 배에 탄 귀국동포들의 수는 점점 줄어들기 시작했고 후에는 일주일에 두 번인 귀국선이 한 달에 두 번, 심지어는 한 달에 한 번씩 운항되었다.

이양섭의 아버지는 당시 교포 과반수의 지지를 받는 조총련 오사카 지부의 주요 책임 간부였다. 날마다 줄어드는 귀국민 수를 천방백계로 보장하라는 평양의 지시는 점차 그 강도가 높아졌고 엄했다.

겁에 질린 조총련 간부들은 머리를 맞대고 토론을 거듭한 결과 급기야는 북조선을 지상낙원으로 선전하고, 북조선의 곤란한 형편에 대한 내용이 있는 편지는 본인 손에 못 들어가도록 조치를 취했다.

그리고 다른 한 방면으로 간부들과 그 주위 친구, 친척 그리고 자식까지도 적극 동원 선전하여 귀국시키게 하였다. 간부들마다 자아혁명의 실제 성과로써 자신의 친척 일가 몇 명을 귀국시켰는가를 상부에 보고하게 하였고 임무를 잘 완성한 사람은 표창을 주고 아니면 벌을 주었다.

이양섭이의 아버지는 하는 수 없이 하루는 아들을 불러놓고 북조선에 가라고 했고, 가면 이 애비의 얼굴을 봐서 당에서 잘 대해 줄 것이라고 말했다.

양섭이와 그의 아버지는 이미 먼저 귀국한 교포들의 내왕 편지에서 대강 궁핍한 북조선 경제 실태를 잘 알지만 공산당의 선전대로 곤란은 잠시뿐이고 곧 북조선도 수령님 말씀대로 '이밥에 고깃국을 먹으며 비단옷을 입고 기와집에서 살 날'이 멀지 않았다고 믿었다.

그들이 실제 북조선에 와보니 생각보다 더 엉망이었다. 쌀과 부식물, 육류라도 팔면 어떻게라도 견디겠는데 돈이 있어도 살 수 없는 것이 너무 많았다. 여기저기 시장 모퉁이에서 아주 비싼 값에 몰래 사들인 쌀과 부식품으로 겨우 2년 정도 견디었는데 앞으로가 문제다. 집에 값진 물건을 다 팔았기 때문이다. 남은 자전거 하나를 출퇴근 때 사용하던 것도 이번 시험 보는 데 경비로 쓰려고 팔아버렸다. 자기가 대학에 가면 아버지가 생활비를 부쳐주겠다고 약속했기에 큰 결심하고 대학시험 보기로 결심하였고 출세하여 좀 더 편하게 살기로 아내와 토론하여 결정하였다. 날마다 고달픈 운전수 생활 속에서도 짬짬이 공부하였는데 그도 학철이처럼 노어가 너무 힘들다고 했다.

노어는 죽이 되든 밥이 되든 시험을 치르고 면담할 때 귀국인 특수상황으로 사정해보겠다고 말했다. 학철이도 그의 생각과 동감이었다.

아버지가 몸담은 정치 집안의 희생양이 된 이양섭은 '이미 북조선에 온 이상 후회해도 쓸데없는 일. 오직 간고^{艱苦}한 환경에서 분투하여 위로 솟아나야 한다고 말하며 그러기 위해서는 대학을 나와 사회상층으로 기어 올라가야 한다'고 구구히 역설했다.

이양섭은 서툰 조선말을 제법 엮어가며 자기의도와 생각을 학철이에게 충분히 잘 전달하고 있었다. 학철이는 그의 말을 흥미롭게 들으며 여기 북조선에서처럼 일본 조총련계에서도 살벌한 정치투쟁이 존재하고 이양섭과 그의 아버지는 이 정치투쟁의 희생양이 된 셈이었다.

사랑하는 아들과 갓 결혼한 며느리를 뻔히 알면서 무섭게 가난하고 위험한 북조선으로 보내야 하는 아버지의 마음인들 얼마나 아팠으랴! 그리고 속에서 피눈물을 흘리며 그렇게 하지 않으면 안 되는 그의 아버지의 마음 또한 얼마나 처절했으랴! 이것이 공산주의 투쟁정신이며 그들이 조국이라고 찾아온 현실인 것이다. 자신이 살아남기 위하여 하지 않아야 할 일을 사랑하는 가족에게까지 눈물 머금고 하는 의지, 이것이 바로 당에서 대거 선전하고 매일 몇 시간씩 정치사상학습을 통해 머리에 주입시키며 세뇌시키는 불굴의 공산주의 계급투쟁정신인 것이다.

양섭이의 솔직하고 직설적인 표현에는 내무서원이 들으면 반동이라고 당장 끌고 갈 위험한 말이 많았다.

학철이는 끝내 양섭이에게 말 주의하라고 조용히 충고했다. 그는 저도 모르게 흥분되었다고 말하며 웃음을 짓는다.

북조선에선 남의 일에 무관심한 경향이 있다. 그래서인지 둘이 이야기할 때 옆에 사람들은 무관심했고 밤이 깊어 끄떡끄떡 조는 사람이 대부분이었다.

둘 다 다 같은 귀국동포였지만 학철이가 살았던 중국은 북조선처럼 공산당이 지배하는 사회주의였고 이양섭이 살았던 일본은 민주와 자유의 나라였다.

몇 천리 밖 정치, 경제제도가 판이한 곳에서 조국으로 귀국하여 우연히 기차에 마주 앉아 같은 대학으로 시험치러가고 있다. 참으로 신기한 우연이었다. 그러나 이 우연은 그들 둘이 모두 조선민족이었고 몸에서는 조국을 그리워하고 사랑하는 한민족의 피가 흘렀기에 가능했다. 이것이 바로 우연 속의 필연인 것이다.

일제의 침략으로 살길을 찾아 해외로 흩어진 민족의 자손들, 그들의 몸은 해외 이국 땅에 있어도 마음은 언제나 조상의 뼈가 묻혀 있는 조국이 그리웠고 불가피하게 선조의 땅에서 살지 못하고 낯선 이국땅에서 갖은 설움 다 겪으며 살아가는 자기들의 운명이 서러웠다. 애국심은 조선 민족의 공동한 재부이며 긍지이다. 언제 어디서나 해외동포들의 마음속엔 언제나 조국이 있었고 기회만 있으면 발걸음도 조국으로 향할 준비가 되어 있었다.

양섭이도 학철이처럼 희망찬 앞날을 위해 부모형제를 떠나 꿈에서도 그리던 조국으로 귀국하였다. 과연 조국에선 그 어떤 운명이 조국을 그리며 귀국한 그들을 기다리고 있을까? 학철이 머릿속에서 갑자기 그 어떤 불길한 생각이 주마등처럼 스쳐 지났고 학철이는 머리를 흔들어 그 생각을 쫓아버렸다. 그리고 그들 둘은 이야기 속에서 밤이 깊어 잠시 눈을 부쳤다.

학철이가 눈을 뜨니 날이 훤히 밝았고 기차는 천천히 순천 역을 떠나고 있었다. 순천은 귀국 후 삼봉을 출발해 장거리 여행을 한 첫 목적지였다.

순천초대소에서 노석범과 김인하 등을 만났고 짧은 시간이었지만 그들과 깊은 우정을 쌓았다. 사람과 사람 사이의 우정은 특수한 환경일수록 짧은 시간에 급속도로 깊이 쌓는 경우가 많았다. 그들은 지금 어떻게 되었는지, 노석범은 중앙당지도원으로 있는 외삼촌 덕에 대학에 편입되었는지, 인하는 이번에 대학시험 치러 평양에 오는지가 궁금했다. 하여튼 평양에 가면 석범이 외삼촌 집에 가 석범이부터 만나리라 생각했다.

기차는 서서히 평양에 들어서고 있었다.

학철이는 아직도 곤히 자는 양섭이를 깨웠다. 얼마나 고단했는지 몇 번이나 깨워서야 눈을 비비고 하품하며 기지개를 편다. 그의 어린애 같은 귀여운 모습을 보며 학철이는 그는 이미 장가갔고 나이도 학철이보다 서너 살 위지만 일본의 풍부하고 안온한 환경

속에서 부모님의 사랑으로 행복했던 지난날을 엿볼 수 있었다.

어젯저녁 그의 말에 의하면, 이양섭은 결혼한 지 두 달 만에 아버지의 명으로 귀국하여 물질문화생활이 일본과 천지 차이인 북조선 현실에 부딪쳤다. 그가 새로운 환경에 적응하지 못하고 갈팡질팡할 때 그의 아내는 재빨리 엄연한 현실에 적응하였고 아무런 후회도 원망도 없이 집안 살림을 근검하게 꾸려나갔다. 어쩌다 맛있는 음식이 생기면 밖에서 힘들게 일하는 남편부터 대접했고 운전수로 일하는 남편의 뒷바라지를 빈틈없이 해나갔다.

세탁기가 없는 조선에서 남편의 기름옷을 빨기도 만만치 않을 것인데도 일본에서 구경도 못했던 강 빨래를 인차 배워 해냈다. 장거리 운전하며 흙길에서 먼지투성이 된 남편이 퇴근하면 샤워실이 없는 조건에서 가마에 물을 데워 목욕시켰고 저녁식사 후에는 어깨와 발마사지까지 해주며 피로를 풀어주었다.

얼마간 북조선 생활환경에 적응된 후 하루는 아내가 그에게 조용히 이야기를 시작했다. 자기는 남편을 일평생 운전수로 늙게 할 수 없다고 하며 그러려면 지금이라도 늦지 않았으니 공부하여 대학에 가라고 했다. 대학을 졸업하여 사회 상층에 들어가야 행복한 가정을 꾸릴 수 있고 아기가 생기면 훌륭한 부모가 될 수 있다며 그의 손을 꼭 잡고 애원했다.

이양섭은 사랑하는 아내의 소원을 거절할 용기도 이유도 없었다. 그 후 아내는 그가 저녁식사를 마치고 약간의 휴식을 취하면 그 날 배울 교과서와 필기 책을 책상에 놓고 둘이 같이 공부를 시작했다. 남편이 졸린다고 기지개를 펴면 찬물 수건을 가져와 얼굴을 닦게 하였다.

그의 말대로 만약 그에게 이런 현숙한 아내가 없었다면 일평생 운전수로 옷에 기름칠하고 살다 쓰러질 것이고 대학은 구경도 못 할 것이라고 하며 아내 자랑으로 혀가 닳았다.

이번에 어떻게 해서라도 대학에 붙어 아내의 자기에 대한 극진하고 완미한 사랑, 헌신적이며 감동적인 사랑에 조금이라도 보답하겠다고 눈물이 글썽해서 말했다.

학철이는 양섭이의 말을 들으며 그들 둘의 대학을 향한 이상은 같았지만 그 동기는 판이하게 다르다고 생각했다. 학철이는 소년 시절부터 장래 유명대학에서 첨단물리학을 연구하는 유명한 학자가 되겠다는 꿈이 그 동기였지만, 양섭이는 달랐다.

그는 아내의 절절한 사랑의 감화, 사랑의 호소가 그의 유일한 동력이었다. 양섭이 말대로 아내의 사랑, 아내의 염원을 위해서는 못할 일이 없는 것이다.

학철이는 아직 사랑에 대한 깊은 체험과 사랑이 인생에 미치는 거대한 영향력에 대한 파악이 없었지만 양섭이는 인생의 선배로서 사랑의 위대함을 알고도 남았다. 어떤 사람들은 사랑의 달콤한 면만 알고 그가 인생에서 일으키는 변혁을 잘 모르지만 현숙한 아내를 만난 양섭이는 달랐다.

한 사람의 인생에서 지각변동을 일으키는 사랑은 왕왕 그를 고통의 천길 나락으로 빠지게도 하고 그와 반대로 행복의 꽃말에서 인생의 목표를 향해 매진하게 하기도 한다.

그들이 평양역을 빠져나오자 수많은 대학교 플레카드와 접대인원들이 역에서 나오는 수많은 수험생들을 맞이했다.

학철이와 양섭이는 '김책공대'라고 쓴 깃발 밑으로 갔다. 그들은 등기를 바치고 안내원의 영솔 하에 줄을 서서 김일성거리를 따라 걸었다.

십여 분 걸으니 '김책공업대학'이라고 쓴 대문을 통과하였는데 네 채의 고층건물에 둘러싸인 정원이 눈앞에 펼쳐졌다. 아직 등교시간이 안 되어 교직원이 출근하지 않아서인지 학교는 조용하였고 그들은 콘크리트를 깐 정원을 지나서 숙사 아빠트에 도착하였다.

안내원은 수험생들을 조그마한 강당에서 휴식하게 하고 얼마 후 여성수험생들을 먼저 데리고 갔다. 이어 남자들도 한 침실에 세 명씩 분배하였고 침실 책임자인 듯한 학생에게 안내원이 뭐라고 소곤소곤 상부의 지시를 전달하고 있었다.

학철이와 양섭이 그리고 황해도에서 온 낯모를 수험생 세 명이 307호실에 분배받았다. 침실장이 친절하게 이것저것 설명해주며 식권들을 나누어 주었다. 밥그릇은 창턱에 가지런히 놓여 있는 흰 주머니를 안에 있는 그릇 두 개와 숟가락 하나였다.

침실장은 아직 개학이 일주일 정도 있어야 하고, 대부분 학생들은 등교하지 않았기에 아무 그릇이든 이용하라고 하였다. 식사는 밥 한 그릇 국 한 사발이니 젓가락은 필요 없고 식사 후 식당 출입구 옆에 설치된 수돗물에 씻어 주머니에 담아 가져오면 된다고 말했다.

침실장은 자기는 개학 후 등교해야 하는데 수험생 접대 때문에 학교에 특별히 일찍 등교했고 침실은 평시에 12명이 거취한다고 했다. 침실 벽 쪽으로 빼곡한 이불과 창턱에 있는 그릇주머니가 이를 말해주고 있었다. 잠시 숙사에서 세수하고 휴식을 취한 뒤 학철이네와 다른 몇 호실에서 모인 수험생들은 침실장을 따라 그릇주머니를 들고 식당으로 갔다. 식당은 기숙사 아빠트 뒤에 있는 단층집이었다.

식사 시간이 되면 학생들 열 명이 식권을 거두어 국 한 대야와 밥 한 대야를 타서, 긴 밥상에 모여 똑같이 골고루 국과 밥을 분배한다. 열 사람은 매번 식사 때마다 자유롭게 모이며 모르는 학생들도 식사 때 한 밥상에서 만날 수 있다. 그러나 보통 남녀는 구분해 보인다.

식사 시간이 끝날 무렵에 열 명이 채 차지 않으면 할 수 없이 남녀가 같이 모여 한 밥상에서 식사할 때도 간혹 있다고 한다. 밥 나눌 때는 밥 나누는 학생이 자기 그릇으로 한 그릇씩 담아 다른 아홉 명의 밥그릇에 부어주고 자기 것은 큰 대야 한쪽에 잠시 놓아두고 나머지 밥들을 골고루 조금씩 나눈다.

학철이와 양섭이 같은 밥상에 앉은 대학생은 꽤 성숙해 보이는 상급학년 학생 같아 보였는데 숙련된 솜씨로 밥을 두 번에 골고루 나누고, 국은 무 건더기가 한 사발에 몇 오리(오라기)씩 차려지는 희멀건 된징국인네 단번에 비슷이 나누어 주었다. 보통 학생들은 밥을 국에 말아먹는데 밥 먹는 시간은 극히 빨라 5분도 안 되는 시간에 식사를 마친다. 신기하고 독특한 식사를 마치고 그들 둘은 숙사로 돌아오며 웃으며 감상을 말했다.

특히 양섭이는 상상도 못한 집체식이라고 하며 재미있다는 듯 껄껄 웃었다.

침실에서 휴식하고 있는데 침실장이 들어와 정문 옆 게시판에 가서 요사이 일정을 보고 시험장 위치를 잘 알아보라고 그들 셋에게 말해 주었다.

학철이 등 셋이 게시판 쪽으로 가니 벌써 수험생들이 많이 모여 있었다. 그들이 비집고 들어가 게시물을 읽어보니 모레부터 각 학과마다 지정된 교실에서 시험을 보는데 아침 9시부터 12시까지 연거푸 두 과목 치고 오후는 휴식한다고 했다.

네 과목 모두를 이틀에 다 치고 3일째 날은 외래어 구답^{口쯉} 시험과 각 학과가 주임과 15분간 면담이 있다고 했다. 사흘이면 모두 다 끝나니 저녁부터는 돌아가도 된다는 게시문이 붙어 있었다.

학철이랑 양섭이는 그들이 시험 칠 시험장을 한 바퀴 둘러보고 숙사에 돌아와 배낭을 풀고 시험 칠 과목 교과서를 꺼내 놓았다.

학철이는 중국에서 이미 한 번 대학시험을 치렀고 우수한 성적으로 연변대학 물리계 고체물리학과에서 근 1년 공부한 경력이 있어 노어를 제외한 다른 과목은 아주 익숙하여 교과서를 한번 훑어보는 것으로 끝냈다. 학철이는 주요하게 노어공부에 정력을 쏟는데 옆에서 양섭이가 드문드문 수리 문제를 종종 물었고 학철이는 인내심 있게 잘 설명해주었다.

점심은 창턱에 놓인 사발주머니를 가지고 가 학교식당에서 먹었고 저녁엔 양섭이가 공부지도를 해준 데 대한 감사 표시로 시내로 나가자고 하여 둘은 학교 근처 설렁탕집을 찾았다.

양섭이는 술 한 병만 간단히 마시자고 하여 둘은 술잔을 주거니 받거니 하며 중국에서 살던 이야기, 일본에서 호강하던 이야기를 호상 들어주었다.

일본에선 양말에 구멍이 약간만 나도 내버린다고 하였고, 라이터도 일회용으로 한 번 사서 쓴 다음 휘발유가 없으면 버리고 또 한 담배를 사면 통상 서비스로 라이터를 준다는 양섭이의 이야기가 학철이에게는 잘 믿어지지 않았다.

중국에서는 일반 백성치고 깁지 않은 양말 신지 않은 사람 없고 북조선은 더더욱 그렇다. 일회용 라이터는 들어보지도 못했고, 중국이나 북조선에서 라이터는 사치품으로 신분이 높은 사람이나 쓰고 일반 백성들은 성냥갑을 지니고 다니며 담배를 피웠다. 일본과 중국, 북조선 차이는 정치제도뿐만 아니라 물질문명에서 더더욱 격차가 심했다.

학철이는 양섭이의 일본 자랑을 들으며 자기나 주위 사람들은 어느 면에서 보면 우물 안에 개구리라고 생각하였다. 공산국가에서의 일방적인 선전기구는 왕왕 선량한 사람들을 그렇게 만들고 있다. 제 나라의 우월만 말하고 상대국의 미급한 점만 말하니 그럴 수밖에 없다. 한 잔 두 잔 하다보니 술에 약한 그 둘은 점점 취해갔다. 양섭이가 속마음을 먼저 털어 놓았다.

학생들의 대학생활이 왜 이다지 궁핍한지, 벌건 국 한 그릇에 강낭쌀(강냉이 쌀) 절반 섞인 밥 한 그릇으로 어떻게 영양을 보충하여 학업에 열중할 수 있으며 어떻게 조그마한 10평방 되는 기숙사에서 한 침실에 12명이 잘 수 있을까?

일본에선 죄를 짓고 감옥에 가도 이것보다 더 넓은 방을 쓴다. 정말 이번에 내 눈으로 직접 보지 않았으면 믿을 수 없었을 것이다. 이런 환경에서 온실의 꽃처럼 자란 자기가 대학에 붙어도 4년이란 긴 세월을 견딜 수 있을까가 의심스럽다고 하며 양섭이는 툴툴댔다.

죽을죄를 져서 감옥에 가면 할 수 없이 감수할는지는 몰라도 단지 대학공부를 위하여 이런 고생을 겪는다는 것은 너무 어처구니없다고 하며 자기의 빈약한 의지로는 상상이 가지 않는다고 그는 주위에 사람이 있든 말든 속마음을 털어놓았다.

학철이는 솔직하고 직설적인 양섭이 입에서 무슨 말이 나와 화를 자초할지 걱정되어 속속連連히 식사를 마치고 양섭이를 끌고 밖으로 나왔다. 학철이는 귀국한 지 얼마 안 되었지만 공산당이 만백성을 쥐락펴락 통치하는 북조선과 비슷한 중국에서 왔기에 북조선의 정치 분위기에 재빨리 적응할 수 있었다.

공산국가의 특징인 갑자기 검은 구름이 몰려오고 벼락이 치고 소나기가 쏟아지는 숙청운동이 중국대지를 휩쓸던 일이 한두 번이 아니었다. 이것은 일당일인 독재를 공고히 하려는 상투적인 정치운동인 것이다.

가벼운 혀를 잘못 놀렸다가 무자비한 탄압이 쏟아지고 참혹한 후과를 당하는 일들은 공산국가의 특징이기도 하다.

봉건왕조시대처럼 황제를 욕하면 목이 달아나고 가족까지 처형되듯 공산국가의 '신성神性 정치'는 그 누구도 왈가왈부할 수 없다.

정당성이 없는 공산당정권은 그 누구도 감히 평가하고 비평할 수 없는 것이다. 왜냐하면 언론이란 어떤 면에서 보면 그들 집권자들에게는 총칼보다 더욱 무거운 파멸을 가져올 수 있기 때문이다.

인민의 이익을 짓밟는 이러한 정권은 언제나 마음을 놓지 못하고 시시로 인민을 감시하고 경계하며 정권유지에 전전긍긍한다.

1959년, 중국에서 있었던 그 유명한 '반우파운동'에서 정치신경이 민감하고 나라와 인민을 사랑하는 지식분자들이 공산당정치를 비판하였다. 이때 모택동은 그들에게 커다란 정치 감투를 씌워 대거 숙청하였다.

그로 하여 수많은 지식분자, 대학교수와 과학자들이 사회 건설의 주요위치에서 쫓겨나 지옥 같은 신간벽지로 추방당했다. 그들은 자기들의 보귀한 정신 재부[22]를 나라와 인민을 위하여 발휘하지도 못한 체 황량한 '황토고원'[23]에서 쓸쓸한 인생을 마쳤다.

양섭이는 공산국가의 일당일인 독재의 살벌한 정치 분위기에 전혀 적응하지 못했고 이미 습관 된 감정 토설이 가져오는 무서운 후과를 추호도 모르고 있었다. 민주국가에서 자유로운 공기를 마시며 하고 싶은 말은 하고, 하고 싶은 일을 할 수 있는 환경에서 자란 그는 별나라에서 얼마 전 지구에 온 것처럼 모든 것이 생소했고 모든 것이 이해가 가지 않았다. 아내와 지금 옆에 있는 학철이 모두 그에게 자주 주의를 주었지만 그것은 한낱 불필요한 노파심이라고 그는 생각했다.

---

22. 가치있고 소중한 것. 재물.
23. 지금 황하의 발원지.

양섭이는 할 수 없이 갓 사귄 친구인 학철이의 말을 듣고 그에게 끌려 식당에서 나왔으며 목소리를 낮추었다.

양섭이는 훗날 함부로 한 말 때문에 커다란 불행을 당해 처참해진 모습으로 학철이와 두 번째 상봉을 한 것은 1년 후의 일이었지만, 사실 이 세상 모든 것은 정치와 연계되었고 정치를 떠나서는 존재하지 않는다. 자유국가 인민들은 정치에 참여하며 정권을 비평하고 심지어는 교체할 수 있지만 공산정권은 그렇지 못하다.

공산정권 정치는 백성들에게 높은 담을 쌓았고 넘을 수 없는 붉은 선을 그었다.

학철이는 일본과 북조선의 정치제도의 구별 점과 특성을, 그리고 북조선 현실과 정치의 참혹성에 대해 갈라지기 전 양섭이에게 친구로서 선의의 권고를 하기로 생각했다.

특히 양섭이의 약점인 생소한 사람을 너무 믿고 속마음을 털어놓는 습관의 위험성에 대해 경종을 울려야 할 것이다. 학철이와 비틀거리는 양섭이가 숙사에 돌아오니 황해도에서 온 가난한 학생은 한참 열심히 공부하고 있었다.

학철이가 양섭이를 이불을 펴고 눕히자 그는 코를 골며 잠의 나라로 빠져 버렸다. 하긴 고단하지 않을 수 없었다. 어젯저녁 기차에서 12시가 넘도록 학철이를 만나 이야기를 했고 자정이 넘어서 걸상에 기대어 자는 둥 마는 둥 했으니 안 고단할 리 만무하다.

이튿날 아침 눈을 뜨니 벌써 여섯 시가 넘었다. 학철이는 부랴부랴 일어나 세수하고 곤히 자는 양섭이를 깨웠다.

그는 어젯밤 일찍 자서 여로의 피곤을 다 풀었는지 기지개를 펴고 기분 좋게 학철이와 아침인사를 나눴다.

7시면 아침식사 시간이라 양섭이는 세수하고 그들은 방을 나섰다. 실장과 황해도 수험생은 먼저 그릇주머니를 들고 나갔다.

먼저 나간 학철이가 복도의 신장에서 운동화를 꺼내는데 양섭이 구두가 보이지 않았다. 양섭이도 나와 신장 구석구석을 다 뒤졌지만 보이지 않았다. 양섭이 구두는 일본제 구두로 유난히 반짝이는 보기에도 고급스런 구두였다. 십중팔구는 도적맞은 게 분명했다. 신이 없으니 맨발로 갈 수도 없고 하는 수 없이 학철이가 먼저 먹고 온 후 학철이 신을 교대로 신고 갈 수밖에 별도리가 없었다. 십여 분쯤 지나 학철이가 헐레벌떡 뛰어와 신을 벗어주니 양섭이에겐 좀 크지만 그런대로 신고 식당으로 갔다.

'양섭이가 아래위 양복에 넥타이를 매고 구두 대신 운동화를 신었으니 누가 자세히 보면 이상해 다시 한번 쳐다볼 것이다. 특별히 눈여겨보는 사람이 없어 다행이었지만 양섭이 자신이 어색한지 입을 찡긋하며 어색한 웃음을 웃었다.

양섭이는 식사하고 돌아온 후 학철이에게 돈 10원을 주며 미안하지만 거리에 나가 상점에서 운동화 좋은 것으로 한 켤레 사다달라고 부탁하였다.

사실 당시 백화상점에서 소가죽 구두는 어디 가도 파는 것이 없었고 저질 돼지가죽 구두뿐이었다. 학철이보다 한 호수 작으면 된다고 하였다. 뒤늦게 실장이 이 사실을 알고 좋은 신은 복도 신장에 놓으면 드문드문 도난당한다고 하며 자기가 미리 말 안한 것이 잘못이라고 했다.

양섭이는 "일없어요. 집에 가면 일본에서 신던 구두가 또 있어요" 하며 웃어보였고 다들 따라 웃었다. 상점에서 문 열기를 기다렸다가 학철이가 흰 운동화를 사왔다. 양섭이가 신어보니 발에 딱 맞았다. 그는 운동화를 처음 신어 보는지 집안에서 신고 왔다 갔다 하여 "운동화가 편하고 참 좋아요" 하며 희죽이 웃었다. 그날 낮에는 하루 종일 공부에만 열중하였으나 저녁식사 시간이 되자 온종일 공부를 잘 지도해줘서 고맙다고 하며 그 표시로 자기가 살 테니 밖에 나가 외식하자고 학철이에게 종이쪽지를 넘겨주었다.

방에는 다른 사람들도 있기 때문이다. 학철이가 눈으로 찬성을 표시하자 그들 둘은 슬그머니 일어나 침실을 나왔다. 개학이 아직 얼마 남아 있어 한적한 학교정원에 수양버들이 뾰족뾰족 새싹이 트면서 만물이 소생하는 봄을 알려주고 있었다.

학철이와 양섭이는 오매불망 바라던 대학시험이 내일로 다가왔지만 긴장이 되지 않았고 즐겁기만 했다. 아마 생각지도 않게 분투 목표와 마음이 통하는 동지를 만나서인지 가슴은 앞으로 김책공대에서 엮어질 미래로 기쁨과 흥분으로 설레었다. 그들 둘은 꼭 시험에 합격하여 종종 속심말[24]도 나누며 재미나게 대학시절을 보내자고 약속했다.

그들 둘은 어제 갔던 설렁탕집을 다시 찾았다. 옷차림은 신사양복을 입었는데 운동화를 신고 신이 나서 걷는 양섭이의 모습을 지나가는 사람들이 이상한 표정을 짓고 곁눈질 해본다. 단순한 양섭이는 전혀 눈치를 못 차리고 무언가 열심히 학철이에게 말하고 있

---

24. 속마음

었는데 학철이가 지나가는 사람들의 눈초리를 따라 양섭이의 아래위 모습을 보는 순간 자기도 모르게 웃음이 나왔다.

학철이는 이 세상엔 격이란 게 있구나! 아무리 자기 감각이 좋아도 객관의 규칙에 맞고 자연적조화가 이루어져야지 그렇게 않으면 웃음거리가 되는 것이라는 생각이 들었다.

학철이는 양섭이의 아내가 이 모습을 보았으면 기절초풍했을 것이라고 생각하니 더더욱 우스웠다. 학철이는 왜 웃냐는 양섭이 물음에 대답하지 않고 말을 돌렸다.

본인에게 무안을 주지 않기 위해서였다. 양섭이는 설렁탕 두 그릇에 밑반찬 두 개 그리고 술 한 병을 주문하고 학철이에게 운동화 사다줘서 고맙고 이번 대학 시험 준비를 잘 도와준데 대하여 심심한 감사를 표시한다며 약소하지만 즐겁게 한잔하자고 첫 술잔을 마주쳤다.

이번 대학시험 치러왔다가 좋은 친구를 사귄 것이 무엇보가 기쁘다며 두 번째 술잔을 비웠다. 그들 둘은 주거니 받거니 술 한 병을 다 비웠다. 술을 마시며 양섭이는 자기의 답답한 속마음을 또 한번 학철이에게 작은 목소리로 털어 놓았다.

사실 그는 사랑하는 아내의 소원이라면 못할 것이 없어 대학공부를 하기로 결심하고 시험 치러왔다.

이번 신발사건보다 삼시 세때(세끼) 대학에서의 식생활이 제일 걱정된다. 며칠은 몰라도 4년이란 긴 세월을 그 좁은 방에서 12명의 구린 발 냄새를 맡으며 배고픈 생활을 견디기엔 자기의 의지가 너무 나약하다는 것이다. 내가 무슨 죄를 지었기에 이런 감방 같은 곳에서 긴긴 세월을 보내야 하는지 아무리 이상이 인생에서 중요하다고 하지만 4년의 지옥 같은 나날을 보내기엔 온실에서 자란 자기로선 감당할 수 없다고 그는 누누이 피력했다.

사회를 어지럽히고 남에게 해를 끼쳤으면 감방생활을 해도 천번만번 옳지만 자기는 이날 이때까지 티끌만한 양심에 가책되는 일을 안 했고 '죄'를 지었다면 사랑하는 아내의 말을 무조건 따른 '죄'밖에 없다하며 그는 웃었다.

이때까지 결혼해서 3년 동안 단 하루도 아내 곁을 떠나 잠자리를 한 적이 없는 그는 아내를 떠나 4년 1400여 일의 낮과 밤을 어떻게 지내며, 2차 세계대전 때의 집중영集中营[25] 같은 생활을 할 수 있을지 엄두도 못 낸다고 구구이 역설했다.

어제 하루 아내 옆을 떠나 숙사에서 잤지만 술에 취했기 망정이지 아니면 한밤을 엎치락뒤치락 뜬 눈으로 지냈을 것이다. 그는 아내의 보살핌에 습관 되어 독립적인 생활은 꿈에도 생각해본 적이 없다고 했다. 이미 왔으니깐 시험은 치겠지만 돌아가 아내와 마주앉아 잘 토론해 봐야겠다고 고개를 저었다. 아무리 구두가 탐나도 그렇지 신성한 대학학당에서 공부하는 학생이 어찌 남의 구두를 도둑질할 수 있단 말인가?

일본에선 이런 일이 절대 없었을 것이라고 역설했다. 학철이는 양복에 운동화를 신은 양섭이의 모습을 보며 신포에 있을 때 밤거리에서 술 취한 재일동포 남녀 넷의 모습을 연상해 보았다. 머리는 기름을 발랐고 속내복에 넥타이를 맨 그들의 발엔 운동화가 꺾

---

25. 수용소

여 있었다.

학철이는 양섭이가 일본에선 절대 구두도둑이 없다고 한 말에 동감했다. 사회주의국가나 자본주의국가를 막론하고 도둑놈은 어디 가도 다 있다. 그렇지만 한 나라의 정신문명 수준은 정치제도에 달린 것이 아니라 주요하게 그 나라의 물질문화 수준에 많이 달렸다고 학철이는 생각했다.

아무리 사회주의 공산주의가 좋다 해도 모질게 곤란하면 자연히 나쁜 놈들이 생겨 사회질서를 흐리게 하기 마련이다. 옛말에 양반도 사흘 굶으면 도둑질한다고 했다. 중국이나 북조선이나 부르짖는 것이 전체인민이 다 같이 잘 사는 나라를 건설하는 것이라지만 나라의 전반적 물질기반이 일본과 너무나 거리가 멀다. 그러니 양섭이 말대로 일본에 없는 구두도둑놈이 나라 최고의 문화전당인 대학교에서 생기는 것이다. 그러고 보면 정신문명은 반드시 물질문명 위에 세워지는 것이지 인민들의 실제 생활수준을 떠난 텅 빈 정치적 구호나 선전에서 이룩되는 것이 아니다.

술이 몇 잔 들어가자 양섭이는 부끄러움도 없이 아직 장가가지 않은 학철이 앞에서 멀리 있는 아내가 며칠 안 되지만 너무나 보고 싶다는 등 그리고 아내는 언제나 밤이면 자기 품에 기여 들어와 자기의 피로를 풀어주고 마음을 따뜻하게 덥혀주며 행복하게 해준다고 자랑했다.

학철이도 그의 말을 들으며 금순이가 생각났다. 학철이가 평양으로 떠나기 며칠 전부터 금순이는 주동적으로 학철이를 찾아왔고 학철이도 그가 오면 모든 일을 다 미루고 금순이와 달콤한 사

랑을 나누었다. 그들의 장래는 이번 학철이 시험결과에 많이 좌우
된다고 그들은 생각했다.

　금빛 찬란한 미래에 도취된 그들은 영화관에서 처음으로 얼굴
이 붉어지는 선을 넘었다. 아마 학철이는 최근 들어 시흡이의 영
향을 많이 받은 것 같았다. 귀국한 후 순천초대소에서 사귄 친구
김인하의 영화관에서 낯모르는 처녀를 공략하는 행동을 온몸에
전율을 느끼며 보았지만, 그들의 '용감한 행동'을 이해할 수도 없
었고 그를 따라 배우려고도 하지 않았다. 그러나 최근 시흡이와
매일 같이 접촉하면서 자기도 모르게 점점 시흡이의 '용감한 행
동'에 대한 이야기에 솔깃해지고, 금순이와 연애하면서 키스도 하
고 포옹도 하는 자기가 옛날보다 점차 담대해짐을 느꼈다.

　학철이가 신포를 떠나 평양으로 오기 나흘 전 저녁 학철이와 금
순이는 단 둘이서 식당을 찾아 술 한 잔씩하고 둘은 기분 좋게 팔
짱을 끼고 영화관으로 갔다. 무슨 영화인지 보지도 않고 표를 샀
고 영화관 2층으로 올라가 제일 구석 쪽으로 뒷줄에 앉았다. 불이
꺼지고 영화는 시작되었다.

　어느새 금순이의 보드랍고 따뜻한 손이 학철이의 손을 찾았다.
학철이도 힘주어 그녀의 손을 꼭 잡아주었다. 영사막에선 소련군
과 독일군이 포탄에 쓰러지고 있었지만 그들 둘은 영화엔 관심이
없었고 정신은 옆에 앉은 사랑하는 사람에게 있었다.

　학철이는 점차 밀착되어오는 금순이의 어깨를 끌어안기 시작했
고 아직 한기가 채 가시지 않은 영화관에서 따뜻한 난로인양 몽글
몽글한 금순이의 어깨가 학철이의 가슴에 와 닿았다. 금순이의 몸

은 왠지 학철이의 품속에서 파르르 떨고 있었으며 그들은 한참동안 이 상태를 유지하고 있었다. 학철이는 시흡이의 상투적인 가르침 즉 "남자는 언제나 주동이 돼야 해. 그래야 여자가 너를 더 따르고 높이 보는 거야. 안 그러면 여자는 너를 졸장부로 낙인찍고 깔본단 말야"란 말이 생각났다.

내가 이러고 있으면 안 된다. 남자는 주동이 되여야 한다는 생각이 학철이의 뇌리를 스쳐지나갔다. 학철이는 머리를 돌려 금순이의 입술을 찾았다. 그리고 그녀의 뜨거운 입술을 빨기 시작했다. 아마 알코올이 작용하기 시작했고 학철이를 '용맹무쌍한 남아'로 일변시킨 모양이다.

바야흐로 시작된 키스와 함께 학철이의 손이 자기도 모르게 그녀의 저고리 단추를 하나 둘 풀고 속옷 안으로 들어갔다.

학철이는 갑자기 금순이가 불쾌하게 생각하지나 않을까 하는 생각이 들었다. 그는 급기야 그녀의 가슴속에서 안하무인으로 오가던 불손한 손을 빼고 내복과 겉옷을 대강 정리해주었다.

그들 둘은 구름 속을 날던 흥분상태에서 점차 냉각되기 시작했고 밀착되었던 몸은 떨어지기 시작하였다.

그러나 손과 손이 다시 쥐어지며 상대방을 잃지 않으려는 공동의 의지를 다지고 있었다. 난생처음 금순이의 황홀한 신체를 감미한 학철이는 심신이 하늘로 올라가 구름 속에서 떠돌고 있었다. 얼마간의 시간이 흐른 후 무감각 속에서 학철이는 점차 냉철을 찾기 시작하였다.

학철이가 지금껏 믿는 신념은 진정한 사랑은 육체의 감미로운 접촉에서 시작된 육체의 결합에서 끝나는 것이 아니고 육체의 옥상에서 시작되며 점차 정신적 사랑으로 승화하는 것이다.

즉 만나면 흥분을 일으키는 감미로운 초급 단계에서 시작되어 고상하고 순결한 고급단계로 질적 변화를 가져온다고 믿었다.

사랑에서 육체와 정신은 한데 엉켜 호상 촉진하고 정화시켜 인류의 가장 위대하고 아름다운 사랑을 꽃피우고 있는 것이다.

학철이는 불순한 자기의 무례를 후회했고 다시는 금순이의 순결한 몸체에 불결한 손을 대지 않기로 결심했다. 그러나 이상하게도 학철이를 저속한 인간으로 멸시하고 냉담할 줄 알았던 금순이는 전에 없이 유쾌해졌고 그에게 친절을 아끼지 않았다. 금순이의 두 눈에선 다정다감한 눈빛을 함뿍 학철이에게 보냈고, 그녀의 몸체는 다시 학철이의 품속으로 찾아들고 있었다.

아마 이것이 김인하가 순천초대소에서 말한 것처럼 사랑에서의 육체적 애무의 중요성을 말하는 것이리라. 두 남녀가 갈망하는 육체적 애무는 두 사랑하는 마음의 거리를 순식간에 좁혀주고 끝내는 떨어져서 더는 살 수 없는 동심체를 구성하는 것이다. 즉 북조선에 당시 유행하는 정치적 술어 '천리마'를 탄 격인 것이다.

시험을 내일로 앞둔 지금 학철이도 양섭이만 못지않게 먼 곳에 있는 연인이 그리웠다. 시험을 치고 하루빨리 신포로 달려가 그를 만나고 품에 안고 싶었다.

학철이는 갑자기 이런 생각이 들었다.

두 사람이 사랑하면 둘 사이에는 보이지 않는 신비로운 고무줄이 그들을 연결한다. 사랑하는 사람을 떠나 멀리 갈수록 그 신비의 고무줄은 그들을 더욱 큰 힘으로 서로 당기게 한다. 그래서 연인이 멀리 떠나 갈수록 호상 그리워하는 마음은 더 한층 간절한 모양이다.

지금 이 시각에도 학철이와 양섭이는 신포와 고원에서 그들을 힘껏 당기는 신비로운 고무줄의 힘을 마음속으로 느껴졌다. 바로 이 두 여인이 학철이와 양섭이가 그 곁을 떠나 낯선 평양의 밤거리에서 오매불망 그리워했고 마음속에서 일시일각도 떠난 적이 없는 귀중한 사람들이었다. 남녀 간의 사랑은 이렇듯 이 세상 모든 사랑을 초월하며 걷잡을 수 없이 그 절정으로 치닫는다.

어떻게 보면 부모자식간의 사랑은 숯불처럼 따뜻이 자식들을 지켜주고, 남녀 간의 사랑은 마른 나무에 붙는 불길처럼 순식간에 주위를 환히 비치며 걷잡을 수 없이 활활 타 번진다. 그 결과 불길이 지나간 잿더미 속에서 새로운 사회의 말단세포인 가정이 탄생하고 인류는 후손만대 융성 발전하게 된다.

학철이는 하해와 같은 부모님의 은공을 언제나 가슴 깊이 간직하고 천사 같은 금순이와의 진귀한 사랑을 꽃피워 나가리라 마음을 굳게 다졌다.

5.

우연과 연불

학철이가 인생에서 최대의 결심을 하고 귀국한 목적은 김책 공대 핵물리학부에 입학하는 것이었다. 학철이의 운명을 결정하는 입학시험은 드디어 시작되었고 긴장과 초조 속에서 사흘간 진행되었다. 학철이는 신포에서 힘겨운 일을 하며 중국에서 배우지 않은 정치 역사 그리고 노어를 짬짬이 열심히 공부한 덕에 시험은 만족하게 치렀다.

양섭이도 시험 친 후 학철이와 이것저것 맞추어보며 좋아하는 걸 보니 괜찮게 친 것 같았다. 사흘 동안 시험이 끝나자 침실장이 내일부터는 집으로 돌아가도 된다고 하며 무슨 곤란이 있으면 언제라도 자기를 찾으라고 친절히 말했다.

기차표는 역에서 초만원이라도 파니 언제라도 가서 사면 된다고 했다. 시험을 마친 오후 학철이와 양섭이는 얼마 멀지 않은 역에 가서 고원과 신포로 가는 기차표를 산 후 숙사로 돌아왔다. 양섭이는 이튿날 아침 차표였고 학철이는 이틀 뒤 신포행 차표였다.

그들이 숙사에 돌아오니 침실장이 자기는 오늘밤 학교 청사 직일直日26 당번이어서 저녁에 돌아오지 못하고 해주 시험생은 얼마 전 이미 떠났다고 하며 오늘 밤 숙사에서 자고 내일 아침 잘 가라고 말했다.

그는 좋은 성적으로 입학하여 보름 후 다시 만나자고 하며 악수를 청했다. 침실장이 나간 후 침실은 오랜만에 단 둘이의 비록 좁시만 오붓한 공간이 되었다. 그들이 기차에서 우연히 만난 후 처음으로 가지는 둘만의 자유로운 공간이었다.

---

26. 숙직이나 일직을 하는 날

이제부터는 양섭이의 솔직한 말의 위험성을 우려하지 않아도 되고 거리낌 없이 속마음을 열고 그들의 연분을 즐거워해도 된다. 양섭이는 고원에 있는 자기 집 주소를 적어주며 시간 있을 때 꼭 한번 놀러오라고 신신당부하며 싹싹하고 인정이 많은 자기 아내를 만나보라고 하며 웃었다.

학철이는 양섭이의 순수하고 열렬한 우정을 가슴속으로 느끼며 꼭 가겠다고 약속했다.

학철이는 트렁크를 열고 마른 명태와 오징어 20여 마리 두 묶음 꺼내주며 약소하지만 집에 가서 부인과 같이 맛보라고 말했다.

이것은 신포에서 학철이와 같이 배를 타는 어부들이 직접 잡아 알뜰히 말린 것인데 시흡이라는 친구가 그 선원 집에서 사들인 것이라고 설명해주었다.

시흡이의 말을 들어 알았지만 선원들은 비록 월급은 많지만 매달 모자라는 식량을 보충하려 시장보충이나 농촌에서 조금씩 몰래 사들이고(당시 북조선에서는 자유시장이 엄금되었다) 병들은 부모님이 있으면 더더욱 돈 쓸 일이 많다. 게다가 자식을 공부시키는 부담 또한 만만치 않다.

당시 북조선 병원에 가면 약이라곤 '아스피린'밖에 없으니 집안에 아픈 사람이 있으면 부득이 귀국민을 통해 중국제 밀수품 약을 사야 한다. 그러니 집 식구 중에 환자가 생기면 아무리 봉급을 많이 타도 인차 동강난다. 그러니 배에서 매번 나눠주는 물고기들을 아껴먹고 조금씩 말려 가만 가만 팔아 그 돈을 쓴다.

이번 대학 시험 치러오며 마른 물고기 살 걱정을 했더니 시흡이가 자기에게 맡기라고 하며 이틀도 안 되어 7~8명의 선원 집을 다니며 마른 명태와 오징어를 한 보따리 사들였다. 이것은 생활이 궁핍하여 평시에 이런 어물을 구경도 못하는 영자네 집과 같이 귀국한 석범이 외삼촌 집에 가져다주어 맛보이게 하려고 준비한 것이다.

양섭이에게 절반 쯤 주었으니 석범이 외삼촌 집에는 다음번 평양 올 때 가져다주면 될 것이다. 양섭이는 이 귀중한 선물을 자기 아내가 보면 매우 기뻐할 것이라고 하며 재삼 감사하다고 말했다.

당시 북조선에서는 인민들 생활에 절실한 부분까지 당의 노선 정책이 시시콜콜 금지와 절제가 심하여 돈 주고도 못 사는 것이 너무 많다. 팔고 사는 것은 옛날 선조 때부터 내려오는 물물교환 법칙이건만 무엇 때문에 이 모든 것을 마치 도둑질이나 하는 것처럼 엄금하는지 학철이는 알고도 모를 일이라고 생각했다. 그래서 북한에서는 인민들 생활에 절실히 필요한 농업품農業品 매매는 반드시 든든한 중개인을 통하여 쉬쉬 하며 용의주도하게 진행된다.

민이식위천民以食爲天이라고 인민들이 먹을 것을 하늘로 여길 만큼 생활에서 먹는 것이 가장 중요한 일이건만 당에서는 도대체 무슨 연유로 이런 절실한 유통을 금지하는지⋯ 인민들이 배부르게 먹고 어린이들이 행복 속에서 생기발랄하면 수령과 당의 통치에 그 어떤 위협과 악영향을 일으키는지 알고도 모를 일이다.

학철이가 청춘의 꿈을 안고 북조선에 귀국한 지 근 반년이 되어 가지만 실생활에서 수수께끼 같은 문제를 이해하려 아무리 애써도 이해가 안 되는 문제가 너무나 많았고, 이런 것들이 학철이의 '조국 관념'을 자주 흔들었다. 인민들이 잘 살고 행복한 나라가 북조선이고 조국이며 청춘의 꿈을 실현할 수 있는 곳이라는 학철이의 신념은 점차 의심 속에서 그를 괴롭히고 있었다. 학철이는 좋아 싱글벙글하는 양섭이를 보고 아무 재주 없는 자기는 마땅히 할 줄 아는 직업이 없어 망망대해에서 어선에 몸을 싣고 낭만을 찾아 어부가 됐으니 해줄 것은 이런 거뿐이라며 둘은 같이 크게 웃었다.

양섭이는 어부들이 직접 말린 이런 신선한 물고기를 학철이 아니면 어찌 자기가 구경인들 하겠는가고 혀를 찼다. 그들이 웃고 떠드는 속에서 시간은 흘러 벌써 해는 서쪽으로 기울고 있었다.

학철이는 일이 있어 조금 밖에 나갔다 올 테니 기다리라고 말하고 양섭이가 눈치챌까봐 급급히 침실을 빠져 나왔다.

양섭이는 학철이 뒤에서 오늘 저녁은 자기가 설렁탕집에서 한턱 낼 테니 빨리 돌아오라고 소리친다. 사실 학철이는 시내 설렁탕집에서 남이 들을까봐 목소리를 죽여 가며 속마음을 시원히 털지도 못하는 것보다. 오늘 저녁 침실에서 주워진 절호의 기회를 이용하기로 했다. 둘만의 오붓하고 자유로운 공간은 당시 살벌한 정치 환경에서 만나기 쉽지 않은 즐거운 시간이 될 것이다.

말 한마디 해도 누가 들을까봐 주위를 살피며 긴장하는 북조선 인민들은 마치 아프리카 초원의 초식동물들처럼 생존을 위해 풀을 뜯으며 흉악한 육식 동물에 대한 경계를 추호도 늦추지 않고 주위를 살피고 귀를 도사리는 그들과 흡사했다.

이 정경은 마치 아프리카 초원의 북조선 재현이라고 생각하니 학철이는 저절로 쓴웃음이 나왔다. 학철이는 근처 식당에서 양권 몇 장을 꺼내 호떡 몇 개와 밑반찬 몇 가지 그리고 술 두 병을 사서 들고 기분 좋게 식당을 나섰다.

침실에 돌아오니 양섭이의 두 눈이 둥그레지며 싱글벙글하는 학철이 아래위를 훑어본다. 그는 학철이의 음식 주머니를 받으며 도대체 어떻게 된 일인가고 야단법석이었다.

학철이가 전번 두 번은 양섭 씨가 샀으니 오늘 한 번은 자기에게로 기회를 줘야 되지 않겠는가고 웃으니 양섭이도 어처구니가 없는지 따라 웃었다.

양섭이는 말하기를 북조선에 온 지도 3년이 다 돼가지만 학철이처럼 단번에 자기 마음을 끄는 친구는 처음이라며 물질에 어둡고 속과 겉이 다른 북조선 사람들과는 천지 차이라고 절찬을 아끼지 않았다.

운명의 신이 학철이처럼 진실한 친구를 자기에게 보내준 연분에 다시 한번 감사하다고 눈물이 글썽해하며 구구히 진심을 토로한다. 학철이도 이렇게 순진하고 선량한 친구를 만난 것이 기뻤다.

달리는 기차의 우연 속에서 만난 그 순간부터 그들의 이 우연은 학철이의 인생의 수많은 우연과 달리 순식간에 공통된 사상과 진실한 감정세계로 그들 인생의 한 페이지를 차지하게 되었고 드디어는 아무 흔적 없이 사라지는 수많은 우연과 달리 그들을 진지한 우정으로 한데 묶기 시작했다. 그리고 방금 양섭이 말처럼 당시 북조선에는 종종 심술이 비뚤고 속이 들여다보이는 자들을 자주 볼 수 있었는데 그것은 장기간의 빈약한 물질생활에서 산출되는 부산품이라고 해야 할 것이다.

특히 의지력이 강하지 못하고 교양이 부족한 사회약자를 속에 변질된 인간성을 가진 자들이 적지 않게 있다. 그러나 학철이는 그래도 전반적으로 보면 신포에서 만난 사람들처럼 선량한 사람들이 대다수라고 생각하였다.

학철이와 양섭이는 바닥에 신문지를 펴고 사온 음식을 정리하기 시작하였고 마른 명태와 오징어 몇 마리를 찢어놓으니 제법 진수성찬이 되었다. 그들은 흥분을 감추지 못하고 웃고 떠들며 술병을 터트렸다. 그들 둘은 그를 사이에 급속으로 피어나는 우정을 진귀하게 생각하고 발전시켜 나가자고 다짐하며 첫 술잔을 마주쳤다.

술잔은 벽에 걸린 그릇 주머니에서 밥사발을 꺼내 대신했다. 인생에 많지 않은 하늘이 준 이 연분에 감사를 표하며 인생이 끝나는 마지막 날까지 손에 손 잡고 간고한 북조선에서 서로 돕고 서로 격려하며 살아가자고 약속하며 또 한 잔 비웠다.

학철이처럼 술에 약하지만 말하기 좋아하는 양섭이는 술이 몇 잔 들어가자 엊그제 설렁탕집에서처럼 끝없는 이야기가 터져 나왔다. 학철이는 말할 염두도 못 내고 그의 충실한 관중으로 귀를 기울여 듣기만 했다. 신포에서 시흡잉와 같이 있을 때 언제나 그랬듯이 학철이는 어디서나 충실한 관중 역을 도맡았다.

양섭이는 대부분 귀국 동포들처럼 시간과 장소를 가리지 않고 속에 있는 그대로 거리낌 없이 자기 생각을 말하는 습관이었다. 물론 그들의 말이 당의 사상과 북조선 정치에 관여되지 않는 말이라면 문제없겠지만 그들의 말은 대다수 진실한 말이니 그렇지 못하다.

북조선 사람들은 장기간 당의 세뇌정책으로 속이야 어떻든 겉은 붉은색으로 물들어 있다. 그들은 고도의 경각성으로 어디 어느 때에도 '속심'을 말하지 않는다. 말한다 해도 사사로운 생활사이지 무서운 정치에 유관된 말은 일언반구도 없다.

이런 고도의 경각심은 잘못된 말 몇 마디 실수 때문에 깊은 밤 옆집도 모르게 어디론가 사라지는 사람들이 그들에게는 항상 무서운 본보기로 되어 있기 때문에 형성된 것이다. 전국 각지 방방곳곳에 설치된 '강제로동수용소'는 평시에 입단속을 소홀히 한 '솔직'한 사람들 앞에 항상 검은 지옥의 입이 열려 있는 것이다.

자유로운 환경 속에서 언론의 자유를 누리며 살아온 귀국민들은 북조선의 살벌한 정치 환경에 너무나 생소했고 이해하지 못하고 있다. 아니 양섭이 같은 경우 아예 이해할 생각조차 포기하고 일본에서의 습성을 그대로 가지고 있다.

학철이는 이미 조국이라고 찾아왔으니 이해가 안 되어도 억지로 발맞춰 나가야 하며 하루 빨리 환경에 적응하기 위해 가까스로 노력을 기우려왔다.

위대한 생물학자 다윈의 진화론에서처럼 자연계에서 변화하는 환경에 적응하는 생명은 살아남고 적응하지 못하면 멸종되는 것이다. 이런 자연계의 무자비한 자연 선택설은 북한에서도 마찬가지이다. 오직 당과 수령의 지시가 곧 진리이고 생명을 능가하는 철칙이다. 만약 이 철칙을 어기면 쥐도 새도 모르게 '강제로동수용소'에 끌려가 사형장의 새벽이슬로 사라지게 된다.

비뚤어진 정치는 언제나 사람들에게 사회현실을 진실하게 말하지 못하게 하고 천만 개의 입이 이구동성으로 당과 수령의 지시를 외쳐야 하는 북한사회는 이 세상 어느 곳, 어느 나라에서도 찾아볼 수 없는 특이한 사회이다.

북한에서는 언제나 당과 수령의 지시 혹은 명령이라는 정치구호에서 '당'과 '수령'은 언제나 쌍둥이처럼 따라다닌다.

학철이가 곰곰이 생각해보니 결국은 '수령' 하나를 둘로 나눠 말할 뿐이다. '당' 내에는 '수령'이 말 한마디만 하면 절절매는, 독립적인 정치 견해가 없는 인간들이나 아첨분자들로 구성되어 터울 좋게 '당'이라는 이름을 내세워 개인 독재가 아니고 집체 영도인 것처럼 가장할 뿐이다.

양섭이는 북조선에 온 지 3년이 가까워도 아직 살벌한 주위 환경에 민감하지 못하고 정치엔 무관심하고 있다. 그는 마치 우주 어느 별나라에서 온 것처럼 북조선의 모든 현실에 흥미 없었고 오직 자기와 아내에 유관된 일에만 관심을 가졌다.

아마 정치를 불문하는 일본의 자유사상이 그의 두뇌 속에 너무 깊이 박혀 있었기 때문일 것이다. 특히 속에 술이 한잔 들어가 흥분 상태에 빠지면 그의 입에서는 거침없이 위험한 말들이 자주 흘러나온다.

학철이와 시내에서 두 번 술 마시며 두 번 다 위험한 고비에서 그의 말을 저지했기 망정이지 만약 당시 그들 주변에 철저한 공산주의 사상으로 세뇌된 자가 있었다면 그 어떤 불똥이 어떻게 튈지 상상치도 못할 사태가 벌어졌을 것이다.

대학은커녕 '반동분자'로 몰려 수갑 차고 내무서로 끌려갔을 것이다. 학철이는 양섭이와 아무 걱정 없이 술 마시며 마음속에 쌓였던 이야기를 듣는 것이 얼마나 잘한 일인지 몰랐다.

양섭이는 무섭게 곤란한 북조선에 온 후 겪은 이런저런 고생과 불평불만을 한참 학철이에게 호소하더니 다시 화제를 돌려 일본에서 누렸던 호화로운 물질문화 생활을 신이 나서 자랑하기 시작했다.

한참 떠들던 양섭이는 왠지 갑자기 입을 다물고 무슨 생각에 잠겨 심각한 표정을 짓는다. 그는 한참동안 물끄러미 학철이를 바라보더니 말을 잇는다.

"학철 씨는 이제부터 나의 둘도 없는 친구이니 학철 씨에게 무엇이든 숨겨서는 안 된다고 나는 생각해요. 안 그래요? 학철 씨"

양섭이는 빈 술잔에 술을 붓고 학철이와 술잔을 마주치며 "자 그럼, 우리의 영원한 우정을 위하여 한잔해요" 하고 소리쳤다.

"학철 씨, 사실 내가 3년 전에 귀국한 주요한 동기는 단지 아버지의 지시뿐이 아니고 보다 중요한 원인이 있었어요. 3년 전에 발생한 그 숙명적인 사건이 내 인생의 모든 것을 몽땅 뒤집어 엎어 버렸고 행복했던 나의 인생을 비참한 인생으로 바꾸어 놓았어요. 만약 그 사건이 없었다면 나와 나의 아내는 이렇게 무섭게 가난한 북조선에 와서 이 모양 이 꼴로 살고 있지 않았을 것이에요. 꿈속에서도 소스라치게 놀라는 이 사건은 나를 지옥의 캄캄한 천길 나락에로 빠져버리게 했어요."

얼마 전까지 큰소리로 웃고 즐겁게 이야기하던 양섭이는 웃음을 거두고 얼굴에서 어두운 그림자가 스쳐지나가고 있었다.

"나의 아물 줄 모르는 영원한 상처인 그 사건은 내가 이때까지 부모님을 포함한 그 누구에게도 함구했고 혼자 무덤으로 가져갈 생각이었어요. 그런데 생각지 않게 특수한 연분으로 학철 씨를 알게 되었고 친구가 된 지금 나의 생각은 이미 변했어요. 어떻게 보면 지금까지 나의 인생에선 두 가지 커다란 사건이 있었는데 하나는 아름다운 꿈으로 가득 찬 학창시절. 지금의 아내와 하늘이 맺어준 연분으로 사랑했고 결혼했으며 다른 하나는 우연히 기차에서 학철 씨를 만난 것이었어요. 학철 씨의 월등한 지혜와 고상한 품위는 나의 마음을 거대한 자석처럼 몽땅 학철 씨한테 끌어갔어요. 나의 아내와 학철 씨는 앞으로 나의 인생에서 한 시 잠깐도 없어서는 안 될 귀중한 사람들이에요. 내일 우리 둘은 헤어져 멀리 몸은 떨어져도 꼭 자주 편지하고 우리의 뜨거운 우정을 식히지 말아요. 나는 이렇게 생각해요. 사랑과 우정은 인생에 있어 호상 조화되고 받쳐 주는 인간의 가장 아름다운 정감이라고요.

5년 전부터 시작된 아내와의 사랑과 닷새도 못 되는 학철 씨와의 우정은 시간의 길고 짧음에 관계없이 하늘이 나에게 준 가장 큰 보물이에요. 인생에서 사람과 사람의 관계는 모든 것을 결정하며 때로는 행복을 때로는 불행을 가져다주지요. 나와 아내의 사랑. 그리고 학철 씨와의 우정은 나의 행복의 원천일 것이에요. 물론 어떤 사람들은 잘못된 사랑과 비뚤어진 우정 때문에 일생을 불행 속에서 살아가는 사람도 많지요. 그러고 보면 나는 행운아지요. 하하하… 앞으로 정말 죽는 날까지 학철 씨와의 우정을 가슴 깊이 간직 할 것이에요. 학철 씨도 나를 버리지 말고 내 손을 놓지 말아요. 우리의 우정 앞에서 티끌만한 사심도, 추호의 허위도 없어야 한다고 나는 생각해요. 그래서 나는 결심했어요. 이 자리에서 학철 씨가 모르는 나의 모든 비밀을 고백하기로 말예요. 이것이 우리의 순결한 우정에 대한 예의이며 언약일 것이에요."

여기까지 말한 양섭이는 다시 술잔을 들고 학철이와 마주치며 목을 축였다. 지금 그들 사이에서 새삼스럽게 폭풍우 직전에 있는 이상야릇한 긴장감이 감돌고 있었다.

학철이는 열 길 맑은 호수 속을 드려다 보듯 티끌 없이 순수한 양섭이의 우정에 깊이 감염되어 그의 진심의 토로에 귀를 기울일 뿐 이어질 말을 기다리고 있었다.

"사실 나는 일본에서 태어나 아버지, 어머니의 사랑 속에서 행복한 동년 시절을 보냈고 북에서 지원하는 조총련계 학교에서 고중까지 마쳤어요. 고중(고등중학교) 2학년 때 한반에 다니던 영옥이란 예쁜 여학생과 연애를 시작했어요. 초중 땐 몰랐었는데 고중에 들어서며 점차 이성에 눈이 뜨기 시작했고 우리 반에서 제일 예쁜 영옥이에게 자주 눈길이 쏠리고 마음이 그녀 주위에서 감돌기 시작했지요. 그 애와 우연이 눈이 마주치면 서로 얼굴이 붉어졌고 나의 가슴은 토끼처럼 뛰었어요. 나의 이런 전에 없던 생리

적인 육체적 반응은 정신과 연계되었고 그것이 바로 사랑이라는 것을 알게 되었어요. 아, 올 것이 왔구나. 나에게도 사랑이란 천사가 찾아왔구나 하여 나는 못내 흥분되어 잠을 이룰 수가 없었어요.

남자가 성숙하면 자연 이성에 민감한 반응을 보이고 스쳐지나가는 여학생들을 눈여겨보고 그들을 마음속으로 저울질하며 제일 마음이 가는 여학생을 마음속에 품기 시작하고 시선은 시시각각 그녀 주위에서 맴돌기 시작하지요. 그리고 천방백계로 그녀의 눈에 띄려고 애쓰고 그녀의 호감을 쌓는데 전력을 기울이지요. 후에 알게 되었지만 여자들은 남자들보다 성숙이 이르고 그들은 자기 진실한 감정을 잘 숨길 줄 알아요.

영옥이는 나에게 친절하게 대할 뿐 아무런 내색도 보이지 않았어요. 아마 나의 주동적인 선제공격을 기다리고 있었겠죠. 나에 대한 그녀의 친절과 관심은 다른 학생들 눈에 띄지 않게 적절했고, 소심했지요. 사실 남자와 여자는 태어날 때부터 신체적으로 구별되었을 뿐만 아니라 지혜 범위 성격 사고방식 모두가 너무나 달랐고 사랑을 추구하는 풍격 또한 판이했어요.

남자는 언제나 담대하고 공격적이지만 여자는 세밀하고 소심했어요. 그녀들은 자기들의 밝고 아름다운 얼굴과 애교, 그리고 섹시한 여성적 몸체로 남자들을 매혹되게 하고 그들의 주동적인 진공을 유도하고 자기들은 마지못해 끌려가며 남자들에게 혜택을 베푸는 것처럼 타고난 연기력을 펼쳤고 마음속으로 남자들 못지 않게 꿈꿔오던 사랑을 추구하지요.

다시 말하면 남자들의 모든 행동은 여자들의 시나리오에 따라 움직이는 셈이죠. 남자들은 아무런 준비도 없이 마음이 가는 여자를 추격하고 자연 실패도 많지만 여자들은 언제나 시시각각 높은 경계심과 면밀한 계획 밑에서 진행되는 유인 섬멸전을 펼쳐 언제나 승리를 거듭했지요. 단순한 나는 결혼 후 아내의 솔직한 토설에서 이 모든 것을 알았고 여자들은 정말 남자들보다 한 수 위인 지혜의 동물이라고 탄복하지 않을 수 없었어요."

여기까지 말하며 양섭이는 학철이를 향해 즐거운 웃음을 웃는다. 양섭이의 발음은 일본식 조선말이라 정확하지 못하지만 그는 학교시절 문학을 좋아했고 책을 많이 읽어서인지 그의 말은 문학적으로 세련되고 표현이 생동했다.

둘은 건어를 찢어 입에 넣고 씹으며 술잔을 들었다. 학철이는 남녀관계에서 훨씬 선배인 양섭이의 말을 들으며 짙어가는 흥미를 느꼈고 자연 그의 말에 방해되지 않게 듣고만 있었다.

고중 2학년 여름 방학을 앞둔 사흘 전 마지막 학기 시험을 다 치르고 내일이면 총 성적을 발표하는 날이었다.

양섭이는 심사숙고 끝에 영옥이에게 사랑을 고백하기로 마음먹고 며칠 동안 정력을 들여 쓴 연애편지를 영옥이 책상 위에 다른 학생들이 주의하지 않는 틈을 타서 슬그머니 놓고 교실을 빠져나왔다. 그 연애편지에서 양섭이는 자기 가슴속에 오래전부터 싹튼 영옥이에 대한 열렬한 사랑을 고백하며 만약 영옥이가 자기의 진정한 사랑을 받아준다면 자기는 이 세상에서 제일 행복한 남자이며 지금부터 생명이 끝나는 날까지 오직 영옥이만을 사랑하고 그녀만을 위해 살 것이라고 굳은 맹세를 했다.

편지 마지막에 오늘 저녁 7시 가로등이 미치지 못하는 학교 운동장 서쪽 나무 밑에서 만나자고 요청했다.

가슴을 조이며 약속시간보다 훨씬 일찍 도착한 양섭이는 끝내 이곳을 향해 사뿐사뿐 걸어오는 영옥이의 아리따운 그림자를 발견했고 영옥이가 다가오자 그녀의 가냘픈 손을 잡고 외계에서 보이지 않는 나무 뒤 숲속으로 갔다.

둘은 처음으로 손을 잡아보는 흥분과 긴장으로 얼굴이 빨개졌고 가슴은 방망이가 두드렸지만 다행이 야색이 완연한 달밤이라 서로의 눈에 띠지 않았다. 그들은 양섭이가 미리 준비해둔 신문을 땅에 깔고 나란히 앉았다. 양섭이는 이 순간을 위해 미리 준비한 말은 많았지만 흥분과 기쁨으로 텅 빈 머리에선 아무 생각도 나지 않았다. 물론 영옥이는 부끄러움에 더욱 말이 없었고 고개를 숙이고 양섭이 말만 기다리는 눈치였다. 끝내 양섭이는 그녀의 두 손을 꼭 잡고 "영옥 씨, 내 감정을 거절하지 않고 이렇게 나와 줘서 참으로 고마워요."

한마디 말 안하고 영옥이의 나긋나긋한 처녀의 몸체를 난생처음 서로를 끌어안았다. 둘은 모든 것을 망각하고 사랑의 표현에만 전념했고 말초감각기관에서 전해오는 짜릿짜릿한 순간들은 이 세상에 태어나서 처음으로 맛보는 전율이며 행복이었다.

학창시절에 쌓았던 모든 이념은 바로 이 순간을 위해 준비한 것이며 인류의 가장 아름답고 황홀한 정감이 드디어 그들 둘 사이에서 피어난 것이다. 양섭이는 제발 이 순간이 무한히 연장되어 그들 둘의 영혼이 영원한 하나로 합쳐지길 바라 마지않았다. 사람의 생명은 단 한 번밖에 없는 것이며 무엇보다 귀중하다. 그러나 생명의 의의는 이 순간을 위해 존재하며 욕망이 노호怒號하고 파도치는 이 순간을 위하여 생명을 바쳐도 후회 없다.

사람도 자연계의 생명체처럼 자라서 성숙하면 자신도 모르게 양이온과 음이온이 하나둘 몸체에 축척되기 시작한다.

눈에 보이지 않는 신기한 이온은 남자를 공격적으로 변화하게 하고 여자는 더운 유순하게 한다.

이온이 몸체에 충만 되면 그들은 드디어 서로를 흡인하며 대등한 이온을 찾기 시작하고 끝내는 그 출구를 찾아 중화된다.

자연계에서 번쩍이는 우뢰와 벼락이 대지에 비를 내리게 하듯 양이온과 음이온은 중화되는 진통을 거쳐 행복한 동심체를 구성하며 새로운 둘만의 인생을 시작한다.

학철이는 양섭이의 신기한 '이온설'을 들으며 그의 독특한 관점에 탄복했다. 세상사가 다 그렇듯 시작이 있으면 끝이 있는 법. 둘의 달콤했던 시간은 영옥이의 자제와 권고로 끝났고 둘은 드디어 일정한 거리를 두고 떨어져서 옷과 머리를 정리하고 마음속의 풍랑을 가까스로 잠재우기에 전념했다.

영옥이의 말처럼 귀중한 사랑을 오래오래 끌고 가려면 솟구치는 일시적인 감정을 억제할 줄 알아야 한다고 누누이 양섭이를 설유說諭했다. 양섭이는 끝내 영옥이의 냉철한 판단에 반복했고 아름다운 내일을 위해 오늘의 흥분을 자제했다. 둘은 거리를 두고(다시 흥분을 막기 위해) 나란히 층계에 앉아 지난 5년의 학창시절 서로의 마음속에서 간직했던 흠모의 정을 고백했다.

둘은 남은 1년 동안 서로 고무하고 격려하며 마음속 사랑을 굳건히 건전하게 꽃피워 나가자고 약속하고 급급히 갈라져 남여 숙사로 돌아왔다.

기숙사 취침시간이 이미 지난 지 오래되었기 때문이다. 그 후 1년 동안 남은 학창시절은 어느 때보다 달콤한 꿈으로 매일매일 즐거웠고 행복하였다. 자습시간이 없는 토요일과 일요일은 그들 둘만의 시간으로 공원의 우거진 숲속이나 사랑 표현에 편리한 영화관을 자주 출입했다.

나날이 깊어가는 사랑은 알코올 농도에 취한 것처럼 사랑의 진한 농도에 취해 그들의 영혼은 푸르른 창공 흰 구름과 함께 나래치게 하였다. 일정한 사랑의 초기 흥분 상태에서 점차 벗어나기 시작한 그들은 사랑의 용광로에서 둘은 이미 하나로 용화되었고 점차 사랑의 성숙한 단계로 오르기 시작하였다.

사랑이 주는 무진한 힘을 빌어 그들은 우수한 성적으로 학교를 졸업하고 각기 자기 취미에 맞는 직장에 취지했다. 양섭이는 어렸을 때부터 자동차를 좋아하는 흥취가 있어 자동차 판매 회사에 취직하였고 영옥이는 미용 회사에 취직하였다. 그들 둘은 취직한 지 얼마 안 되어 쌍방 부모님의 허락 하에 약혼식을 거행했고 결혼 후 경제 지반을 구축하기 위해 열심히 일했다. 그들은 일주일에 한두 번씩 만나 오색영롱한 무지개에 쌓인 사랑을 즐겼다.

영옥이의 집은 오사카 시내에서 좀 떨어진 향촌 마을에 있었는데 연로하신 부모님들은 몇 무[27]() 안 되는 벼농사를 하고 있었다.

영옥이의 오빠가 동경에서 변호사로 일하며 부모님들의 생활비용을 감당하고 있었다. 학교를 졸업하고 취직한 지 한 반년이 넘은 하루였다. 그 날은 금요일이라 내일 모래 이틀은 둘 다 쉬는 날이었다. 그 날 저녁 퇴근 후 그들 둘은 약속대로 슈퍼마켓에서 만나 영옥이 부모님들이 좋아하는 생선과 과일 채소를 푸짐히 사들고 영옥이 부모님 집으로 차를 몰았다. 그 날 저녁 그들은 즐거운 식사를 하며 일주일간 주위에서 발생한 이런저런 이야기를 하다 영옥이 방에서 사랑의 보금자리를 찾았다.

그 동안 청춘의 몸체 속에 쌓여진 사랑의 그리움은 밤이 새도록 끝일 줄 모르고 노호하며 상대방의 몸체를 포용했고 두 몸체의 격돌은 피곤을 모르고 2차 3차로 내달리며 요동쳤다. 그들은 영혼을 녹이는 사랑의 희열 속에서 이 사랑, 이 행복이 오래오래 그들 인생의 마지막 날까지 그들을 동반해 주길 하늘을 향해 빌고 또 빌었다.

곡선으로 충만된 눈부신 영옥이의 나체는 양섭이에게 끊임없는 광풍을 몰고 왔고 유혹의 낭떠러지에서 헤어날 수 없게 하였다. 학교 땐 알릴까 말까 하던 영옥이의 가냘픈 여성적 몸체도 자주 있는 사랑의 단비 속에서 하루가 다르게 풍만해졌다.

앞으론 보기 좋게 솟아오르는 젖가슴과 점점 넓어지고 걸을 때마다 흔들리는 엉덩이는 점차 뭇 남자들의 눈에 뜨이기 시작했고,

---

27. 무는 묘의 원말. 논밭 넓이의 단위.
　　1묘는 한 단[段]의 10분의 1, 곧 30평으로 약 99.174㎡에 해당한다.

허리를 중심으로 스프링처럼 흔들리는 몸체는 사람들의 눈을 현란하게 하였다.

아름다운 여자의 몸체는 남자들에게 12급 태풍으로 그들의 이성과 의지를 깡그리 휩쓸어 간다. 양섭이는 점점 하루가 다르게 아름다워지는 영옥이를 바라보며 무한한 긍지와 행복을 느꼈고 한 편 마음속 한 구석에서 자기도 모를 불안의 그림자가 스쳐갈 때도 있었다.

여기까지 말하며 양섭이는 잠시 말을 끊고 학철이를 향해 의미심장한 쓴 웃음을 웃었다. 둘은 다시 술잔을 기울였고 양섭이는 다시 이야기를 시작하였다.

"학철 씨는 아직 결혼 전이라 남자와 여자의 세계에서 복잡하게 얽힌 그들 사이의 미묘한 관계를 아직 체험하지 못했을 거예요. 조물주가 남자들에게 세계를 정복하고 인류의 미래를 창조하게 슬기로운 지혜와 굴할 줄 모르는 의지 그리고 무진無盡한 정신력을 주었어요. 그리고 여자들에게는 남자들의 영혼을 흔드는 아름다운 용모와 피를 끓게 하는 몸체를 주었지요. 그녀들 신체의 모든 부분들은 너무나도 완미했고 절묘한 조화를 이루며 예술품의 절정을 이루었지요.

원래 최고의 예술품은 부단한 노력과 끊임없는 수정 속에서 태어나며 예술가는 작품의 완미를 위해 심혈을 기울이고 피나는 노력을 경주하지요. 여자들도 이 세상 모든 예술가처럼 자기의 얼굴과 몸체를 다듬어 살아 움직이는 유일한 예술품을 만들지요.

머리를 파마하고 얼굴의 미세한 부분을 그리고 바르며 몸체에 가슴, 허리, 엉치를 더욱 조화되게 하며 매혹적인 곡선을 만들어 나가지요. 그녀들의 섬세하고 견정불이堅定不移[28]한 노력으로 그들의 아름다운 얼굴과 섹시한 몸체는 남자들에게 참을 수 없는 유혹의 광풍을 불게 하고 결국은 남자들을 정복하지요. 이것은 단순히 여자와 남자의 대결인 것이 아니고 예술의 승리이지요. 연애초기 나도 학철 씨처럼 사랑(육체적)을 하면 서도 사랑(정신적)을 잘 몰랐고 사랑의 미개발 처녀지가 많았지요. 사회생활을 하면서 우리의 사랑은 깊어질 대로 깊어졌고 사랑은 점차 단순한 즐거움만이 아니라 그의 위대함을 깊이 느꼈어요.

사랑은 나와 영옥이를 손에 손 잡고 인생의 저 지평선으로 달려가게 하였고 잠시도 고독을 모르게 하였으며 온몸에선 무진한 힘이 용솟음 쳤어요. 옆에 있는 영옥이가 발산하는 에네르기가 부단히 나에게 충전되는 것 같았어요. 어떻게 보면 여자들은 천방백계로 자기의 아름다움을 노출시키는데 그 목적은 바로 피곤한 남자들을 흥분시키고 충전하며 계속 분발하게 하는 것 같았어요."

학창시절 작가를 꿈꾸며 세계 명작들을 많이 탐독한 탓인지 양섭이의 분석은 심오하였고 형상적이었다. 한참 신이 나서 웃으며 떠들던 양섭이는 잠시 무슨 생각에 잠겨 말을 끊고 그들은 술잔을 부딪치고 안주를 들었다.

양섭이는 건어가 신선한 물고기를 말려서인지 참 달고 고소하다고 연이어 절찬을 하며 다음 자기도 신포에 놀러가서 이런 건어

---

28. 확고부동

를 사야겠다고 떠든다. 속에 있는 말을 참지 못하는 성격이라 양
섭이는 침울한 표정을 지으며 다시 급급히 하던 말을 계속하였다.

"나의 둘도 없는 친구이니까 내가 무덤까지 가지고 갈 나만의
비밀을 이제부터 털어 놓을게요. 아까도 말했지만 그 숙명적인 사
건은 내 인생의 불행의 시작이었죠. 행복했던 나의 인생은 그 후
부터 곤두박질 내리막으로 달렸지요."

이어지는 그의 이야기는 학철이를 소스라치게 놀라게 하였으며
풍부한 물질적 생활 속에서 행복한 줄만 알았던 일본 사회의 추악
과 공포에 경악을 금치 못했다.

처갓집에서 하루 낮 이틀 밤을 지내고 달 밝은 일요일 저녁 양
섭이와 영옥이는 부모님과 작별 인사를 하고 시내로 돌아가는 길
에 올랐다. 향촌길이라 길은 좁지만 아스팔트를 깔아 차는 평온히
달리고 있었다.

그들은 이틀 동안 부모님이 차려주는 향촌의 구수한 음식을 먹
으며 다시 한번 따뜻한 혈육의 정을 느꼈으며 가족의 행복을 감미
했다. 그 이틀 낮밤은 그들 인생에서 많지 않는 삶의 쾌락이며 인
생의 보람이었다. 특히 잠 못 이루는 밤, 사랑의 불길에 휩싸여 청
춘의 넋은 두 몸을 떠나 하늘 위에서 훨훨 나래쳤고 피곤을 모르
는 혈기 찬 몸체는 흥분 속에서 좀처럼 상대방을 떠나서는 살 수
없었다. 그들은 즐거운 화제를 바꿔가며 웃고 이야기하며 휘영청
달빛이 비치는 향촌 길을 달리고 있었다. 길가의 무성한 수풀 속
에서 풍겨오는 향촌의 특이한 향기, 그리고 귀뚜라미와 개구리의

울음소리 또한 그들의 유쾌한 기분을 북돋아주고 있었다.

그런데 갑자기 그들 앞에 차 한 대가 멈춰 서서 그들의 길을 가로막고 있었다. 그 차는 고장이 났는지 남자 셋이 차 앞에서 손전지를 켜고 서성거리고 있었다.

양섭이가 그 옆을 지나가려는데 그들 중 하나가 손을 들어 차를 멈추게 하였다. 양섭이가 차를 멈추고 차에서 내려 무슨 도울 일이 있는가고 물으니 그 일본인은 갑자기 차 엔진이 멈췄는데 자기들은 차 수리를 할 줄 몰라 양섭이에게 좀 도와줄 수 없는가 하고 공손히 요청하였다.

선량한 양섭이는 그럼 한번 보자며 그 차에 달라붙어 이것저것 검사하니 인차 고장 난 부위를 찾을 수 있었다.

양섭이는 중학교 시절부터 어머니 차를 몰았고 자주 아버지 차 운전수 곁에서 차 수리를 배운 경력이 있어 조그마한 고장은 고칠 수 있었다. 양섭이가 차 수리하는 동안 영옥이는 심심했는지 차 밖으로 나와 그들 차에 접근하여 구경했다. 영옥이의 아리따운 모습을 보자 그들 셋은 눈을 크게 뜨고 놀란 눈길로 그녀를 주시하기 시작했다.

열심히 차 수리하는 양섭이를 제외한 세 남자와 한 여자 사이에서 그 어떤 이상한 분위기가 감돌기 시작했다. 영옥이에 대한 찬탄의 눈길은 점차 음탕한 빛깔을 띠기 시작했고, 그들의 눈길은 영옥이의 겉옷을 뚫고 들어가 그녀 몸체를 어루만지고 있었다.

그들 셋은 시간이 조금 지나자 뭐라고 서로 귓속말을 주고받았다. 영옥이가 그들 셋을 얼핏 보니 20~30대 청년들이었는데 그들 중 씨름꾼같이 신체가 거대한 자도 한 명 섞여 있었다. 그들의 노출된 팔이며 앞가슴에는 거리 불량배들처럼 문신이 여기저기 보였다.

　영옥이는 학교를 졸업하고 양섭이와 사랑을 시작하며 더욱 농익은 몸체가 되었는데, 그 결과인지 학창시절의 가냘픈 신체에서 여자 특징적 곡선이 점차 뚜렷해졌고 매혹적으로 변화하기 시작하였다. 거리에서도 지나가는 남자들, 특히는 젊은 남자들의 눈길을 자주 받았고 그들의 뒤돌아보는 % 수가 높아 여자들도 부러워하는 눈총을 받고 있었다. 미용 회사에 다닌 덕인지 얼굴이 백지처럼 하얗고 커다란 정기가 흐르는 맑은 호수인 듯한 눈이며 오뚝한 코, 얇은 입술은 사람들에게 유명화가의 명화 그림 중의 미인을 연상케 하였다.

　양섭이가 차 수리에 전념하는 동안 영옥이는 언제부터인지 공포의 그림자가 자기 주위를 감돌고 있음을 느끼기 시작했다. 그들셋의 점차 노골화 되는 색정적인 눈길을 감수하며 영옥이는 불쾌감을 느꼈고 불안감이 뇌리를 스쳤다.

　차는 끝내 수리되었고 엔진이 걸렸다. 그 씨름꾼 같은 체통이 큰 자가 웃으며 양섭이한테 다가가 감사하라고 말하며 악수를 청했다.

　양섭이가 손을 내밀자 그 자는 양섭이 손을 불시에 뒤로 비트는 게 아닌가?

　다른 두 놈도 이미 준비된 밧줄로 양섭이의 두 손을 뒤로 묶기 시작했다.

　양섭이 왜 이러는가 하며 배은망덕한 놈들이라고 악을 썼지만 놈들은 순식간에 양섭이의 두 손을 차 손잡이에 묶었고, 차 닦는 기름걸레로 입이 틀어막았다.

　그리고 그들 중 한 놈이 놀라서 차에서 나오는 영옥이를 뒤에서 끌어안고 다른 두 놈을 기다렸고, 양섭이 묶은 두 놈이 손을 털고 크게 웃으면서 영옥이 앞에 와 그녀를 에워쌌다.

　<농부와 뱀>의 전설이 양섭이에게 재현되고 있었다.

　선량과 동정은 인간의 아름다운 품성이다. 그러나 이 선량과 동정이 인간이 아닌 짐승한테 베푼다면 농부가 자기가 구해준 뱀한테 물린 것처럼 오히려 화를 가져 올 수 있다.

　"아가씨, 우리를 너무 나무라지 마오. 사람은 감정적동물이라고 하지요. 우리는 다 참을 수 있는데 오직 당신 같은 이쁜 여자를 만나면 굴레 벗은 말처럼 자기도 자기를 통제하지 못해요⋯."

＊

　야수 세 마리의 끈질긴 유린과 겁탈은 두 시간이나 지나서야 끝났고 그놈들은 그녀를 양섭이 발밑에 팽개치고 양섭이가 수리해 준 차에 시동을 걸고 떠들썩거리며 먼지 속으로 종적을 감추었다.

　그들 셋은 마치 동물 세계에서 인류사회로 뛰쳐나온 사나운 짐승처럼 갖은 만행을 저지르다 만족을 느낀 뒤 자기들이 살고 있던 동물 세계로 사라졌다.

놈들이 사라지자 주위는 삽시간에 정적에 잠겼다. 귀뚜라미 소리와 먼 곳에서 들려오는 개구리 소리뿐 폭풍우가 지나간 자리는 언제 그랬느냐는 식으로 양섭이와 영옥이의 가벼운 숨소리만 남겼다.

차 손잡이에 손이 묶인 채 맥없이 차에 쓰러져 있는 양섭이는 울분에 기훈^{氣昏}했는지 눈을 감고 있었고 실오리 하나 걸치지 않고 나체로 풀밭에 누워있는 영옥이는 양섭이를 외면한 체 밝은 달 아래에서 하염없는 눈물이 흐르고 있었다. 둘은 점차 악몽에서 깨어나기 시작했고, 텅 빈 머리를 가까스로 가다듬으며 현실로 돌아오기 시작했다.

양섭이가 머리에서 제일 먼저 떠오른 생각은 복수였고 남은 생명의 가치는 세 놈의 심장에 복수의 칼을 꽂는 것이었다.

양섭이는 먼저 진정하기 시작했고 옆에 쓰러져 정신을 못 차리고 있는 영옥이를 발로 건드렸다. 드디어 악몽에서 현실로 돌아온 그녀는 벌거벗은 자기와 차에 묶여있는 양섭이를 발견하고 부랴부랴 치마저고리를 찾아 입고 양섭이를 묶은 밧줄을 풀기 시작했다.

양섭이는 자기 입에서 기름걸레를 꺼내 집어던지고 영옥이를 끌어안았다. 흐느끼는 영옥이를 끌어안은 그의 눈에서는 난생처음 굵다란 눈물이 떨어졌다. 이날 이때까지 언제나 약한 자를 돕고 남을 해하는 일이라곤 손톱만치도 안 했건만 무엇 때문에 자기에게 이런 벌을 내렸으며 가련한 그녀에게까지 잔혹한 상처를 입게 했는지 양섭이는 하늘이 원망스러웠다.

한편으로는 영옥이의 장래에 대한 걱정이 머리를 스쳤다. 죽음을 택할지도 모르는 그녀를 살려야 하며 그러기 위해선 자기 품에서 절대 그녀를 떠나게 해서는 안 된다고 생각했다. 양섭이는 한시 바삐 냉혹한 현실로 돌아와야 하며 영옥이를 보호해야 한다는 일념으로 흐느끼는 영옥이를 부축하여 차안에 앉히고 여기저기 널려 있는 영옥이의 속옷을 거두어 들고 차 안에서 흐느끼는 영옥이의 눈물을 닦아주며 힘겹게 옷을 입혔다.

*

몸과 마음의 상처가 아물어가고 있는 어느 하루 저녁.

영옥이는 할 말이 있다며 양섭이와 마주 앉았다. 영옥이는 어떻게 눈치 챘는지 양섭이의 안주머니에서 예리한 칼을 꺼내 놓았다.

그녀가 말하기를 자기도 그놈들을 죽이고 싶지만 법치국가에서 이런 복수는 용허容許하지 않고 또 우리 손을 더럽힐 수 없다고 누누이 설복했다. 나 때문에 남편을 법정에 살인범으로 세운다면 나는 당신에게 두 번 죄를 짓는 것이며 그렇게 된다면 자신은 이 세상에서 살아갈 수 없게 된다며, 제발 그 칼을 거두고 그놈들을 경찰에 고소하자고 절절히 애원했다.

양섭이는 자기의 복수심 때문에 영옥이를 더 불행하게 할 수 없다고 생각하고 이튿날 경찰서에 가서 그놈들을 고발했고 얼마 안되어 흉악한 그놈들이 선량한 사람들을 더 해치지 못하게 철장에 갇히게 했다.

몇 달이 지나 영옥이의 상처는 점차 아물고 그녀는 다시 직장에 출근하며 정상적인 생활을 시작했다. 폭풍우가 지나간 산과 들에는 다시 꽃이 피고 산새가 지저귀기 시작했으며 아름다운 자연의 향기는 아무 일이 없었던 것처럼 바람타고 멀리 멀리 퍼져가고 있었으며 백옥 같은 영옥이의 몸체에 묻은 야수들의 자국은 희미한 기억으로 멀어져가고 있었다.

양섭이와 영옥이는 그 전보다 더 서로를 아끼고 관심을 가지게 되었다. 이국땅에서의 시련이 그들을 더 결속시켜주는 것인지도 몰랐다. 그들을 잠깐도 떨어져선 살 수 없는 동심체를 이루고 있었다.

사랑은 두 남녀의 영혼의 결합이며 육체에서 시작된 초기의 흥분과 욕망은 신속한 변화와 발전 속에서 고상하고 영원한 감정인 정신적 사랑으로 치닫는다. 생명을 초월한 사랑은 감동이라기보다 헌신이고 희생이다. 그들은 이것이 사람에게 있어서 가장 귀중하다는 것을 느끼고 있었다.

한 끼 밥은 안 먹어도 사랑의 공기를 한 순간도 못 마시면 살 수 없는 그들은 부모님들의 독촉으로 이미 결혼하였고 독립적인 가정을 이루었다.

그들이 결혼한 지 두 달이 지난 후였다. 조총련계 오사카 지부장으로 있는 양섭이의 아버지가 그를 집으로 불렀다.

양섭이 아버지는 평양에서 오는 압력으로 친척일가를 북으로 귀국시키라는 당의 지시에 전전긍긍하던 차 양섭이에게 귀국하지 않겠는가고 물었다.

북조선에 가면 잠시는 여기보다 경제적으로 곤란하겠지만 자기가 자주 경제를 지원을 할 것이고 최근 김일성 수령님의 말씀처럼 얼마 있으면 북조선 인민들도 비단옷을 입고 기와집에서 이밥에 고깃국을 먹으며 잘 살 날이 올 것이라고 일장 정치 사상교양을 했다.

양섭이는 영옥이와 토론해서 며칠 후 결정하겠다고 대답하고 즉시 영옥이를 찾아갔다. 영옥이는 불행을 당한 후에도 자기를 변함없이 사랑해주는 양섭이에게 감사한 나머지 그 전보다 갑절로 뜨거운 사랑을 아끼지 않고 있었다.

양섭이의 말을 들은 영옥이는 자기는 양섭이의 모든 결정에 따르겠다고 했다.

양섭이는 물론이지만 영옥이도 마음속 한구석에서 언제나 그 치욕적인 불행의 그림자가 감돌고 그녀를 괴롭히고 있다고 짐작했다.

양섭이 생각에 둘이 앞으로 계속 일본에 있으면 그 불행의 그림자를 영원히 벗어날 수 없으며 새로운 삶을 추구하려면 이 기회에 획기적으로 환경을 바꾸는 것이 유일한 방법이라고 생각했다.

'그래 새로운 땅 새로운 하늘 아래서 새로운 인생을 시작하는 것이다.'

생활이 궁핍한 북조선에 가서도 오직 정신적으로 부유하면 상처받는 그들의 사랑을 그 전 못지 않게 꽃피워 나가리라 생각했다.

사람은 생존을 위한 의식주보다 더 귀중한 것이 있다. 그것은 고상하고 아름다운 정신세계를 구축하는 것이고 그래야만이 진정한 행복을 얻을 수 있는 것이다. 사람이 동물과 다른 것은 배가 불러야 행복한 것이 아니고 그보다 정신적 양식이 필요한 것이며 정신적 생활이 풍부해야 행복한 것이다.

사랑은 속된 동물적 후대 번영을 도모하기 위한 것이 아니고 인류의 특유한 정신세계를 풍부히 하는 것이다. 육체는 흙이 되어도 정신은 대를 이어 계승되고 발전하며 영원한 것이다. 북조선에 가서 육체는 잠시 고달파도 사랑의 향기 그윽한 행복한 가정을 이루고 영옥이의 가슴속 상처를 깨끗이 지워버릴 것이라고 고심 끝에 최후의 결심을 하고 아버지를 찾아갔다.

양섭이는 침울한 표정으로 여기까지 말하곤 학철이를 물끄러미 바라봤다.

"나의 귀국 동기와 사연은 이것이에요. 아직까지 잘했는지 못했는지는 모르겠지만 대학에 입학하여 학철 씨 같은 좋은 친구와 같이 공부한다고 생각하니 정말 잘한 것 같아요. 안 그래요, 학철 씨? 사람마다 북조선에 찾아온 원인과 동기는 다 다르겠지만. 우리는 다 같이 조선 민족이고, 조상의 뼈가 묻힌 곳이 바로 이곳이지요. 여기 민족의 혼이 깃든 곳에서 자기의 꿈을 실현하려는 염원이 우리를 이렇게 만나게 한 원인이겠죠. 북조선 환경이 비록 기대보다 너무 차고 어두워도 우리가 이미 이 땅에 온 이상 손에 손 잡고 누가 넘어지면 누구를 부축하며 우리의 꿈을 실현해요. 나도 북조선의 푸른 하늘 아래서 마음속 일본의 흑구름을 떠나보내고 새로운 사랑과 새로운 우정을 꽃피우며 살 거예요. 하하하…."

양섭이의 믿기 어려운 이야기를 들으며 학철이는 그의 넓은 도량과 선량한 마음 그리고 역경 속에서도 굴할 줄 모르고 삶의 용기를 잃지 않는 의지에 심심히 탄복하였다.

학철이는 양섭이의 불행이 여기에서 끝내고 앞으로 좋은 일만 있기를 진심으로 축원하였다. 그들은 대학 학당에서 서로 방조하며 열심히 공부하여 우리들의 꿈을 실현하자고 굳게 약속하며 다시 건배를 했다.

주거니 받거니 돌아가는 술잔 속에서 술 두 병은 끝내 밑굽이 드러냈고 그들은 옷도 벗지 않고 가로세로 누운 체 코 골기 마라톤 경기를 시작하였다.

이튿날 아침 늦게까지 자고 난 그들 둘은 간단히 세수하고 아침밥도 못 먹은 채 짐을 챙겨 들고 역전으로 향했다.

학철이는 양섭이를 차표 검사하는 검표실 앞까지 바래다주고 아쉬운 작별을 했다. 비록 사귄 지 닷새밖에 안 되었지만 그들은 오랜 친구처럼 너무나도 친근했고 며칠 동안 급속도로 쌓아진 우정은 깊어질 대로 깊어졌다.

학철이는 동성 간의 우정도 이성간의 사랑처럼 사귀는 시간과 관계없이 서로의 공동한 이념과 감성세계에 의해 상상할 수 없는 속도로 깊어지고 끝내는 서로의 운명조차 같이하는 운명공동체로 무르익는다고 생각했다.

학철이는 자기와 양섭이는 강하의 상류 물줄기처럼 산간벽지에서 우연히 만나 공동한 강하를 이루며 이상의 종점인 바다로 유유히 흘러 갈 것이라고 확신했다. 사람과 사람 사이 감정은 우연 속에 나타난 연분으로 깊어지고 넓어진다.

연분 없는 우연은 스쳐 지나면 다시는 만날 수 없다. 마치 우주의 수많은 혜성들이 지나치고 마주치듯 연분 있는 별들은 빛을 뿌리며 한 별을 이루고, 연분 없는 별들은 서로를 스쳐 지나면 영원히 만날 기회를 잃게 된다.

학철이는 이렇게 선량한 친구를 만나게 해준 연분에 감사했고 하늘이 준 이 우정을 꼭 귀중히 간직하리라 마음을 다졌다.

학철이는 역에서 나와 멀지 않은 버스 정장으로가 해방산동행 버스에 몸을 실었다.

버스는 고층 건물이 즐비한 화려한 '김일성 거리'를 지나고 있었고 아침 출근길에 바쁜 사람들이 차창 밖으로 보였다.

이미 두 번이나 영자네 집에 갔었기에 학철이는 쉽게 해방산동 국가 보위부 골목길을 지나 인차 영자네 집을 찾았다. 길가에 서 있는 보위부의 웅장한 건물 뒤에는 수많은 판잣집들이 빼곡히 들어서 있었는데 키를 넘지 않는 나지막한 집에 흙을 바르고 그 위에 흰 회칠을 한 반 지하 판잣집들의 지붕은 주운 기와로 조각조각 이어져 있었고 넘어지려는 벽은 나무도 버티고 있었다.

이런 땅굴에서 두더지처럼 살아가는 힘없는 백성들의 유일한 거처는 수령님이 평소 말하는 그 '기와집'과는 너무나 거리가 멀었다.

평양 거리 양쪽엔 사람들의 눈을 가리기 위해 고층건물이 즐비했지만 거기에 가려진 뒷골목에는 삐곡히 들어선 판잣집이 '기와집'을 대신하여 자리 잡고 있었다.

학철이가 영자네 집에 들어서니 영자 어머니가 반갑게 그를 맞았다. 영자네 식구는 영자 자매와 아버지, 어머니였는데 60여 세가 되어도 건설 공사장에서 힘든 목수 일을 하는 백발이 성성한 영자 아버지와 빈틈없이 알뜰히 집 살림을 꾸려나가며 남편과 두 딸의 뒷바라지를 하는 영자 어머니, 그리고 생기발랄하고 세상에 누구도 부럽지 않아 보이는 영자 두 자매는 비록 곤란하지만 사랑이 넘치는 단락한 가정이었다.

이미 아침 아홉시가 넘어 다들 출근, 학교 가고 영자 어머니 혼자 집에 있었다. 학철이가 영자 어머니 보고 이번에 대학 입학 시험 보러 왔다가 들렀다고 말하니 영자 어머니는 매우 기뻐하며 멀리 중국에 있는 부모님이 알면 얼마나 좋아하시겠는가며 진심으로 축하하였다.

한참 이야기 하다 학철이는 마른 명태와 오징어를 푸짐히 꺼내 놓았다. 영자어머니는 우리는 아무것도 보태주지 못하는데 올 때마다 이렇게 학생한테 신세져서 어쩌나 하며 퍽이나 미안해하였다.

앞으로 대학 공부하면 돈 쓸 일도 많을 테니 돈을 아껴 써야 한다며 친자식처럼 관심을 가지고 걱정하였다. 그리고 영자 어머니는 "아참" 하며 며칠 전 구역주민위원회에서 통지가 있었는데 손님이 오면 한 시간 내에 위원회에 등록해야지 안 하면 체벌 받는다고 하며 학철이과 같이 주민위원회로 갔다. 주민위원회로 가니 사무원 한 분이 학철이의 공부여행증과 공민증을 자세히 등록하고 이것저것 물었다.

돌아오며 영자 어머니는 듣건대 남조선에서 대학생과 시민들이 자주 궐기하여 박정희 독재를 반대하는 형세 하에서 이런 일은 당연한 예비대책이라고 했다.

돌아온 그들은 둘이서 간단한 식사를 하고 학철이는 한참 푹 늘어지게 잤다. 요사이 대학 기숙사에서 잠자리도 불편했고 특히 어젯밤 양섭이와 술 마시고 그의 이야기에 시간가는 줄 모르고 밤 두 시에가 되어서야 눈을 붙였기 때문이다.

영자네 집은 비록 가난하나 왠지 여기 오면 제집처럼 마음이 편했다. 영자네 집 식구들은 학철이가 중국에 있는 부모 곁을 떠나 혈혈단신으로 낯선 북조선 객지에서 고생하며 오직 자기 이상을 실현하려는 집요한 정신에 감동되어 그를 한 집안 식구처럼 대해 주는 탓일 것이다.

한참 늘어지게 자고 난 학철이는 시내 구경나간다 하며 집을 나섰다. 여기저기를 돌아 부식품 상점에 들려 사과와 배를 한 5킬로쯤 사들고 돌아왔다.

영자 아버지를 제외하고 집 식구들이 다 모여 있었다. 영자와 영자 동생 영희는 학철이와 많이 친숙해져 "오빠 오빠"하며 말을 걸었다.

그들은 신포의 바다 풍경과 배타고 망망대해에서 고기 잡는데 대한 농후한 호기심을 가지고 이것저것 물었다. 그들에게는 푸른 바다에서 배를 타고 이리저리 누비고 다니며 고기 잡는 일이 아마 아주 낭만적으로 들린 모양이다. 그러나 그들이 어찌 그 낭만 속에 담긴 슬픈 사연과 엄청난 비극을 꿈엔들 상상했으랴!

학철이는 1월 3일 그 날의 참사와 희생된 가족의 울부짖음이 다시 들려오고 서로 끌어안고 통곡하는 비참한 모습들이 눈앞에서 다시 재현되는 것 같았다.

일곱 시가 다 되여 하얀 수염이 덥수룩한 영자 아버지가 피곤한 표정으로 집에 들어섰다. 학철이를 본 순간 노인은 반가운 웃음을 짓고 어떻게 왔는가고 물었고 학철이의 자세한 설명을 듣자 학철이의 대학 시험을 축하했다.

그는 매일 퇴근한 후 한 시간 동안 김일성 항일투쟁 회억록과 청산리 교시 등 정치공부를 하고 감회를 토론한 후에야 집에 오게 된 것이다.

아침 출근도 한 시간 먼저 정치학습을 한 후 일한다는 것이다.

노동시간 8시간에 두 시간의 정치 학습까지 해서 10시간을 직장에서 보내니 새벽 6시에 출근하고 저녁 7시가 거의 되어야 끝난다고 했다. 그것도 차를 못 타고 먼 길을 걸어서 출퇴근하니 많이 피곤한 것 같았다.

특히 영자 아버지 연세가 60이 넘어 공사장 일도 감당하기 힘들고 게다가 하루 두 시간의 정치학습 또한 그에게는 매일 매일이 지루하고 힘에 부친 것 같았다. 그러나 북조선의 보편적 현상처럼 노인은 학철이 앞에서 힘든 내색하지 않고 '이런 정치학습은 사회주의 혁명과 건설에서 반드시 필요한 힘의 원천'이라고 학철이에게 강조하였다. 이 말은 길 가마다 설치한 확성기에서 들려오는 아나운서의 말과 똑같은 내용이었다.

저녁상에는 학철이가 신포에서 가져온 명태로 북엇국을 끓였고 낙지를 잘라 고추양념에 볶아 들여왔다. 모두들 맛있다고 정말 오랜만에 이렇게 맛있는 음식을 먹어 본다고 절찬이 넘쳤다.

영자 아버지는 어렸을 때 부산에서 자랐는데 그때 먹었던 생선국이 지금도 생각난다고 입에 군침을 삼키며 말하였다.

학철이는 속으로 다음에 올 땐 꼭 생선을 구해오리라고 마음먹었다. 학철이는 북조선 집집마다 식량사정이 긴장한 것을 잘 아는지라 영자 어머니에게 이번 올 때 신포에서 저축한 양권 5킬로를 억지로 주었다. 그들 네 식구가 북엇국과 낙지볶음을 그렇게 즐겨 먹는 모습이 참으로 보기 좋았고 다른 한편으론 그들이 불쌍하여 가슴 아프고 쓰렸다.

어느 나라나 인민들이 잘 살고 행복하면 올바른 정치이고 잘 된 나라다. 반면에 한 줌도 못되는 통치계급은 호의호식하는데 수많은 가련한 백성들은 허리띠를 졸라매고 헐떡이는 나라의 통치계급은 기필코 인민의 심판을 받을 것이라고 학철이는 믿어 의심치 않았다.

식사가 끝나자 이미 밤은 깊어 얼마간 이야기하다 일찍 자리에 누웠다. 이 생각 저 생각하다 학철이가 어렴풋이 잠이 들었는데 대문 두드리는 소리가 났다.

영자 어머니가 문을 열고 누군가고 소리치는 소리가 들렸고 이윽고 대문이 열리며 사람들의 말소리가 들렸다.

방문이 열리며 불이 켜졌다. 40대 여자 셋과 남자 한 명이 들어와 호구와 집안 식구들을 모두 일어나게 하여 자세히 대조한 뒤 학철이 보고 지금 그들을 따라 주민 위원회에 가서 다시 출장증명서, 공민증 등을 등록해야 한다고 하였다.

학철이와 영자 어머니는 그들을 따라가 낮에 등록한 것과 면밀히 재확인한 뒤 한 시간이 넘어서 돌아왔다.

학철이가 돌아올 때까지 영자 아버지는 자지 않고 담배를 피우며 그들을 기다리고 있었다, 영자아버지는 학철이 보고 미안하다고 하며 지금 북조선 현실이 이러니 어쩌겠는가고 하며 이따금 집에 온 손님 민망하게 하는 일이 있다고 하였다.

귀중한 손님이 와도 편안한 잠 못 자게 하고, 무슨 놈의 조사와 등기가 그렇게 많은지 학철이는 이해가 가지 않았다. 낮에 주민위원회에 가서 등기했는데도 학철이가 마치 남쪽에서 파견된 특무[29]인 것처럼 밤에 자는 사람 깨워 재조사하는 살벌한 곳, 철창 속의 나라는 세계 방방곳곳을 다녀도 찾을 수 없을 것이다.

도대체 언제까지, 어디까지 인민들을 괴롭혀야 만족할는지, 도대체 어디가 끝인지 알 수 없었다. 출근 전 한 시간, 퇴근 후 또 한 시간을 고스린히 당과 수령을 친양하는 정치 학습에 시달리고, 피곤한 몸을 끌고 집에 와서도 잠도 편안히 못 자게 불시의 조사를 당해야하는 이 나라 인민들은 이미 장기간 철저한 세뇌를 거쳐 이미 아무런 독립적인 사상과 감성이 없는 목석같은 인간으로 변하였다.

---

29. 스파이

영자 아버지처럼 60이 넘어 백발이 성성한 노인도 강도 높은 건설 공사장에서 젊은 사람 못지 않게 일하고 아침저녁 늦게까지 정치 학습에 시달려야 하며, 늘 피곤과 배고픔 속에서 전전긍긍하며 살아가는 사회였다.

이미 기계화된 그들은 오직 수령님의 지시와 당의 명령 외에 머릿속에서 사사로운 감정, 안일한 요구는 있어서는 안 될 금물이라고 생각한다.

역대 독재 통치자의 인민을 다스리는 제일의 방법은 인민을 우매화시키는 세뇌를 반복적으로 철저히 진행하는 것이다. 그래야 그들은 언제 어디서나 당과 수령님이 가리키는 길로 한 치의 오차도 없이 용왕매진勇往邁進한다.

이렇게 아무 생각도 없는, 세뇌된 인민들은 당과 수령님의 '가르침' 따라 동족상잔의 6.25전쟁을 도발했고 피를 나눈 한 민족의 가슴에 번쩍이는 총칼을 꽂았다.

한 줌도 못되는, 아니 그 중간에 선 한 사람을 위하여, 그의 과대망상증을 실현시키기 위하여 이 나라의 수많은 백성들이 까닭도 모른 채 피를 흘려야 했고 귀중한 단 한 번밖에 없는 귀한 생명을 폭격 속의 검은 연기에 날려 보냈다.

그 후 평화적 시기에도 이처럼 하루가 지겹게 살아가야 한다. 부모님이 준 끈질긴 생명을 차마 끊지 못하고 하루하루를 지옥 속에서 견뎌나가는 영자 아버지 같은 이 나라의 힘없고 불쌍한 인민들이 학철이는 가슴이 뭉클하도록 아팠다.

갈피를 잡을 수 없는 수많은 의문 부호들이 학철이의 머릿속을 감돌았다.

그리고 압 안으로 이렇게 중얼거렸다.

"블라스찌 에따 앋뜨… 블라스찌 에따 앋뜨… (권력은 지옥이야…)"

학철이는 끝없는 생각의 방황 속에서 사르르 잠이 들고 말았다.

이튿날 아침 학철이는 영자 아버지가 깨워서야 일어났다. 영자 아버지, 어머니는 미안해하는 표정을 짓고 조금 있다 식사하고 한잠 더 자라고 하며 그의 세숫물을 떠왔다.

학철이는 아침 식사 후 모두 학교와 일터로 떠난 후 영자 어머니 보고 오늘 같이 귀국한 동창생들을 만나고 내일 저녁 신포에 간다고 인사하고 영자 어머니의 배웅을 받으며 석범이 외삼촌 집을 향해 떠났다.

신포에서 학철이가 편지에 대학 시험치고 석범이의 외삼촌 집에 간다고 이미 알렸으니 석범이가 기다리고 있을 것이다.

학철이가 과일을 사들고 외삼촌 집에 들어서니 석범이와 그의 외할머니가 반갑게 마중했다. 학철이기 외할미니와 인사를 나누자 석범이는 학철이를 끌고 자기 방으로 들어갔다.

그들은 몇 달 동안 갈라졌어도 마치 몇 년이 지난 것처럼 서로 할 이야기가 너무 많았다.

학철이는 아름다운 신포의 바다 경치와 배 타던 낭만을 자랑했고 석범이도 남포 뜨락또르(트랙터) 공장에서 보낸 인상 깊은 일들과 로맨쓰를 입에 침을 발라가며 이야기를 했다.

석범이는 이번에 김일성 종합대학 문학부에 어제까지 입학시험을 마친 뒤였다. 그에게는 외삼촌의 뒷받침이 있으니 무난히 입학할 것이라고 말했다. 석범이는 재능이 문학뿐만 아니라 음악에도 있었다. 그가 남포에 가 자기가 작곡작사한 노래를 문예동아리 경연대회에서 자기가 직접 불러 큰 상을 받았고 문예동아리 소조[30]에 흡수되었다고 한다.

그 문예 동아리 소조에 무용조에 속하는 어여쁜 아가씨와 눈이 맞아 지금 한참 연예 도중이라고 자랑했다. 학철이도 금순이와의 연애를 털어 놓았고 그들의 이야기 화제는 끝임 없이 이어졌다.

학철이가 문뜩 생각나서 삼봉초대소에서 만났던 그 아름다운 여인 이선옥이를 찾아 보았는가고 물으니 그 여자가 배치됐다던 남포시 라디오공장 동아리 소조원에게 이미 말했다고 하며, 그 여자가 그렇게 곱다니 인차 무슨 소식이 있을 것이라고 석범이는 웃으며 말했다.

남자들 세계에서 이쁜 여자는 눈부신 빛을 뿌리며 그들을 황홀하게 하고 마음속의 지진을 가져오기 때문이다. 그들은 이야기 속에서 시간 가는 줄 몰랐고 주제도 광범했다.

거의 점심 때가 되여 인하가 한순간에 나타났다. 정말 얼마 만인가!

---

30. 문예 동아리 소조는 당시 북조선 각 공장에서 남녀로 조직한 문예 단체로 하루에 반나절씩 일하고 연출한다.

비록 갈라진 지 몇 달밖에 안 되었지만 그들 셋은 산지사방으로 흩어져 판이한 환경 속에서 그들의 공동의 귀국 꿈을 실현하기 위해 열심히 일했고 끝내 대학시험 치러 평양에 모였다.

그들 셋은 손에 손을 잡고 흔들며 어깨를 어루만지며 기뻐했다.

특수한 환경, 공동한 운명이 그들로 하여금 깊은 우정을 짧은 시간에 쌓게 하였다. 셋이 다 중국의 부모형제와 이별하고 오직 공부하며 진로를 개척하겠다는 일념으로 낯선 북조선에 뛰어들었다. 그런데 다행히 희망대로 모두 추천받아 평양에 대학시험치러 한데 모였다. 참으로 감개무량한 일이었다. 그동안 그들은 노동체험을 통해 많이 북조선 현실에 익숙해졌고 어떻게 할 것인가 하는 금후 방향을 잘 알게 되었다.

셋은 오랜만에 석범이 외할머니가 차려주는 푸짐한 점심을 먹으며 이렇게 좋은 음식은 몇 달 만에 처음 먹는다고 이구동성으로 극찬했다. 중앙당지도원의 집이니 일반 백성과 천지 차이는 극히 자연스러운 일이다.

인하도 황해도 해주의 조그마한 도자기 공장에서 예술품 도자기를 만들었던 이야기, 그리고 이런저런 원인으로 중앙예술 분야에서 파직당한 국내외 이름 있는 예술가들과 접촉하면서 알게 된 엄청난 국가적 비밀을 말소리를 낮춰가며 이야기했다.

학철이가 전번 석범이의 외삼촌 집에 왔을 때 북조선 문학계의 별인 한설야와 세계적 무용가 최승희의 파직설에서 놀랐던 것처럼 이번 인하의 이야기를 들으며 다시 한번 정치계의 무자비한 투쟁, 그리고 점차 윤곽이 선명해지는 북조선의 살벌한 정치 · 경제 ·

문화 예술 등 방면의 진면모를 보게 되었다.

그들 문예계의 반짝이던 별들이 당과 수령의 형상을 빛나게 장식할 때는 그들 존재도 승승장구했고, 그들의 몰락은 당과 수령의 절대적 권력에 도전하는 그들의 말 때문이었다.

북조선에서는 아무리 그가 커다란 공훈을 세웠다 해도 현실에 저촉되는 말, 이의를 품은 말이 입 밖으로 나왔다면 누구나를 막론하고 공포의 불덩이가 가차 없이 그들에게 튄다.

중국에서는 행동에 옮겨지지 않은 말에 대해서는 그 죄를 묻지 않는데 같은 공산국가인 북조선은 달랐고 더욱 살벌했다.

취중이라도 (한설야와 최승희처럼) 말 한마디 잘못하면 10년 공부 도로아미타불이 되듯 없어지고 꿈에서도 소스라치게 놀라운 일이 현실화된다.

그래서 학철이는 이번 양섭이와 갈라질 때도 앞으로 고원 가면 꼭 말하는데 신경 쓰고 적게 하며, 말 한 마디 해도 다시 한번 생각하고 말하라고 신신당부하였다. 청산유수 같은 그의 말이 한번 시작되면 아차 하는 순간 큰 화를 불러올 수 있기 때문이다.

내일이면 또 다시 각지로 뿔뿔이 헤어질 그들이다. 그들은 입학 통지서를 받으면 여기서 다시 모이자고 약속하고 오후 두 시쯤 석범이 집을 나와 곧바로 제일 먼저 봄을 알리는 수양버들이 늘어진 대동강 유보遊步로를 찾았다.

석범이 말처럼 대동강을 따라 서쪽 바다에서 불어오는 따뜻한 봄바람으로 강변의 버들가지에서 제일 먼저 파란 싹이 트고 있었다.

과연 강변의 수양버들은 푸른색으로 변하고 있었다. 봄바람에 하늘거리는 나뭇가지들은 희망으로 부풀은 세 귀국청년을 알아보는 듯 학철이 일행을 웃으며 반겨주었다.

그들 셋이 작년 11월 말 순천초대소에서 배치 받고 함께 평양 구경과 석범이 집에서 하룻밤 자고 여기 옥루교 밑 대동강 유보로에 온 적이 있었다. 그때는 대동강이 떵떵 얼어드는 혹독한 겨울이었고 몇 달이 지난 지금은 산천 초록이 푸른 옷으로 갈아입는 화창한 봄날이 다가오고 있었다.

그들 셋은 아무리 말해도 할 말은 끝이 없었다.

중국에서 귀국한 지 이미 5개월이 좀 넘었지만 그들에게는 이 5개월이 앞으로의 인생 5년을 맞잡는 중대한 시기였다.

중국에서의 생각과는 판이한 북조선의 곤란한 현실. 이 길 위에서 비틀거려도 넘어지지 않고 금빛 찬란한 종점까지 가려면 불굴의 투지가 없으면 불가능한 것이다.

그들 셋은 오후 내도록 강가의 걸상에 앉아 어떨 때는 웃고 어떨 때는 심각한 표정으로 한숨도 쉬며 이야기를 이어갔다. 대동강을 타고 불어오는 봄바람은 이상으로 뻗은 험난한 길에서 고민하는 그들이 가엾은지 동정어린 보드라운 손길로 그들의 얼굴을 쓸어 만져주었다.

학철이는 강산이 아무리 수려해도 사람에게 잠간의 안위와 기쁨을 줄 뿐이라는 생각이 들었다.

진정한 기쁨, 장원長遠한 기쁨은 정신적인 것이며, 나라에서 이런 청년들에게 그들의 능력을 발휘할 수 있는 활무대를 마련해주는 것이다.

석양 노을이 대동강 한 끝에서 붉게 타기 시작하자 그들 셋은
국밥집에 찾아가 술 두 병을 주거니 받거니 제끼고(해치우고) 갈라
졌다. 오늘 만나 몇 달 동안 쌓였던 그립던 정을 나누고 회포를 풀
었으니 대학 입학 때 다시 만나자고 약속하고 산지사방으로 흩어
졌다.

학철이는 그날 밤 영자네 집에서 자고 이튿날 오후 서평양역에
서 신포항 열차에 몸을 실었다. 딱딱한 나무 걸상에 기대여 차창
밖을 바라보니 밖에선 아름다운 산기슭 천연림이 학철이를 향해
대학 시험 축하한다고 손을 흔들며 지나간다.

특히 태백산맥 오르막에 올라 양덕맹산에 이르자 열차 안 마이
크에서 구성진 민요가 울려 퍼졌다.

"산이 좋고 물이 맑아 절승경개絶勝景槪였던가. 양덕맹산에 산새
울고…."

참으로 이렇듯 아름다운 경치를 볼 때마다 학철이는 현실에서
느끼는 고민과 번뇌를 씻어주고 잠시나마 희망과 용기를 가진다.

학철이는 비록 일주일도 못 되었지만 신포에서 아침저녁 마주
치고 즐겁던 친구들, 특히 사랑하는 금순이가 그리웠다. 시흡이,
혜숙이, 문선이 그들도 학철이 대학시험을 걱정하고 있을 것이다.

양섭이 말처럼 사랑과 우정은 이성과 동성 속에서 피어나는 가
장 아름답고 진귀한 감정이다. 아무리 인생에서 이상이 중요하고
피나는 노력으로 실현한다 하지만 사랑과 우정이 받쳐주지 않으

면 혼자의 힘으론 불가능한 것이다.

　금순이와의 사랑과 시흡이 문선이 등과의 우정은 언제나 학철이 옆에서 그의 마음을 따뜻하게 해주고 그에게 부단히 힘과 용기를 주고 있었다. 그리고 반년 전에 같이 귀국한 석범이와 인하, 특히는 일주일 전에 우연히 만나 급속으로 우정을 쌓았던 양섭이, 그들은 언제나 힘들고 고민에 쌓여 학철이가 주저하고 방황할 때면 그의 주위에 나타나 그에게 고무 격려를 아끼지 않는다.

　학철이는 오직 그들이 옆에 있어 준다면 인생의 험준한 길에서 오로지 못할 태백산맥도 없고 넘지 못할 대동강도 없을 것이라고 흐뭇한 생각을 하며 혼자 웃었다. ★